女ともだち

◎

Onna tomodachi
by Yukiko Mari

Original Japanese edition published by KODANSHA LTD.
Korean publishing rights arranged with KODANSHA LTD.
through BC Agency

◎

이 도서의 국립중앙도서관 출판예정도서목록(CIP)은 서지정보유통지원시스템 홈페이지(http://seoji.nl.go.kr)와
국가자료공동목록시스템(http://www.nl.go.kr/kolisnet)에서 이용하실 수 있습니다.
CIP제어번호 : CIP2015024971

여자 친구

女ともだち

마리 유키코

김은모 옮김

엘릭시르

여자친구

차례

나라모토 노에

2003년 4월

01

JR 교하마 도호쿠선 Q역 건물 5층, 돈가스집에는 손님이 거의 없었다.

카운터 자리에 한 명, 맞은편 테이블에 한 명. 시간에 구애되지 않는 일을 하는 걸까 아니면 직업이 없는 걸까. 둘 다 옷차림에서 긴장감이 느껴지지 않았고, 젓가락질에도 전혀 성의가 없었다. 장소를 잘못 고른 걸까. 나라모토 노에는 녹음기 상태를 확인하는 척하며 가게를 살펴보았다. 아르바이트생일까, 행주를 만지작거리며 거듭 벽시계를 쳐다보는 젊은 여자 종업원과 눈이 마주쳤다. 종업원은 비위를 맞추듯이 바로 웃음을 지으며 찻주전자에 더운물을 따랐다.

점심시간이 한참 지난 3시, 가게에 들어오기는 했지만 종업원의 생기 없는 대응에 배고픈 것도 잊어버릴 지경이었다. 하지만 노에가 먼저 "식사는?" 하고 말을 꺼냈고, 상대편이 "돈가스가 먹고 싶어요"라고 답했다. 전통악기로 연주하는 재즈 음악이 흘렀다. 분위기가 점점 생뚱맞아지는 기분이 들었다.

"다음달은 벌써 오월……." 노에의 말에 상대는 고개도 들지 않고 "예" 하고 대답하더니 마지막 히레가스를 젓가락으로 집었다.

"황금연휴는?" 하고 묻자 상대는 "별 계획 없는데요" 하고 히레가스를 통째로 입에 집어넣었다. 그리고 젓가락을 내려 건더기가 가라앉은 된장국을 휘휘 저은 후 단숨에 쭉 마셨다. 종업원이 찻주전자를 들고 다가왔다. 가까이에서 보자 제법 일에 익숙한 티가 났다. 찻잔에 차례차례 차를 따르는 손놀림에도 군더더기가 없었다.

"그럼 슬슬 취재를 시작해도 될까요?"

종업원이 주방으로 들어가는 것을 확인한 노에는 테이블 한가운데에 녹음기를 놓았다.

"아, 예." 취재 상대의 목소리가 높아졌다. 몇 번인가 헛기침을 하더니 긴장을 풀려는지 뺨을 짝짝 때렸다. 카운터석에 앉아 있던 손님이 이쑤시개를 문 채 이쪽을 돌아다보았다.

“긴장하실 것 없어요. 참고삼아 녹음하는 것뿐이니까.” 노에 옆에 앉은 야마세 미도리가 가방에서 프린트 몇 장과 전자계산기를 꺼냈다.

“저기…… 익명도 되죠?”

“그러기를 바라신다면요. 원하는 이름을 가명으로 쓰셔도 상관없어요.” 야마세 미도리는 프린트를 보며 한숨 섞인 목소리로 말했다.

“다른 사람은 어떻게 했는데요?”

“각양각색이에요. 알파벳으로 하는 사람도 있고, 본명에서 한 글자만 바꾸는 사람도 있고, 별명을…….”

“아, 그럼 밋치로 부탁드릴게요.”

“알겠어요. 그럼 밋치 씨. 우선은 프로필 말인데요…….”

노에는 노트에 삼색 볼펜으로 끄적거렸다.

밋치. 34세. 결혼한 지 육 년째고 아이는 하나. 결혼 전에는 의료기기 제조사의 영업소에서 사무직으로 일함. 그리고 사내 결혼. 결혼 후에도 잠시 일했지만 임신을 계기로 회사를 그만두었고 그 후로는 전업주부로 생활.

“하지만 저도 일하지 않으면 좀 힘들어요.” 밋치가 몸을 내밀었다. “맨션 융자금도 있으니.”

“융자금은? 어떤 걸?” 야마세 미도리가 프린트에 시선을 떨어뜨린 채 질문했다.

“은행의…….”

“단기 고정 금리?”

“예, 그거요.”

“이 년 고정?”

“예.”

“그럼 금리는 이 퍼센트인가. 다달이 변제해야 할 금액은…… 약 십일만 엔이라고 되어 있는데.” 야마세 미도리가 여전히 프린트에 시선을 고정한 채 중얼거렸다. “이거 계속 갚아나가실 수 있겠어요?”

“지금은 어떻게든…….”

“이 년 후에 금리가 오르면요? 일 퍼센트 오르면 한 달에 만 엔 더 내야 하는데요?”

“역시 단기 고정이 아니라 장기 고정으로 해서 변제액을 일정하게 유지하는 편이 좋을까요?”

“어디 보자……. 지금 장기 고정으로 바꾸면…… 예를 들어 이십 년 고정으로…….” 야마세 미도리는 프린트를 응시하며 전자계산기를 두드렸다. “금리 4.5퍼센트라고 치고, 변제액이 다달이 약 사만 엔 늘어나는군요.”

“사만 엔!”

"이 년 후에는 더 오를지도 몰라요. 금리가 낮은 지금 장기 고정으로 바꾸는 편이 유리하다고도 할 수 있어요."

"맙소사……."

"금리는 도박과 비슷한 면이 있거든요. 이 년 후에도 지금 같은 저금리가 유지될 것인가 아니면 오를 것인가. 아무튼 오를 때는 사정없이 오를 거예요." 야마세 미도리의 말에 밋치는 "말도 안 돼!" 하고 비명에 가까운 소리를 질렀다. 하지만 야마세 미도리가 "물론 낮아질지도 모르고요" 하고 말을 잇자 조용히 원래 자세로 되돌아갔다.

"확실히 말씀드릴 수 있는 건 저금리 때 단기 고정을 잘 이용해서 얻은 이익을 저축으로 돌리시라는 거예요. 그리고 그렇게 모은 돈으로 융자금 원금을 상환해야 합니다. 그렇게 계획적으로 변제하실 수 있는 분이라면 지금의 저금리를 적극적으로 활용하시는 것도 좋은 방법이죠. 그게 안 된다면 단기 고정을 이용하는 건 위험하고요. 주택 융자의 경우 장기 고정 융자가 왕도니까요. 그렇지 않으면 가계가 불안정해져서 결국은 파탄으로 이어집니다." 야마세 미도리는 변함없이 차분하게 이야기를 진행했다.

"그런 건 안다고요." 밋치는 거세게 쏘아붙였다.

야마세 미도리의 눈썹이 살짝 위로 올라간 듯한 느낌이 들었다. 노에는 "저기, 차 좀 더 주세요" 하고 목소리를 높여 말하고 잔에 남은 차를 꿀꺽 들이켰다.

"밋치 씨의 수입 내역을 보니 문제는 단기 고정이 아니라……." 야마세 미도리는 눈썹을 원래 위치로 되돌리며 이것 보라는 듯이 한숨을 쉬며 프린트를 펄럭펄럭 넘겼다. "맨션 가격 같은데요. 실례되는 이야기지만 이 모양인데 잘도 은행 심사를 통과했다 싶네요."

"맨션을 샀을 때는 아직 맞벌이였거든요." 나직하게 말하며 밋치는 나무젓가락 포장지로 종이접기를 시작했다. "두 사람의 수입을 합친 연간 수입을 기준으로 융자를 받았어요. 그런데 아이가 생겨서……."

"그렇군요. 그래서 밋치 씨가 일을 그만두고 남편분의 수입으로만 생활하게 되셨군요. 그런데 왜 그런 상황을 미리 생각해두지 않으셨어요? 인생 계획 말이에요. 아이를 가질 예정이셨다면 남편분의 수입만으로도 융자금을 상환할 수 있도록 예산을 낮추어서 맨션을 알아보셨어야죠."

"말이야 쉽지만." 밋치가 자포자기한 듯이 반쯤 웃으며 완성된 학을 손가락으로 짓뭉갰다. "모든 일이 예정대로 되지는 않는 법이잖아요. 아이도 그래요. 아무리 조심해도 생길 때는 생긴다고요."

"하지만 그렇게 무계획적이어서는 가계가 파탄 납니다. 자녀분이 있으시다면 더더욱……."

찻주전자가 시야에 불쑥 나타났다. 이번에는 정말로 젊은 종업원이었다. 손놀림이 참으로 어설펐다. 세 사람은 그 손을 지켜보았다. 테이블 세 군데에 물을 흘린 자국이 남았다. 노에는 허둥지둥 녹음기를 구석으로 피난시켰다.

"사실 우리집은 이미 파탄 났어요. 다달이 변제해야 할 돈 말고도 관리비에, 수선 적립금에, 주차비에, 고정자산세까지. 유지비가 이렇게 많이 들 줄은 몰랐거든요. 매달 적자예요." 종업원이 물러가자 밋치는 자기 앞에 흘린 물을 물수건으로 닦았다. 노에도 따라 했다.

"어째서 유지비를 예산에 넣지 않으셨어요?" 야마세 미도리 혼자 변함없이 담담하게 이야기를 진행했다.

"그게, 부동산 회사에서는 그런 말을 한마디도 안 했다고요. 그저 우리집 연 수입을 보고 이 정도라면 선금 없이도 여유롭게 변제가 가능하다고 했어요."

아아. 노에는 손을 멈췄다. 하지만 프린트를 뒤적이던 야마세 미도리는 "그렇군요" 하고 이렇게 무계획적인 사람은 익숙하다는 듯이 무의미하게 고개를 끄덕였다.

프린트는 노에가 미리 제출한 밋치의 가계 자료였다. 밋치에게 받은 정보를 노에가 소정의 수입 지출표에 정리한 것인데, 아마추어의 눈으로 보기에도 심각한 상황이 분명했다.

"그러니까 저도 일하는 수밖에요." 밋치는 뭉그러뜨린 학의 날개를 신중하게 펴더니 종업원이 야마세 미도리 앞에 흘린 물에 학을 띄웠다.

"잘 생각하셨어요. 앞으로는 주부도 능동적으로 일하러 나가야 합니다. 남편의 수입에만 의존하면 안 돼요. 배우자 특별 공제라는, 얼핏 보기에는 주부 편을 들어주는 것 같은 제도도 뒤집어보면 '주부는 집에 처박혀 있어'라는 뜻이니까요. 내년 1월 1일부터 일부 폐지됩니다만, 제 견해로는 완전히 폐지해야 마땅해요. 배우자 공제■ 도 마찬가지고요. 그런 제도가 있으니까 '주부 아르바이트는 일 년에 백삼만 엔 이상 벌면 손해다. 세금이 높아진다'는 말이 나돌고, 그걸 핑계로 고용하는 쪽도 아르바이트를 하려는 주부에게 백삼만 엔의 벽을 은근슬쩍 내세우며 일할 기회를 주지 않는 거죠."

야마세 미도리가 열띤 어조로 자신의 의견을 피력했다. 하지만 밋치의 흥미를 끌지는 못했다.

"아무튼 일하는 수밖에요." 밋치가 되풀이해 말하자 야마세

■ 회사원의 아내가 무수입, 혹은 연봉 백삼만 엔 이하일 경우 적용되는 소득공제.

미도리는 퍼뜩 알아차린 듯이 목소리를 낮추었다.

"혹시 소비자금융에서 돈을 빌려 쓰셨나요?"

밋치는 젓가락을 들고 한입 분량 남아 있던 밥을 입에 쑤셔넣었다. 그리고 접시에 들러붙은 양배추를 긁어모아 소스와 뒤섞는 놀이를 몇 분 계속하다가 "예" 하고 고개를 살짝 끄덕였다. 그리고 봇물이 터진 것처럼 말을 늘어놓았다.

"그러니까 아이도 이제 무리예요. 더는 못 낳는다고요. 하나로도 벅차요. 그러니까, 그러니까……. 선생님, 어떤가요? 우리집 살림이 펼 가망은 있을까요?"

"그 여자 집은 글렀어. 맨션을 파는 수밖에 없겠지. 하지만 융자금은 남아."

야마세 미도리는 그렇게 말했다. 역 개찰구에서 밋치와 헤어진 후 노에와 야마세는 카페로 자리를 옮겼다. 회사원의 모습이 눈에 많이 들어왔다. 퇴근 시간이라 슬슬 혼잡해질 때였다.

"최근에 정말 많아. 제대로 계획도 세우지 않고 분수에 맞지 않는 주택이나 맨션을 구입해서 가계가 엉망진창이 되는 케이스. 지금은 초저금리니까. 게다가 맨션도 엄청 많이 들어서잖아? 가격도 많이 싸졌고. 그러니까 확실히 구입하기 쉬워지기는 했어. 그런데 그게 위험한 거라고. 가격이 싸다는 눈앞의 현실만 좇다 보니 융자가 얼마나 무서운지 전혀 자각하지 못해. 자각하지 못하도록 파는 쪽에도 문제는 있지만. 뭐, 파는 입장에서는 가정 살림이 작살나서 몇 년 후에 집을 내놓으면 또 수수료가 들어올 테니까."

야마세 미도리는 컵 가장자리에 묻은 립글로스를 자연스럽게 손가락으로 문질러 닦았다. 하지만 카푸치노의 우유 거품이 입술 가장자리에 묻은 줄은 모르는 모양이었다. 눈에 거슬리지는 않았다. 젊음이 모든 것을 덮어주기 때문이다. 바지 정장 차림으로 점잖은 모습을 연출하기는 했지만 아직 이십 대다. 올해 스물여덟 살이었던가. 하지만 재무 설계사라는 간판과 타고난 총명함으로 주변을 순식간에 압도하는 재주를 지녔다. 나는 어떨까? 생각하다가 바로 그만뒀다. 야마세 미도리보다 다섯 살 많지만 자신에게는 당당하게 자랑할 만한 것이 아직 하나도 없다. 아무튼 지금은 눈앞의 일이 중요하다. 노에는 삼색 볼펜 촉을 노트에 댔다.

"그럼 밋치 씨의 케이스, 주제는 어디에 둘까요?"

"그러게. 맨션을 팔아서 쓰러져가는 가계를 다시 일으키라고 할 수도 없는 노릇이고."

"주택 융자에 대해서는 가볍게 언급하고 보험 재검토에 중점을 둘까요?"

"그래. 그렇게 어물어물 넘어갈까. 그런데 아까 그 사람, 어디서 찾아냈어? 잡지에 응모한 사람인 것 같지는 않던데."

"예, 뭐."

"인터넷?"

"아니요, 예……. 그런 셈이죠."

"아, 그래." 야마세 미도리는 심술궂은 웃음을 지었다. "무계획적으로 맨션을 사는 바람에 가계가 파탄 나서 소비자금융에서 빌린 돈으로 생활비를 충당하면서도 인터넷이라. 벼랑 끝까지 몰린 줄도 모르고 하늘을 올려다보며 헤실헤실 웃고 있어. 요즘 그런 사람 많잖아? 부모에게 빌붙어 사는 기생족이나 은둔형 외톨이 같은 미혼 젊은이들만 문제시하지만 주부의 현실도피가 더 문제야."

"그럴지도 모르겠네요."

"아아, 싫다, 싫어. 무계획적으로 눈앞의 것만 보고 살아가는 사람들이 정말 많아졌어. 절약법이 실린 책을 들고 구두쇠처럼 한 푼 두 푼 아껴봤자 소용없지. 결국은 수입이야. 수입에 걸맞은 소비를 해야 하는 법이라고. 다들 착각하고 있어. 하지만 무계획적인 건 소비자뿐만이 아니지. 업자와 행정 쪽이 더 질이 안 좋아. 미쓰하라 시라고 알아?"

"사이타마 현에 있는?"

"거기도 지금 맨션 붐이야. 초고층 맨션이 두 군데나 있는데 하나 더 생기는 모양이더라. 집값도 더 저렴하대. 가격 붕괴가 장난 아니라고. 처음에 건설된 맨션 주민은 속이 타서 죽을 지경이지. 요전에도 은행이 주최하는 융자 변제 설명회에 불려갔는데 불평불만이 엄청났어."

"미쓰하라 시는 그렇게 큰 도시가 아니잖아요. 그런데 초고층 맨션이 세 곳이나 된다고요?"

"앞으로 두 군데 더 건설될 예정이라는 모양이야. 정말이지 그렇게 무질서하게 건설하면 경관이고 뭐고 엉망이 될 텐데. 도시에 정책이 없다고 할까, 주먹구구식으로 막 나간다고 할까. 뭐, 미쓰하라 시만 그런 건 아니지만. 2005년 문제라는 말 알아? 수도권에 건설중인 맨션이 일제히 완성되어 포화 상태에 이를 테고, 그 때문에 다양한 문제가 속출하리라는 이야기야. ……아아, 벌써 시간이 이렇게 됐네. 신바시에서 취재가 한 건 더 있어. 그다음에는 방송 녹화." 야마세 미도리는 손수건으로 입술을 눌렀다. "아아, 참." 그리고 그녀는 손수건을 재빨리 가방에 집어넣고 시선을 들었다. 옅은 갈색 눈동자가 바로 앞까지 다가오는 바람에 노에는 삼색 볼펜을 테이블에 떨어뜨렸다.

"노에 씨, 정원 가꾸기에 관해 연재 기사를 쓰고 있다고 했었지?"

"예? 예."

"베란다 정원을 취재한댔나?"

"예."

"미쓰하라 시 설명회에 재미있는 사람이 있었어. 개인적으로 가계 상담을 부탁하고 싶다더라. 음, 아키요시, 그래, 아키요시 시오리라고 알아?"

"아키, 아키요시, 시오리……요?"

"역시 모르는구나. 어쩐지 당연히 알고 있을 것 같았는데. 아무튼 이래저래 하다 보니 집까지 가게 됐거든. 가보니 베란다가 굉장하더라고. 완전히 정글이야. 피난 해치■는 아예 보이지도 않아. 그거 소방법상으로는 어때?"

"물론 안 되죠. 하지만 법을 무시하고 화분을 줄줄이 늘어놓는 사람이 많아요."

"내가 갔을 때는 아직 제철이 아니었지만, 그 정글, 전부 장미래. 장미가 피면 분명히 대단할 거야, 거기."

"재미있을 것 같네요."

"어떤 의미에서는 그 여자가 더 재미있을지도 모르지. 흥미 있으면 연락처 알려줄게."

■ 내림식 사다리를 설치해 아래층으로 피난할 수 있도록 만든 해치.

부탁한다고 말하고 삼색 볼펜을 테이블에서 집어 들기 전에 야마세 미도리는 "아아, 정말 서둘러야 해" 하고 스툴 다리를 가볍게 차며 일어섰다. 집으려다 다시 떨어뜨린 삼색 볼펜이 바닥을 데굴데굴 굴러갔다.

노에는 볼펜은 제쳐놓고 "교정쇄 나왔으니까 팩스 보낼게요"라고 말하며 벌떡 일어서서, 가게를 나서는 야마세 미도리를 향해 "오늘은 감사했습니다" 하고 깊숙이 고개를 숙였다.

—그러니까 아이도 이제 무리예요.

녹음기에서 돈가스집의 소음이 재생됐다.

한 시간이 되기 직전에 재생이 끝났다. 야마세 미도리. 변함없이 시간 배분도 철저하다. 노에는 자판에서 손가락을 떼고 이어폰은 그대로 낀 채 기지개를 쭉 폈다.

액정 모니터에 떠 있는 것은 '야마세 미도리의 가계부 진단'이라는 이름의 텍스트 파일이다. 녹음된 목소리와 휘갈겨 쓴 메모의 내용을 백 퍼센트에 가까운 정도로 재현했다. 이제 이 진부한 대화를 읽을거리로서 재구성해 다시 쓰면 된다. 여기서부터 글쟁이로서 실력을 발휘해야 할 차례다.

어째서인지 이번에는 글이 술술 잘 풀리지 않았다. 여느 때 같으면 취재 다음날에는 초고를 완성한다. 하지만 이틀이 지났는데도 가공되지 않은 정보가 나열되어 있을 뿐이다. 노에는 녹음기를 끄고 밋치가 불쑥 털어놓은 이야기를 떠올렸다.

—저, 실은 임신했어요. 하지만 지금 말씀드린 대로 아이는 도저히 못 낳아요.

그때까지 될 대로 되라는 느낌이었던 밋치가 유일하게 진지해진 대목이었다.

노에는 귀에서 이어폰을 빼고 평소처럼 홈페이지에 접속해 보았다. 비밀번호 제도로 운영되는 게시판에는 오늘 또한 애처로운 여자들의 비명이 적혀 있었다.

이런 걸 기사화하고 싶다. 경제적 이유로 아이를 포기하는 부부는 많다. 저출산 문제를 해결하고자 국가가 아무리 허울좋은 대책을 내세워봤자 현실은 더 절박하다. 하나는 아직 허용할 수 있는 범위지만, 두세 명이라면 현재의 경제적 기반을 버릴 각오로 임해야 한다. 생활 기반보다는 아이가 먼저라고 설교하는 사람도 있겠지만 근사한 주택과 쾌적한 생활을 무턱대고 제공함으로써 이익이 순환하고 있는 것도 명백한 사실이다. 뭐가 더 나쁜 것도, 누가 더 어리석은 것도 아니다. 모순이 어찌할 방도가 없을 만큼 팽대해졌을 뿐이다.

"그건 우리 잡지의 기조가 아니야. 너무 무거워."

노에는 편집장에게 말을 꺼내본 적이 있었다. 맞벌이를 하며 아이를 기르느라 여러 가지 문제를 끌어안고 있는 사십 대 여성 편집장은 노에의 의견에 동감하기는 했지만, 아니나 다를까 부드럽게 거절했다. 애당초 식재료 택배 카탈로그에서 시작된 주부 잡지다. 요리와 절약법 그리고 가계 관리. 그것이 전부다.

"다른 매체에서 도전해. 만약 정말로 해볼 마음이 있다면……."

일찍이 대형 출판사 편집부에 있었다는 편집장은 말을 신중하게 고르며 노에에게 이렇게 조언했다.

"이대로 뒤쪽에서 숨은 공로자로 살아갈 것이냐, 아니면 필자로서 이름을 내걸고 무대 앞쪽에 나설 것이냐. 노에 씨도 슬슬 마음을 정할 때일지도 모르겠어. 하지만 기삿거리가 있어야 해. 아무튼 기삿거리가 중요하다고. 주장만으로는 안 돼. 문제를 제기하려고 해도 일단은 겉모양이야. 독자를 끌어들일 수 있을 만한 실마리가 필요한 거지. 예를 들어 실제 사건이라든가……."

다미야 요코

2005년 9월

02

살짝 재채기가 났다. 달큼하면서도 텁텁한 짐승 냄새. 힘을 주어 눈을 떠보았다.

여기가 어디더라? 지금까지 꾼 꿈을 떠올리듯이 요코는 눈을 거듭 깜빡였다. 낯선 아침해, 애착이 없는 냄새, 자신의 취향과는 전혀 다른 커튼.

"일어났어?"

바로 옆에서 기척이 느껴졌다. 요코는 느릿느릿 시선을 돌렸다. 밝은 갈색으로 염색한 머리카락이 흔들리며 리듬을 자아냈다. 카펫이 깔린 바닥에 묵직하게 눌러앉은 하반신, 조그만 생물을 끌어안은 가슴팍, 배까지 축 늘어진 가슴, 가슴 끝을 물고 있는 작은 입. 옴찔거리는 입은 꿈틀대는 유충 같았고, 입에서 삐져나온 음란한 색깔의 유륜은 더더욱 정체 모를 유충의 사체 같아서 요코는 저도 모르게 목구멍 안쪽으로 작게 구역질했다.

"잘 잤어?" 밝은 갈색 머리가 말했다.

"좋은 아침." 요코는 대답했다.

부엌 테이블에는 어젯밤에 쓴 그릇이 너저분하게 방치되어 있었다. 카레가 들러붙은 접시, 표면이 바싹 마른 감자 샐러드.

가나에는 그릇을 정리하지도 않고 식기 건조대에서 머그컵 두 개를 꺼내 테이블에 내려놓았다.

"나오키가 시끄럽게 굴었지?"

가나에가 머그컵에 티백을 넣으며 울프컷을 한 밝은 갈색 머리를 오른손으로 벅벅 긁었다. 머리카락 한 올이 어깨에 떨어졌다.

"아니, 괜찮아. 전혀 거슬리지 않았어." 새빨간 거짓말이었지만 진심을 말해본들 아무 소용도 없다.

"정말? 어쩐지 어젯밤은 기분이 안 좋았는지 계속 칭얼대던데. 그때마다 젖을 물리느라 기운이 하나도 없어."

"고생했네."

요코는 머그컵에 따르는 주전자의 뜨거운 물을 주의깊게 관찰했다. 주전자의 물은 언제 받아둔 걸까?

싸구려 홍차 냄새가 거드름 피우듯이 서서히 퍼져나갔다. 가나에는 머그컵을 요코 앞에 내려놓고 이번에는 자기 머그컵에 물을 따랐다. 디즈니 캐릭터가 프린트된 머그컵에는 공교롭게도 입을 대려는 부분에 카레 색깔 오물이 희미하게 묻어 있었다. 요코는 다시 솟구치려는 구역질을 꾹 눌러 삼켰다.

“천천히 놀다 갈 거지?” 가나에가 눈곱이 낀 눈을 비볐다.

“음……. 일이 밀려 있어서. 이거 마시고 나서 가보려고.”

“왜? 아침 먹고 가. 어제저녁에 먹은 카레, 아직 남았어.”

어제저녁에 먹은 카레? 머리카락이 들어간 그 카레?

“고마워, 하지만 오전 중에 집으로 돌아가야 해.” 요코는 슬쩍 머그컵을 180도 돌렸다. “일을 아직 못 끝냈거든.” 다행이다. 이쪽에는 아무것도 묻어 있지 않았다. 요코는 입술을 살짝 깨물고는 왼손으로 손잡이를 쥐고 신중하게 컵 가장자리에 입을 댔다.

“일? 지금은 여름휴가잖아?”

“응.”

“일거리를 가져온 거야?”

“뭐, 그렇지.”

“커리어우먼은 힘들구나.”

아기가 칭얼대기 시작했다. 가나에가 어쩔 수 없다는 듯이 작은 몸을 안아 올렸다.

"정말이지 차 한 잔도 마음 편히 못 마시겠네." 아들에게 젖을 물리며 가나에가 테이블로 돌아왔다.

요코는 들키지 않도록 손가락으로 코를 막았다.

더이상 참을 수 없었다. 이 젖 냄새. 방 냄새도 견디기 힘들었다. 그런 요코의 성질을 돋우듯이 아기가 재차 보챘다. 아기는 상체를 배배 꼬며 엄마 품에서 달아나려고 버둥거렸다. 아기의 목표는 접시에 남은 감자 샐러드였다.

"이제야 겨우 어른이 먹는 음식에 흥미를 보이더라고. 지금까지는 세상없어도 젖뿐이었지. 벌써 십팔 개월인데."

가나에는 낑낑대며 힘을 쓰는 자기 아들을 보고 즐거운 듯이 깔깔 웃었다. 요코도 웃어보았다. 아기는 침을 질질 흘리며 폭군이라도 된 양 테이블을 세게 두드리다가 마침내 감자 샐러드를 움켜쥐더니 사방에 내던졌다.

더이상 못 참겠다.

"진짜 애 하나 키우려면 이만저만 힘든 게 아니야. 한순간도 눈을 뗄 수가 없다니까. 혼자 있고 싶다." 그렇게 말하면서도 가나에는 만면에 미소를 짓고 있었다.

"그런데 그 이야기는?"

"아아." 가나에는 머그컵으로 쑥스러운 웃음을 감추었다.

"어떻게 됐어?"

"응, 음성이었어."

이틀 전에 예정일인데도 생리가 시작되지 않는다고 가나에가 상의를 해왔다.

—어쩌면 임신했는지도 몰라. 만약 임신이면 어떻게 하지? 나오키도 이제 겨우 십팔 개월인데.

—그러게, 경제적으로도 체력적으로도 힘들겠다.

—응, 지금 수입으로는 어림도 없어.

—일단 임신 테스트기로 확인해보는 게 어때? 그러고 나서 고민해도 늦지 않아. 임신 테스트기는?

—응, 내일 사 올게. ……저기, 내일 자러 오지 않을래?

그리고 오늘 아침.

"아침에 일어나자마자 검사했어. 음성이더라."

"그래, 다행이네."

"응……. 하지만 실은 은근히 둘째를 기대했어. 둘째는 여자애가 좋지 않을까 하고. 남편도 애는 좋아하거든."

"난 이만 갈게."

"정말? 벌써?"

"미안해. 하지만 빨리 일을 마무리지어야 해서. 모레는 오다와라로 돌아갈 예정이라."

"집에 가는 거야?"

"아버지가 잔소리를 하셔서."

"외동딸이라 걱정이신 거야. 옛날부터 그러셨잖아. 눈에 넣어도 아프지 않을 만큼 귀여운 거지. 효도하는 셈 쳐."

"그러게, 짝이 없어서 문제야. 빨리 안심시켜드려야 할 텐데."

"어머, 그런 뜻으로 한 말은 아닌데."

"응. 알아."

요코는 온몸에 들어차 있던 숨을 내뱉었다. 커다란 한숨에 낯선 사람 몇 명이 호기심 어린 시선을 던졌다. 하지만 상관없다. 가나에는 없다. 가나에네 집은 저 뒤편이다.

지쳤다. 어제부터 긴장의 연속이었다. 어제는 무슨 이야기를 했더라. 아이 사진과 비디오를 보기는 했는데.

지쳤다. 예상보다 훨씬 지쳤다.

모처럼 얻은 휴가인데 평소보다 피로가 더 쌓였다.

"샤워부터 하고 싶어."

드디어 차창 밖에 눈에 익은 풍경이 펼쳐졌다. 가나에네 집을 나선 지 한 시간 반. 지하철과 민영 철도를 갈아타고 신주쿠역에서 급행으로 사십 분. 공사중인 맨션 두 채와 완공을 눈앞에 둔 맨션이 한 채, 그리고 완공된 맨션이 두 채 보였다. 새 연필 한 자루와 써서 닳은 연필 한 자루를 사이좋게 늘어세운 것처럼 사십 층짜리 맨션과 이십 층짜리 맨션이 눈에 들어왔다. 여기서 보면 가까이 있는 것처럼 보이지만 실제로는 버스로 네 정거장 거리만큼 떨어져 있다. 깎지 않은 연필은 '빅벤', 그 앞에 있는 몽당연필이 '리틀 타워'. 몽당연필이라고 해도 아직 지은 지 오 년밖에 되지 않았다.

전철이 천천히 속력을 늦추었다. 드디어 미쓰하라 역에 도착했다. 여기에서 내리기 시작한 지 이 년째다. 이 년.

몽당연필 리틀 타워를 산 지 벌써 이 년. 아니면 아직 이 년? 태어난 후로 계속 살아온 것처럼 익숙한 느낌도 들고, 일주일 전에야 비로소 방문한 것처럼 서먹서먹한 느낌도 든다. 뒤죽박죽인 느낌은 이 도시의 어중간한 풍경 때문인지도 모른다. 새로운 건지, 낡은 건지, 새로워지고 싶은 건지, 낡은 상태로 있고 싶은 건지 선택하지 못하고 능글맞게 웃으며 그때그때 상황을 모면하기 위해 변명을 되풀이하는 어딘가의 남자 같다.

미쓰하라 역 서쪽 출입구에서 리틀 타워까지 걸어서 약 이십 분 걸린다. 조금 먼가? 구입 당시는 그 점이 신경쓰였지만 역 앞부터 이어지는 상점가가 마음에 들었다. 새롭고 오래된 세 개의 상점가가 복잡하게 교차하는데, 시끌벅적한 분위기에 정신을 파는 사이에 어느덧 맨션에 도착한다. 한눈을 팔다가 이십 분이 사십 분으로 늘어날 때도 있지만 고단하지는 않다.

하지만 일 분 남은 지점에서 경치는 변화한다. 그때까지 활기차던 분위기와 색채가 느닷없이 자취를 감추고 회색 지방 도로가 나타난다. 시간 가는 줄 모르고 수다를 즐기고 있는데 경적 소리와 함께 대형 트럭이 돌진해온 듯한 느낌이다. 실제로 대형 트럭은 끊임없이 이 도로를 오간다.

요코는 몸을 긴장시켰다. 이렇게 신호를 기다리는 동안에도 트럭에 치일 위험이 있다. 보행자 신호등이 파란불로 변해도 트럭들은 아무렇지도 않게 횡단보도를 가로지르려고 한다. 신호등이 있는데도 이 지경이니 만약 신호등이 없다면. 그렇다, 이 년 전까지 여기에는 신호등이 없었다.

횡단보도를 건너고 나서 요코는 평소 습관대로 그곳을 보았다. 눈치레처럼 설치된 짤막한 가드레일 아래에 꽃이 놓여 있었다. 이 년 전 여기서 초등학교 남학생이 트럭에 받혔다. 요코가 이사 오고 얼마 지나지 않았을 무렵이었다. 그때 급브레이크 소리를 들었다. 초가을 일요일 오후였다. 급브레이크 소리는 길었다. 그 긴 시간 동안 남학생은 바퀴에 끌려갔다. 시신은 심각하게 손상되었다고 들었다. 내장 일부가 사고 현장에서 백 미터 떨어진 요코의 맨션 앞에서도 발견되었다. 하지만 남학생을 죽인 트럭 운전수는 벌금형을 받은 것으로 그쳤다고 한다. 말도 안 되는 이야기다, 경찰과 검찰은 뭘 하는 거냐는, 분노로 가득찬 전단지가 요코 집 우편함에도 투함되었다.

그 사고가 일어난 뒤에도 중년 여성이 트럭에 부딪혀서 다쳤다. 역시 일요일 오후로, 남학생이 사고로 죽은 지 채 한 달도 되지 않았을 때였다. 그로부터 반년이 지나 겨우 신호등이 설치되었고, 횡단보도 주변에만 가드레일을 만들었다.

횡단보도를 건넌 후에도 긴장은 풀리지 않는다. 아니, 오히려 더더욱 긴장된다. 요코는 숨을 반쯤 죽인 채 슬금슬금 걸음을 옮겼다. 맨션은 횡단보도에서 지방 도로를 따라 백 미터쯤 서쪽으로 가야 나온다. 일 분 정도의 거리인데도 여기가 제일 길게 느껴진다. 무엇보다 보행자를 배려한 인도라는 것이 없다. 사람이 걷는 것이 허용된 부분과 차도는 희미해진 회색 차선으로 구분되어 있을 뿐이다. 물론 그 차선은 생명을 보장해주지 않는다. 트럭은 당연하다는 듯 차선을 넘어서 요코의 어깨에 닿을락 말락 아슬아슬하게 달려갔다.

요코는 도로 건너편을 보았다. 지방 도로가 국경선처럼 건너편과 이쪽을 갈라놓았다. 내일도 저쪽으로 돌아갈 수 있을까. 엄청난 불안감 때문에 온몸 구석구석에 소름이 돋았다.

불안이 끓는점에 도달할 무렵에 문득 시야 속의 풍경이 달라진다. 리틀 타워의 공개 녹지다. "오늘도 무사했어." 요코는 요란스레 한숨을 내쉬었다. 그리고 난 여기를 샀어, 난 이 맨션의 꼭대기 층 집을 샀어, 그 집은 '나'만의 것이야, 라는 새삼스런 기쁨으로 가슴속이 가득 차올랐다.

"그래, 난 누구보다도 싸게 여기를 손에 넣었어. 반값 이하로 샀다고. 품질은 같은데 가격은 반값 이하. 부담은 다른 입주자들의 반도 안 되지."

이 얼마나 멋진 우월감인가. 이 우월감만으로도 요코는 남은 인생을 살아갈 수 있을 것 같은 기분이 들었다.

이 년 전 여기가 매물로 나왔을 때, 리틀 타워는 아직 지은 지 삼 년밖에 되지 않았다. 그런데 이미 신축 때의 반값이었다. 시간이 흐르면 구입했을 때보다 가격이 떨어지는 것이 당연하지만 지은 지 삼 년 만에 반값이라니 그야말로 폭락이었다. 리틀 타워가 완공된 후에 건설된 빅벤도 폭락에 영향을 준 모양이었다.

"빅벤은 리틀 타워에 비해 주거 환경도 좋고 사양이 높은데도 리틀 타워보다 낮은 가격으로 분양됐어요. 즉, 리틀 타워 입주자들은 좀더 비싼 돈을 주고 산 셈이죠. 아니, 그래도 분양 당시에는 저가라는 말이 돌았지만요. 하지만 아시다시피 디플레이션에서 벗어날 기미가 없지 않습니까. 더 싸졌다는 뜻이죠. 부동산도 시기를 잘 노려야 하죠. 도박 같은 구석이 있거든요."

부동산 회사 사원은 수다쟁이였다.

"손님께 권해드린 매물은 완공된 지 삼 년밖에 되지 않아 외관도 내부도 새집이나 마찬가지입니다. 물론 리폼은 할 거고요. 그런데도 천칠백만 엔이라니까요. 분양 당시는 삼천삼백만 엔이었던 물건이 천칠백만 엔, 반값입니다."

물론 요코는 바로 결정을 내리지 않았다. 지은 지 얼마 되지 않은 매물일 경우 파는 쪽에 무슨 사정이 있는 법이다. 그들의 바람은 현금이다. 한시라도 빨리 현금이 들어오기를 바란다. 그러므로 조금만 버티면 할인은 간단하다. 어떤 잡지에 그렇게 씌어 있었다. 요코는 보름간 답변을 미룬 끝에 결국 천사백만 엔까지 값을 깎는 데 성공했다. 계약금은 보너스로 충당했다. 당장 쓸 일이 없다고 생각해 여름과 겨울 보너스를 그대로 남겨둔 것이 다행이었다.

계약금을 모으기 위해 몇 년이나 절약해서 알뜰살뜰 저축하는 시대는 아니라고 절실하게 느꼈다. 보너스를 두 번만 아끼면 집을 살 수 있다. 아니, 계약금 같은 건 없어도 살 수 있다.

지금까지 자신에게 운이 있다는 생각은 별로 해본 적이 없었다. 동료와 친구는 잇달아 결혼하여 남편의 봉급으로 마련한

번듯한 맨션에 산다. 변함없이 직장을 옮겨가며 원룸에서 햄스터나 마찬가지로 옹색하게 생활하는 자신을 내버려두고 하나둘씩 떠나간다. 그렇다고 해서 그녀들의 결혼 생활을 부러워하는 것은 아니다. 절대 그렇지 않다. 강한 척하는 것이 아니다. 그런 짓을 하면 자신이 상처 입는다. 그런 바보 같은 자학 행위만은 하고 싶지 않았다. 혼자서 제대로 쉬지도 못하고 세월만 흘려보내는…… 그런 인생도 좋지 않은가. 이것이 내 생활이다. 그렇게 자신을 위로하던 차에 맨션이 굴러들어왔다. 십오 년 융자에 다달이 변제해야 할 금액은 육만 엔이다. 집세를 내는 셈 치면 예전에 생활하던 임대 원룸에 비해 싼데도 20층에 위치한 2LDK■, 육십오 제곱미터짜리 집이 수중에 들어왔다.

세상은 의외로 공평하게 생겨먹었는지도 모른다.

도어록을 해제하려고 하는데 자동문이 먼저 열렸다. 306호실에 사는 하세가와 씨 부인이었다.

"오늘은 쉬는 날인가요?" 하세가와 씨가 말을 붙였다.

"예, 좀 느지막이 여름휴가를 얻었어요."

"오늘도 변함없이 덥네요."

■ 앞의 숫자는 방의 개수, L, D, K는 각각 거실과 식당, 주방을 가리킨다.

하세가와 씨의 한마디에 생각났다는 듯이 요코의 몸에서 땀이 배어났다. 등줄기를 따라 땀이 흘러내렸다.

"덥네요." 요코는 '그럼 이만'이라는 뜻을 담아 하세가와 씨의 말을 되뇌었다.

"다음주면 시월인데 이 늦더위는 여전히 기승을 부리려나 봐요."

그런데 예상과 달리 대화가 이어졌다.

"일기예보에서는 이번 주말부터 시원해질 거라고 하던데요." 요코는 고개를 약간 숙이고 대답했다.

"지난주도 그런 소리를 하던걸요."

"완전히 헛짚었네요."

"이번에야말로 정말로 시원해지면 좋겠어요."

"정말요." 마침내 대화가 일단락되었다.

"그럼." 하세가와 씨는 인사를 남기고 입구 홀을 가로질러 행정도로 쪽으로 걸어갔다.

엘리베이터 홀에서는 1002호실의 야노 씨 부인이 말을 걸었다. 입주자 회의실에 갔었다고 한다. 회의실은 1층 서쪽 끝에 있다. 서른 명을 수용할 수 있는 제법 쓸 만한 회의실이다. 호텔에도 뒤지지 않을 정도의 설비를 갖추고 있다. 입주자는 누구나 사용할 수 있고, 사용료를 지불하면 입주자가 아니더라도 누구나 사용이 가능하다. 외부인에게도 회의실을 개방한 것은 수선 비용에 보태기 위해서인데, 의외로 수입이 제법 쏠쏠하다고 한다.

야노 씨 품에서 아기가 천진난만한 시선을 보냈다. 요코는 미소를 가장해 시선에 응했다.

"입주자 회의 임원들과 상의를 했어." 야노 씨가 다소 심각한 이야기라는 듯이 입술을 일그러뜨렸다. 그러고 보니 야노 씨는 올해 입주자 부대표다.

"요즘 이 부근이 뒤숭숭하잖아? 이웃 맨션에서 치한 소동이 일어난 거 알아? 역 앞 노숙자들도 쓰레기를 뒤지러 오는 모양이고. 이상한 중년 남자가 어슬렁거린다는 소문도 있어. 그래서 입주자들이 보안 수준을 좀더 높일 수 없겠느냐고 문의를 해서 말이야. 다음달 총회의 중심 의제로 삼고자 준비하는 중이야." 야노 씨의 이야기는 계속 이어졌다.

요코는 야노 씨의 입술을 눈으로 좇으며 전혀 상관없는 생각을 하고 있었다. 분명 야노 씨와 하세가와 씨는 거의 같은 시기에 출산 예정이라고……. 작년 총회에서 그런 이야기를 했는데.

반년 전, 두 사람은 전후하여 배가 쑥 들어갔다. 하기야 야노 씨는 표준보다 훨씬 통통한 체형이라 극적인 변화는 없었다. 하지만 하세가와 씨는 완전히 변했다. 야노 씨 정도는 아니지만 통통하게 살이 올랐는데, 그 후로는 다른 사람처럼 몸피가 줄었다. 얼굴도 폭삭 쪼그라들었다. 그 영향인지 열 살은 늙었다. 나이는 삼십 대 중반일 텐데 아까 입구 홀에서 마주친 하세가와 씨는 할머니처럼 보이기도 했다.

"그러고 보니 하세가와 씨네 아기……." 생각이 그대로 입에서 튀어나왔다. 요코는 당황하여 아랫입술을 깨물었다.

"어머." 야노 씨는 둥글둥글한 턱을 목에 묻었다. "몰랐어? 사산이었어."

"아." 요코의 뺨이 자연스레 솟아올랐다. 말실수를 얼버무리기 위한 얼빠진 쓴웃음이 입에 맺혔다. 요코는 무의미하게 허공을 올려다보았다.

엘리베이터가 도착했다. 요코는 먼저 올라타서 10층과 20층 버튼을 눌렀다.

"어휴, 참." 문이 닫히자마자 야노 씨가 문 위를 가리켰다. 쳐다보니 껌 같은 것이 붙어 있었다. 작은 녹색 물질이었다.

"또 장난질이네. 요즘 심심치 않게 눈에 띄어. 저번 달도 그러더니."

저번 달은 우편함 옆 장식대에 유성 매직으로 낙서를 해놨었다. 외설스런 말과 그 말을 상징하는 그림이 나열되어 있었다. 올해 봄에 열린 맨션 총회에서 이런 유의 장난이 문제시되어 한 시간이 지나도록 범인이 누구인지 추측이 난무했지만 결국 아무런 해결책도 찾지 못한 채 관리 회사에 청소를 의뢰하는 것으로 끝났다.

"내가 보기에는 영업 사원 짓 같아. 아니면 신문을 권유하러 다니는 사람이나." 녹색 이물질을 올려다보며 야노 씨는 범인상을 추리했다.

"그렇다면 키가 꽤 큰 사람이겠군요." 요코는 작은 목소리로 이야기를 받아주었다. 녹색 이물질은 천장 가까이에 붙어 있었다.

"남자가 팔을 뻗으면 저기까지는 닿지." 야노 씨는 자신의 추리에 확신에 가까운 자신감을 품고 있는 것 같았다. "저번 주에 본 환풍기 필터 영업 사원의 키가 꽤 크던데."

야노 씨 품에서 아기가 꺄꺄 소리를 지르며 손을 뻗었다. 머리에 단 빨간 리본이 어울리지 않았다.

"방범 카메라." 요코는 엘리베이터 천장을 올려다보았다. "저 방범 카메라에 뭔가 찍혀 있을지도 모르겠네요."

"어머, 소용없어." 야노 씨는 어깨를 움츠렸다. "저거, 가짜라서. 촬영이 안 돼. 제대로 돌아가는 건 입구 카메라뿐이야."

"관리비를 절약……하기 위해서인가요?"

"그렇지. 아무튼 관리 회사에 전화해서 저걸 떼어달라고 해야겠어.” 야노 씨는 아기를 추어올려 안더니 말했다. “이럴 때는 귀찮네. 관리인이 상주하는 맨션이라면 재깍재깍 해줄 텐데 말이야.”

그건 그렇다. 여기는 관리인이 상주하지 않는 탓에 공용 구역에 갑자기 문제가 발생해도 바로 대응할 수 없다. 아무리 빨라도 하루 후에야 해결된다.

“처음에는 관리인이 상주했어. 다미야 씨가 이사 오기 전에. 관리비를 절약하기 위해 출퇴근제로 변경했지. 그게 문제였나 봐. 어쩌면…… 앗.”

엘리베이터가 멈췄다. 10층에 도착한 모양이었다. 야노 씨는 둥글둥글한 얼굴에 애교 있는 표정을 지으며 엘리베이터에서 내렸다.

“아, 참. 다음 총회는 다음달 둘째 주에 있는데, 괜찮아?” 닫히는 문 밖에서 야노 씨가 물었다.

사실은 참석하고 싶지 않았다. 요코는 연락이 올 때마다 볼일이 있다는 핑계로 거절하지만 상대방은 “그럼 다미야 씨가 편한 날로 날짜를 바꿀게” 하고 강권한다. “다미야 씨는 우리 맨션에서는 새내기에 속하니까 가능하면 총회에 나와서 맨션 관리에도 참가해줬으면 해.”

그런 말을 들을 때마다 부동산 회사 담당자의 말이 떠올랐다. 맨션에서 신축 분양을 받지 않은 사람은 손님 한 분뿐입니다. 맨션이 반값으로 팔렸다는 사실에 입주자들은 꽤 불만을 품고 있어요. 실제로는 더 쌉니다만. 그러니까 될 수 있는 한 입주자들과 사이좋게 지내십시오. 뭐, 처음 한동안만 고생하시면 될 겁니다.

"괜찮지?" 야노 씨가 붙임성 있는 목소리로 다짐을 두었다.

"일요일 오전이라면요."

요코가 대답하자 문이 완전히 닫혔다. 야노 씨가 가볍게 손을 흔들었다. 야노 씨의 목소리는 어쩐지 가나에와 비슷했다.

요코의 집은 20층에 있다.

하루 만에 돌아온 집은 건조기 안처럼 뜨끈뜨끈하고 바싹 말라 있었다. 창문을 열까 에어컨을 켤까 이 초쯤 고민하다 요코는 에어컨 리모컨을 집었다.

리모컨에는 11시 45분이라는 시각이 표시되어 있었다. 한 달 늦게 얻은 여름휴가의 이튿날도 벌써 절반이 지나갔다. 첫날은 가나에네 집에서 보냈다. 솔직히 즐거운 휴일은 아니었다. 학생 때는 가나에와 함께 보내는 시간이 보물처럼 느껴진 시기도 있었다. 다시는 이만큼 소중한 친구를 얻을 수 없을 것 같았다. 하루 종일, 365일 가나에와 함께해도 고통스러운 일은 없을 거라고 생각했다. 하지만 어제는 틀림없이 고통에 지나지 않았다.

지금은 혼자가 편하다. 혼자 있는 게 제일이다. 한때는 남들처럼 결혼에 목매던 시절도 있었지만 그러한 갈망이 사라지고 나자 편안한 독신 생활이 기다리고 있었다. 다른 사람에게 말하자 "그거 말기 증상이야. 독신녀는 그렇게 사회구조의 틀에서 제외되는 법이지"라는 말을 들었다. 하지만 누가 뭐라고 하든 이 편안함은 결코 양보할 수 없다.

요코는 탈의실로 가서 입고 있던 옷을 전부 벗어 세탁기에 던져 넣었다. 세면대 거울에 비치는 몸매는 서른여덟 살치고는 제법 괜찮았다. 가슴에 탄력이 있고 유두도 처녀처럼 색깔이 연했다.

"예뻐." 요코는 입 밖에 내어 자신을 칭찬했다. 거울 속의 알몸은 그 말에 반응해 점점 더 은은하게 빛났다.

"처녀 같아."

실제로 요 이 년간 요코의 몸은 처녀나 다를 바 없었다. 이 년 전 당시 사귀던 남자와 마지막으로 관계를 가진 것을 끝으로 남자와 잔 적은 없었다.

천성이 그런지도 모른다. 성욕은 그렇게 강하지 않다. 앞으로 다시는 남자와 자지 못하고 죽어도 슬플 것 같지 않았다. 연애도 마찬가지였다. 이제 와서는 아무런 기대도 품고 있지 않다. 그걸 병이라고 하는 사람도 있을지 모르지만 생활에는 아무 지장도 없다. 오히려 덕분에 지금까지 버텨올 수 있었다.

"여자는 스스로 두 다리를 움직여 인생을 걷고 있는 것 같지만 실은 환상에 조종당해 걸음을 떼어놓고 있을 뿐이야. '연애'라는 환상에. '연애'의 정체는 '성욕'이지."

누가 그런 말을 했더라. 그래, 어머니다. 어머니는 아버지에게 애착이 별로 없었다. 아버지도 아버지대로 어머니에게 집착하지 않았기에 주변 사람들 눈에는 사이좋은 부부로 비쳤다. 큰 싸움을 벌이거나 문제를 일으키지도 않고 이대로 원만하게 나이를 먹을 것이다.

"성욕의 끝에는 뭐가 있어?" 요코는 어머니에게 물어본 적이 있었다.

"아이 아니겠니?"

어머니는 요코와 눈도 마주치지 않고 그렇게 대답했다. "아이를 낳아야 여자는 제 역할을 다하는 거야."

어머니는 그런 말도 했다. 이렇게 시대에 뒤떨어진 말이 직접 귀에 날아들다니. 요코는 놀리듯이 어머니 얼굴을 들여다보았다. 어머니 입술이 심술궂게 왼쪽으로 올라가 있었다.

요코는 늘 놀림을 받았다. 어머니는 거북하다. 아버지가 없으면 단 일 초도 함께 있을 수 없다.

요코는 샤워기 수도꼭지를 끝까지 돌렸다. 무수히 많은 물방울이 몸을 기분 좋게 두드렸다. 피부가 십 대의 그것처럼 물을 튕겨냈다. 요코는 그 모습을 먼 곳을 보는 것처럼 바라보았다. 한순간 정신이 아득해졌다. 머릿속에 차곡차곡 쌓인 기억을 누군가가 헤집고 있는 것처럼 아찔하다. 하지만 언제든지 정신을 놓기 직전에 머릿속이 맑아진다. 오른팔에 조그마한 얼룩이 생겼다. 아, 여기에도 저기에도. 용서할 수 없다. 타일 닦는 브러시를 들고 얼룩을 문질렀다. 바로 피가 번졌다.

여름이 문제다. 이번 여름은 예년에 비해 햇살이 강했다. 아무리 조심해도 지긋지긋한 자외선이 내 뽀얀 피부를 질투한다. 하지만 괜찮다, 아무리 못살게 굴어도 슬슬 그게 도착할 때가 됐으니까. 아니, 어쩌면 당장 내일이라도 도착할 것이다. 아니면 오늘?

"응, 그러니까 괜찮아." 요코는 소리 내어 말해보았다.

"난 앞으로도 나이만 먹어가는 여자들을 불쌍히 여기며 유유히 살아갈 거야."

욕실에서 나오자 정오가 한참 지난 뒤였다. 에어컨을 켜두어서 방안이 쾌적했다.

"곧 시월인데." 요코는 이번 주말부터 되풀이해 들은 말을 중얼거려보았다. "어째서 이렇게 더운 거람."

휴가는 앞으로 엿새 남았다. 모레는 부모님 집으로 돌아가야 한다. 귀찮지만 아버지가 고대하고 있다.

할 수 있다면 아버지에게만은 슬픔을 주고 싶지 않았다.

당장은 푹 쉬어 피로를 풀고 싶었다. 하지만 이 냉방 탓에 당분간은 몸이 더 찌뿌드드할 것이다. 그리고 이것 때문에도.

요코는 그제야 램프가 반짝반짝 빛나는 자동 응답기에 의식을 돌렸다. 몇 번인가 망설인 후에 난폭하게 버튼을 눌렀다.

"스즈키입니다. 165페이지랑 192페이지에 변경이 있어서 팩스 보냅니다. 잘 부탁드릴게요."

"스즈키입니다. 64페이지와 102페이지에도 변경이 있었습니다. 팩스 보낼게요."

"스즈키입니다. 표지 1차 시안이 나왔습니다. 확인 부탁드립니다."

"스즈키입니다. 47페이지와 63페이지에 변경이……."

요코는 삭제 버튼을 눌렀다. 팩스 감열지가 똬리를 틀며 거실을 제 안방인 양 점령했다.

"스즈키 이 자식."

요코는 팩스 용지를 밟아 뭉갠 후 소파에 몸을 던졌다.

고등학교와 대학교 수험 참고서를 출판하는 회사에 재취직한 지 오 년. 사 년 차까지는 바쁜 와중에도 남들만큼 휴가를 얻었지만, 작년에 뜬금없이 명예퇴직의 칼바람이 불었다. 요코가 소속된 제작부도 거의 절반이 회사를 떠났다. 그렇다고 해서 업무량이 줄어드는 것은 아닌지라 남은 사람들이 업무를 떠맡았다.

남은 사람도 어쩐 이유인지 입사한 지 얼마 되지 않은 신출내기뿐인지라 나중에 보니 요코가 제일 나이가 많았다. 계장이라는 그럴듯한 직함은 달았지만 직무 수당이 한 달에 만 오천 엔 올랐을 뿐이고, 그 대신 잔업 수당이 없어졌다. 허울좋은 삭감이다.

요코는 목욕 수건만 두른 몸을 소파에 묻은 채 발로 팩스 용지를 모았다. 원고 군데군데에 추가로 수정한 부분이 눈에 띄었다. 아무래도 모든 페이지의 해당 부분을 똑같이 변경해야 하는 모양이다. 이 정도 작업은 남은 사람들이 알아서 처리해주었으면 좋겠다. 하지만 맡겨놓기가 불안했다. 요전에도 나이 어린 상사에게 핀잔을 들었다. 주변 사람한테 좀더 일을 맡기는 게 어때요? 동료를 믿어봐요.

"내 손으로 하는 편이 정확하고, 실수도 없어."

요코는 팩스를 대충 훑은 후 거실 구석의 책상을 보았다. 책상에는 회사에서 가지고 온 초교가 요코를 약올리듯이 쌓여 있었다. 교정을 봐야 하지만 아직 초고에는 손도 대지 않았다.

배에서 꾸르륵 소리가 났다. 그러고 보니 아침부터 아무것도 먹지 않았다. 왜 역 앞에서 장을 봐 오지 않았을까. 샤워를 하고 싶다는 일념만으로 냉큼 집에 돌아왔다. 욕구가 충족되고 나자 공복감이 급격히 되살아났다.

요코는 소파에서 몸을 일으켜 속옷을 입고 꽃무늬 면 원피스를 머리에서부터 뒤집어썼다. 그런 뒤 거실 남서쪽과 동쪽 커튼을 걷었다. 오후 햇살이 충분하다 못해 지나칠 만큼 집안에 비쳐들었다. 하지만 남쪽 베란다 커튼은 오늘도 걷지 않았다.

요코는 토트백에 지갑과 손수건만 넣고 다시 밖으로 나갔다. 맨션 입구 자동문이 열리면서 배기가스가 섞인 뜨거운 바람이 쏟아져 들어왔다. 원피스 자락이 살짝 들쳐 올라갔다.

입구 앞에는 공개 녹지가 있다. 철쭉과 꽃산딸나무를 심은 조그마한 정원인데 유감스럽게도 올해는 어느 나무에도 꽃이 피지 않았다. 하기야 꽃산딸나무의 꽃은 정확하게는 '꽃잎'이 아니라고 한다. 요전에 그 사실을 알았다. 그렇다, 그녀가 가르쳐 주었다. 그녀에게 메일이 왔을까. 확인하는 것을 깜빡했다.

정원에 밀차와 사람이 있었다. 둘 다 땅에 웅크린 것처럼 작게 자리를 차지하고 있었다.

할머니가 잔디밭에 돌을 쌓고 있다. 또다.

근처 사람일까? 이 할머니도 총회에서 매번 문제로 거론됐다. 악질적인 장난질인지도 모른다. 이 맨션이 지어질 때 주민이 반대운동을 벌였다고 한다. 섣불리 자극했다가는 장난질이 더더욱 악랄해질지도 모른다. 잠깐 지켜보자. ……그리고 결국 아무 해결책도 내놓지 못하고 계속 방치해두고 있다.

"저기요." 요코는 약간 용기를 내어 말을 걸었다. "여기서 그런 짓 하시면 안 돼요."

할머니가 이쪽을 돌아다보았다. 할머니는 얼굴을 움찔움찔하며 동요한 표정을 지었다. 금붕어처럼 입을 빼끔빼끔하는 할머니의 주름 많은 눈가에 희미하게 눈물이 맺혔다.

"하지만, 여기에, 이렇게, 돌을 쌓는 게, 습관이, 됐수다."

할머니가 더듬더듬 말했다. 할머니는 심호흡을 하더니 이번에는 경을 읽듯이 빠른 말투로 떠들어댔다.

"벌써 오십 년도 넘게 여기다 이렇게 돌을 쌓아왔소. 오십 년이오, 오십 년. 당신들이 여기 오기 전부터 그랬다고."

할머니는 비척비척 일어섰다.

"여기가 그거였던 무렵부터라오. 나는 돌을 쌓고 있소. 부정을 씻으려고."

할머니는 옆에 있던 밀차에 기어오르듯이 몸을 일으키더니 밀차를 천천히 밀면서 되풀이해 말했다.

"여기가, 그거였던 무렵부터요. 부정을 씻으려고."

할머니가 의미심장하게 씩 웃었다. 그 웃음에 요코는 기세가 약간 꺾였다.

그게 뭔데요? 하지만 요코는 질문을 목구멍 깊이 되밀어 넣었다. 주먹을 쥔 오른손에 힘을 꽉 주었다.

"그만두세요. 할머니 때문에 잔디가 상하잖아요." 요코가 매섭게 말했지만 할머니는 개의치 않고 "부정을 씻어야 해, 부정을" 하고 중얼거리며 지방 도로의 서쪽으로 나아갔다.

뒤를 밟으려다 그만두었다. 실성한 할머니다. 괜히 상대했다가는 무슨 짓을 당할지 모른다. 경찰에 신고할까. 아니, 그만두자. 다음달 총회 때 화제에 오를 것이 틀림없다. 오르지 않으면 내가 말하자. 요코는 할머니가 망가뜨린 잔디밭을 노려본 후 지방 도로의 동쪽으로 나아갔다.

역 앞 생활용품점에서 같은 맨션 입주자와 스쳐지나갔다. 2LDK인 201호실에 사는 여자다.

미쓰하라 초고층 맨션은 가족 입주자를 대상으로 하여 3LDK~4LDK형이지만 일부는 2LDK형이다. 2LDK형은 열아홉 세대인데, 2LDK 입주자 중에 반년에 한 번 열리는 관리 조합 총회에 참석하는 사람은 요코 말고 아무도 없다. 가족형 입주자가 "이 모양이니 결혼도 못하고 혼자 사는 거지" 하고 모멸을 담아 2LDK 입주자를 욕하는 소리를 요코는 매번 붙임성 있는 웃음을 띠며 흘려 넘겼다.

2LDK 입주자 중에서 요코가 아는 사람은 이 여자뿐이었다. "저, 2LDK에 살아요" 하고 느닷없이 말을 걸었을 때가 생생하게 기억에 남아 있다. 그때 요코는 엘리베이터를 기다리고 있었는데 '201호라면 2층이잖아. 굳이 엘리베이터를 타지 않아도……'라고 생각했다. 언제였더라. 석 대 있는 엘리베이터가 모두 꼭대기 층에 서 있는지 좀처럼 내려오지 않았다. 나란히 서 있으려니 왠지 겸연쩍어서 요코는 한 발짝 물러섰다. 여자의 등은 애처로울 만큼 가냘팠다. 요코는 잠시 여자를 멍하니 관찰했다. 딱 눈높이 위치에 어깨가 있었다. 여자치고는 키가 상당히 컸다. 묵직하게 늘어뜨린 머리카락 때문에 가녀린 어깨가 비명을 지르고 있는 것 같았다. 어깨에는 숄더백을 메고 있었는데 백에서 살짝 삐져나온 보라색 책자가 어깨를 더 짓누르고 있는 것처럼 보였다. 책자는 무대 팸플릿 같았다. 깃털과 꽃으로 화려하게 장식하고 특수 화장을 한 남녀들이 미소 짓고 있었다. 요코는 엘리베이터가 도착할 때까지 여자의 머리카락과 보라색 책자를 번갈아 바라보았다.

'그때는 당장이라도 죽을 것처럼 생기가 없었는데 오늘은 기운 있어 보이네.'

요코는 생필품점을 바쁘게 돌아다니는 201호실 여자를 눈으로 좇았다. 변함없이 야리야리했다. 반소매 셔츠에서 뻗어 나온 팔은 시든 나뭇가지 같았고, 긴 치마 밑으로 보이는 다리는 젓가락 같았다.

그런데 뭔가 달랐다. 요코는 다른 그림 찾기라도 하듯이 기억 속의 201호실 여자와 시선 끝에 있는 여자를 대조했다.

옅은 눈썹과 얇은 눈꺼풀에 연한 색깔의 눈, 아래쪽을 향한 화살표 모양 콧대가 그것들을 좌우로 나누며 얇은 입술을 향해 뻗어 있다. 이가 잘 안 맞물리는지 입술 아래의 좁은 턱에 매실 절임 같은 주름이 잡혔다. 목에서 쇄골 사이의 익히지 않은 춘권피 같은 피부에 비쳐 보이는 혈관이 얼룩덜룩한 모양을 그려냈다…….

하지만 다른 그림 찾기가 끝나기 전에 201호실 여자는 붐비는 사람들 사이로 사라졌다.

"아."

스타벅스 종이가방을 거실 탁자에 내려놓았을 때 요코는 번쩍 생각났다.

"가슴 크기가 달랐어."

흔한 일이다. 여자라면 누구나 가슴 크기 정도는 자유자재로 바꿀 줄 알 것이다. 그것보다 문제는 이 팩스다. 또 왔다. 게다가 용지 부족 메시지가 떴다. 요코는 팩스 용지를 짓밟고 세면대로 가서 손 세정제로 손을 씻었다.

아무튼 간에. 오늘 하루는 아무것도 못 본 걸로 하자. 어차피 인쇄소에 원고를 넘기는 건 휴가가 끝나는 다음주다.

"아."

요코는 또 생각났다.

"냄새다."

눈앞의 거울에 201호실 여자 얼굴이 떠올랐다.

"전에는 향수 냄새를 풀풀 풍겼는데." 요코는 기억 속 영상을 응시했다. "오늘은 어쩐지 불쾌한 젖 냄새가 났어."

집중력은 바로 흐트러졌다. 배가 고프다고 뱃속에서 난리가 났다. 이마에 땀이 맺혔다. 무릎에서 힘이 빠졌다. 고꾸라질 것 같은 걸음걸이로 거실로 달려가 스타벅스 종이가방을 뒤적거렸다. 부드러운 식감을 즐길 틈도 없이 요코는 치킨 샌드위치를 꾸역꾸역 삼켰다.

늦더위가 심하다고는 하나 날은 많이 짧아졌다.

오후 4시가 지나자 요코는 마지못해 소파에서 몸을 일으켰다. 팩스 용지를 사 와야 한다. 역시 미룰 수는 없다. 문제를 해결하지 않으면 어쩐지 기분이 안 좋다. 왁스로 가볍게 머리를 매만지고 파우더로 간단하게 화장한 후 또다시 밖으로 나갔다.

입구로 나가자 우편함에 전단지를 넣고 있던 젊은 남자와 눈이 마주쳤다. 남자는 겸연쩍은 듯이 코를 벌름벌름한 후에 "야마다 씨는 안 계시나……" 하고 혼잣말을 하더니 "어쩔 수 없지. 나중에 다시 와야겠다" 하고 고개를 끄덕이고는 요코 옆을 소리도 없이 지나쳤다.

지방 도로로 나서서 이번에는 서쪽으로 향했다. 도로를 따라 십오 분쯤 걸으면 가전제품 대리점이 나온다. 조금 멀지만 그곳 팩스 용지가 제일 싸다. 종류도 다양하다. 요코는 트럭에게 재촉당하듯이 차선만으로 구분된 좁은 인도를 계속 걸었다.

왼쪽에 차밭이 보였다. 배기가스 때문에 약간 변색된 차밭은 가전제품 대리점까지 이어진다. 이사할 때까지 몰랐는데 여기는 차의 명산지로 조금은 이름이 알려진 곳이라고 한다. 하기야 이 동네와 인근의 제한된 범위에서만 통하는 상표니까 향토색이 짙은 음악과 비슷한 셈이다.

요코는 계속 걸었다.

석양이 눈부셨다. 눈알을 찌르는 것 같았다. 그래도 요코는 계속 걸었다. 그러고 보니 예전에도 이렇게 하얀빛을 향해 걸은 적이 있었다. 그때는 어디 가고 있었더라? 아주 피곤하고 몹시 불안했다. 눈을 뜰 수 없을 정도로 환한 빛의 잔상은 언제까지나 눈꺼풀 안쪽에 들러붙어 있었다. 너무나 눈이 부셔서 보고 싶은데도 도저히 눈을 뜰 수가 없었다.

그렇다, 그때 나는 뭔가를 움켜쥐고 있었다.

시끄러운 경적 소리가 요코 옆을 지나쳤다. 발밑을 보자 인도 밖으로 많이 벗어나 있었다. 서둘러 인도 안으로 돌아가 눈을 들자 이미 가전제품 대리점 앞이었다.

팩스 용지를 넣었는데도 팩스가 올 낌새는 없었다.

요코는 컴퓨터를 켰다. 메일이 쌓여 있었다. 일곱 통. 첫 번째 메일을 열었다.

늦더위가 심한데 잘 지내나요? 저는 그럭저럭 잘 지내요. 어제는 생리통이 심해서 밖에도 못 나갔지만 오늘은 힘내서 돌아다녔죠. 돌아다닌 덕분인지 기운이 좀 났어요. 집에 돌아오자 자격증 통신교육 광고지가 왔기에 별 흥미는 없었지만 찬찬히 읽었어요. 저도 무슨 기술이라도 배워야 할까 하는 생각이 문득 들더군요. 그럼 또 메일 보낼게요. 아키.

아키.

'인터넷'이라는 공간이 만들어낸 공감대일지도 모른다. 인터넷 세상에 한정된 우정이지만 그것으로 충분했다. 그것만으로도 소중한 친구라는 사실에 변함은 없었다. 벌써 알고 지낸 지 이 년이다.

관심 있으면 홈페이지에도 놀러와요. 비밀번호는 이거.

재작년에 두 번째 메일을 보냈을 때 아키는 홈페이지 주소를 링크했다. 요코는 망설이지 않고 주소를 클릭했다.

홈페이지 대문은 이끼색과 밝은 청색 배경이었고 한복판에 새빨간 문 일러스트가 자리잡고 있었다. 색 배합이 마음에 들었다. 고등학교 때 교복과 똑같았다. 이끼색은 블레이저, 밝은 청색은 치마, 그리고 옷깃을 장식하는 새빨간 타이. 요코는 마우스 위에서 잠시 손가락을 꼼지락대다가 문을 클릭하려는 손가락의 뜻에 따랐다.

홈페이지는 일기와 에세이, 그리고 게시판으로 구성되어 있었다. 흔히 눈에 띄는 개인 사이트였지만 여성 한정이라는 점이 달랐다. 하지만 회원제 사이트치고는 접속하는 사람이 꽤 있는 듯 방문자 수는 이미 십만을 돌파했다. 게시판도 꽤 활기찼다.

뜻밖의 일은 아니었다. 아키는 문장을 매력적으로 쓴다. 간결하고 진지한 글이다. 그것이 인기를 끄는 이유이리라.

요코는 아무런 흔적도 남기지 않고 사이트를 빠져나왔다. 원래부터 개인 사이트는 거북했다. 남의 인생을 엿보는 기분이 들었다. 엿보는 구멍을 통해 그쪽도 이쪽을 엿보고 있는 것 같아서 아무래도 마음에 들지 않았다.

본심을 말하자면 메일도 처음에는 위화감이 있었다. 뭘 써야 할지 난감했다. 자신의 의사가 제대로 전해지는지도 알 수 없다. 하지만 익숙해졌다. 익숙해진 것을 넘어 지금은 메일 의존증에 가까운 상태다. 아키로부터 메일이 오지 않으면 왠지 서글퍼지고, 아키에게 메일을 보내지 않으면 어쩐지 불안해진다. 별 내용도 아닌데.

>RE:저도 무슨 기술이라도 배워야 할까……

그런 말씀 마세요. 지금 일을 열심히 하시면 되죠. 제가 응원하고 있어요. 온 세상 사람이 아키에게 등을 돌려도 저만은 반드시 응원할게요. 이렇게 격려하고 싶지만 아키의 지금 기분 잘 알아요. 저도 지금 어디에 발을 디디고 서 있어야 할지 잘 몰라서 정말로 신경이 날카롭거든요. 하지만…….

요코는 아키의 메일에 답장을 적었다. 날에 따라서는 원고지 다섯 장 분량의 긴 답장을 적을 때도 있지만 오늘은 간단하게 끝냈다. 아, 가나에를 만난 것도 쓸까. ……아니, 그만두자. 쓴 글을 다시 한번 확인하고 송신 버튼을 클릭했다.

열어보지 않은 메일은 이제 여섯 통. 하지만 남은 메일을 확인할 기분은 들지 않았다.

요코는 텔레비전 리모컨을 찾았다. 리모컨에 표시된 시각은 오후 7시 25분이었다. 오늘은 무슨 프로그램을 하더라? 방송 편성표가 어디 있는지 찾을 수가 없어 일단 전원 버튼을 눌렀다.

졸린다. 분명 이대로 멍하니 텔레비전을 보다가 소파에 누워 잠에 빠지겠지. 오늘밤이야말로 푹 잘 수 있을지도 모른다.

커다란 소리가 요코의 뒤통수를 때렸다.

무의식적으로 상체를 일으켰다. 심한 통증과 함께 목덜미에서 뚜둑 소리가 났다. 요코는 천천히 목을 문질렀다.

비디오 액정 시계를 확인했다. 오후 11시 15분이다. 요코는 소파에서 조심스레 일어났다. 몸 구석구석이 아팠다. 작은 칼로 온몸을 찌르는 느낌이었다.

전화벨이 울리고 있었다. 요코는 벼랑을 기어오르는 조난자처럼 수화기를 집었다.

가나에였다.

"오늘 고마웠어."

"나야말로 이것저것 잘 얻어먹었지. ……응? 무슨 소리야, 당연하잖아, 우리는 영원히 친구야."

수화기를 내려놓은 요코는 다시 침대에 드러누웠다. 엄연하게 침실이 있는데 이런 곳에서 자다니 뭐하는 짓일까. 의미도 없이 리모컨을 눌렀다. 흑백, 컬러, 컬러, 흑백, 화면을 차례차례 바꾸었다. 오늘밤은 모든 채널에서 그리운 옛 영화를 방송하는 모양이다. 요코는 외화 전문 채널에서 손가락을 멈추었다. 유럽 어딘가를 찍은 풍경이 어쩐지 정겹게 잠을 불러왔다.

그런데 꺼림칙한 불안이 요코의 눈꺼풀을 밀어 올렸다. 문단속은 단단히 했나? 동쪽 창문만 커튼이 걷혀 있었다.

작년 겨울에 이 창문으로 본 오리온자리가 떠올랐다. 허리띠 부근에서 별똥별을 봤다. 별똥별은 그때 처음으로 보았다. 마치 선향의 가느다란 연기 같았다.

그래. 오리온자리는? 요코는 동쪽 창문을 열었다. 하늘은 심해처럼 어두웠다. 공기가 무거웠다. 비 냄새가 났다. 하지만 기분 좋았다. 이번 비는 가을을 몰고 올 것이 틀림없다. 드디어

가을이 온다.

아래를 내려다보았다. 희미한 불빛. 불빛에 빨려들어가듯이 비가 지상으로 쏟아졌다.

창문 아래는 녹지였다. 정원등이 바다에 비치는 달빛처럼 이쪽에 와 닿았다. 비 내리는 밤은 특히나 더 아름답다. 달빛에 이끌려 무수히 많은 플랑크톤이 바다 표면으로 올라가는 것 같았다. 이 광경을 볼 수 있는 것만으로도 이 집을 사기 잘했다 싶었다.

"아."

요코의 환상은 거기서 멈췄다. 사람 형체가 눈에 들어왔다. 꽃산딸나무 아래에서 조그마한 형체가 움직이고 있었다.

그 할머니다. 또 녹지를 망가뜨리고 있다.

용서 못 한다. 이번에야말로 뭐라고 한마디 쏘아붙여야지. 용서 못 해, 용서 못 해, 용서 못 해, 용서 못 해, 이번에야말로, 이번에야말로, 이번에야말로.

* * *

2005년 10월 6일.

오전 뉴스가 분주히 흘러나왔다. 나라모토 노에는 전자레인지에 집어넣은 냉동 파스타를 그대로 두고 텔레비전을 뚫어지게 바라보았다.

"이 맨션……."

확인하고자 텔레비전에 바싹 다가갔다.

"연쇄 살인 사건?" 서둘러 비디오 녹화 버튼을 눌렀다.

"맨션에서 연쇄 살인 사건이 벌어졌다고? 누가 살해당하고 누가 죽였다는 거지?"

노에는 텔레비전에 달라붙을 것처럼 뉴스 영상을 하나하나 응시했다.

"이거 혹시……."

현관으로 달려갔다. 신문 투입구에 꽂힌 신문들이 고대로 쌓여 있었다. 요 며칠 마감에 쫓겨서 신문을 볼 겨를도 없었다.

"이거다."

10월 5일 자 조간에서 기사를 찾았다.

고층 맨션 연쇄 살인 사건

10월 4일, 사이타마 현 미쓰하라 시 미쓰하라 초고층 맨션 2001호실에서 회사원 다미야 요코 씨(38세)의 시체가 발견됐다. 미쓰하라 초고층 맨션에서는 3일, 회사원 요시자키 마키코 씨(41세)의 시체도 발견되었으므로 수사본부는 사건의 관련성을 조사하고 있다. 또한 요시자키 마키코 씨는 9월 27일 밤에 살해당한 것으로 밝혀졌으며, 다미야 요코 씨의 사망 시각도 이에 가까울 가능성이 있다고 보고 수사를 진행 중이다.

한 달 후. 노에는 사건의 상세한 내용을 전하는 온갖 미디어에 파묻혀 있었다. 대부분은 요시자키 마키코의 기행을 적나라하게 전달했다. 또 다른 피해자 다미야 요코에 관해서는 어느 월간지에 조그만 기사가 실린 게 전부였다.

대조적인 두 피해자. 인터넷 지옥에 빠진 마키코와 컴퓨터도 휴대전화도 가지고 있지 않았던 요코. 이 두 사람을 연결하는 것은?

다미야 요코의 집에는…… 컴퓨터가 없었다.

그리고 또 한 달 후. 지하철의 주간지 광고에 '블러디 타워 연쇄 살인 사건, 범인 야마구치 게이타로의 진짜 얼굴'이라는 표제가 크게 실렸다.

노에는 표제를 본체만체 방금 전 자른 머리에 손을 댔다. 너무 짧은 거 아닌지 모르겠다. 하지만 지금은 이 정도가 딱 좋다. 당분간 드라이어로 말리거나 무스를 발라 정돈할 여유는 없을 것이다. 아무튼 지금은 이것. 노에는 배낭을 품에 끌어안았다. 안에는 녹음기와 애용하는 삼색 볼펜이 들어 있다. 지금은 취재 도구에 지나지 않지만 가까운 장래에 원고로 변할 것이다.

오다와라에 도착했다. 노에는 후우, 하고 길게 심호흡을 한 후 자리에서 벌떡 일어섰다.

블러디 타워 살인 사건의 진상 1

《월간 글로브》 2006년 6월호

03

그 사건은 실로 불가해하고 불쾌하고 부도덕했다. 간단하게 말하자면 어느 맨션에서 거의 같은 시기에 시체 두 구가 발견됐다. 맨션은 신주쿠에서 민영 철도 급행열차를 타고 사십 분 거리에 있는 미쓰하라 역에서 내려 이십 분 정도 걸으면 도착하는 이십 층짜리 건물이다. 현재 그 지역에서 두 번째로 높은 그 맨션은 당시 리틀 타워라는 이름으로 불렸지만 사건이 일어난 후에는 블러디 타워라는 별명이 붙었다.

피로 물든 탑. 입주자에게는 실로 찜찜하고 귀에 거슬리는 별명이다. 하지만 확실히 그 사건은 피로 물든 끔찍한 참사였다.

범람하는 '망상'

2005년 10월 3일 월요일, 사이타마 현 미쓰하라 시에 위치한 미쓰하라 초고층 맨션(통칭 리틀 타워) 201호실에서 회사원 요시자키 마키코(당시 41세)가 참혹하게 살해된 시체로 발견됐다. 다음날인 4일, 같은 맨션 꼭대기 층의 2001호실에 거주하는 회사원 다미야 요코(당시 38세)가 역시 시체로 발견된다. 두 사람 모두 같은 구조(2LDK)의 집에 살았고, 비슷한 연령이었으며, 독신이었고, 흔히 말하는 커리어우먼이다. 양식 없는 사람이라면 올드미스라고 부를지도 모른다.

다음날 조간에 바로 '고층 맨션 연쇄 살인 사건'이라는 표제가 등장했다. 블러디 타워라는 명칭은 그 다음주에 발매된 여성 주간지에서 처음으로 사용되었는데, 명칭을 붙인 필자는 분명 만족했을 것이다. 그 기사를 계기로 블러디 타워라는 명칭이 정착됐으니까.

각설하고, 세간은 요시자키 마키코의 마지막 모습에 주목했다. 마키코는 성기가 도려내어졌고, 자궁이 사라졌다. 세간이 이 사건에서 어떤 이야기를 찾아내 그에 따라 사건을 추리하려고 한 것은 당연한 결과였다.

이 잔학한 연쇄 살인의 범인은 성적이상자, 또는 광신자일 것이며, 틀림없이 남자라고 모두가 확신했다. 노구치 오사부로 사건과 관련지어 검증하는 기사도 있었다. 미스터리 소설 작가가 쓴 기사였는데, 검증이 아주 흥미로워 세간도 만족했다. 이 기사를 계기로 사람들은 더욱더 이야기성을 기대하게끔 되었다. 덧붙여 노구치 오사부로 사건이란 다음과 같은 사건이다.

1902년, 엉덩이 살이 떨어져나간 소년의 시체가 발견된다. 범인은 노구치 오사부로라는 남자였다. 오사부로는 한시漢詩 작가 노구치 네이사이의 여동생 소에와 사랑에 빠졌고, 두 사람의 관계를 인정받기 위해 병으로 신음하는 네이사이의 간병에 힘썼다. 병에 대해서도 조사하다가 '인육을 고아낸 국물을 마시면 효험이 있다'는 미신을 듣는다. 그리하여 소년을 살해했다. 오사부로는 도려낸 엉덩이 살을 고아 국물을 우려낸 후 닭고기 국에 섞어 네이사이와 소에에게 먹였다.

이 역사적 사실과 관련지어 미신에 사로잡힌 광신자가 무슨 의식을 행한 것 아니겠느냐는 가정하에 펼쳐진 추리는 확실히 재미있었고, '그럴지도 모른다'고 세간의 망상을 자극하기에 충분한 엔터테인먼트성도 지니고 있었다. 기사에는 특정한 종교 단체를 암시하는 부분도 있어서 명예훼손 소동으로 발전하는 등 여담도 제공하는 결과가 나왔다.

이와 관련된 한 버라이어티 방송도 흥미롭다. '영능력 수사관이 미해결 사건을 해결한다!'라는 제목이었을 것이다. 미궁에 빠진 사건의 실마리를 영시靈視로 찾아낸다는 버라이어티 방송인데 이때 영국에서 방일한 여자 영능력자는 사건의 범인을 영시로 보고 몽타주를 그렸다. 사십 대 남자에 눈썹이 굵다는 것 말고는 이렇다 할 특징이 없어서 신주쿠 역에 삼십 분만 있으면 비슷한 남자가 다섯 명은 눈에 띌 것 같은 그림이었다.

용의자 야마구치 게이타로

세간의 이야기가 앞서나가는 가운데 사건이 발생한 지 두 달 후 택배 기사 야마구치 게이타로(당시 46세)가 체포됐다. 세상 사람들은 약간 김이 빠진 듯했다. 이야기를 전개해가는 도중에 찬물을 끼얹은 모양새였기 때문이다. 사람들은 대부분 좀더 드라마틱한 범인을 상정해두고 있었다. 하지만 용의자는 아무런 특색도 없는, 평균적인, 중간 몸집 중간 키의 중년 운전기사였다.

용의자의 얼굴이 미디어에 공개됐을 때 누군가가 말했다.

"그 몽타주와 비슷해."

듣고 보니 영능력자가 그린 몽타주와 닮지 않은 것도 아니었다.

"닮았어. 아니, 똑같아."

목소리는 점차 커져서 '영능력 수사관이 사건을 해결했다'는 듯이 호들갑을 떨었고 인터넷 게시판들도 대성황이었다. 평범한 택배 기사 야마구치 게이타로는 오컬트로 각색되었다.

오컬트 색깔이 입혀지고 나서 다시 스캔들이라는 색깔이 끼얹어진 것은 사건이 발생한 지 두 달 하고 보름 후, 그러니까 용의자가 체포되고 보름이 지난 뒤였다. 용의자가 피해자 요시자키 마키코와 육체관계를 맺었다는 사실이 밝혀진 것이다.

게다가 그 관계는 금전과 맞바꾼 거래였다고 한다. 즉, 성매매. 먹음직스러운 먹이가 던져졌다. 그 먹이를 맛보고자 누군가는 인터넷 익명 게시판, 누군가는 주간지, 누군가는 와이드쇼에 시선을 고정했다. 먹이는 날마다 감칠맛을 더해갔고, 결국에는 '맨션 이면에서 벌어진 비밀 사업'이라는 소문까지 날조됐다.

미쓰하라 초고층 맨션에 사는 기혼 여성을 중심으로 집단 성매매가 이루어졌다는 소문이다. 증언자까지 나타나서 "집회실 대여라는 명목을 내세워 몰래 성매매를 했다"고 단언하는 지경에 이르렀다. 사건은 살인마 잭 더 리퍼의 양상을 띠었다. 19세기 말에 런던에서 발생한 잭 더 리퍼 살인 사건의 범인은 여전히 수수께끼로 남아 있다. 하지만 피해자가 매춘부고 살해 방법이 잔학무도했으므로 범인이 매춘부에게 부정적인 감정을 품고 있었던 것은 확실하다고 볼 수 있다. '블러디 타워 살인 사건'의 용의자도 매춘부들에게 말로는 형용할 수 없는 분노를 품고 있었는지도 모른다. 혹은 단순히 감정적인 갈등이거나 금전 문제일까. 세간은 그런 식으로 용의자와 거래했을 여자들을 낱낱이 파헤치기 시작했다. 피해자 말고 성매매라는 아르바이트에 힘쓰던 사람은 누구일까. 백 세대 백이십오 명의 여성 모두가 탐색 대상이었고, 결국 백이십오 명 전원이 매춘굴의 매춘부라는 오명을 뒤집어썼다.

하지만 그것은 완전히 꾸며낸 이야기였다. 미쓰하라 초고층 타워 맨션의 집회실을 빌린 적이 있는 누군가가 인터넷 익명 게시판에다 "어쩌면 몰래…… 할지도 모른다"는 무책임한 억측을 올렸고, 그 억측이 스포츠신문에 실렸으며, 다음날에는 진실이라는 듯이 퍼졌을 뿐이다.

모두진술冒頭陳述

이 같은 말썽이 일어난 와중에 야마구치 게이타로는 요시자키 마키코와 다미야 요코를 살해한 죄로 기소되었다. 이듬해인 2006년 2월 14일 화요일, 사이타마 지방법원 본관 301호 법정에서 첫 공판이 열렸다.

재판을 계기로 사건은 새로운 국면을 맞이했다. 야마구치 게이타로는 기소인부절차에서 범행을 부인하고 무죄를 주장했으며 야마구치의 변호인단도 그에 동의했다. 이번에는 변호인단과 검찰 측의 격렬한 공방전이 세간의 주목을 받았다.

목격자도 동기도 없다. '몸을 파는 여자'와 '몸을 사는 남자'라는 관계가 있었을 뿐이다. 그것도 요시자키 마키코와의 관계일 뿐 다미야 요코와는 어떤 관계인지 명확하게 밝혀지지 않았다.

하지만 검찰 측은 비장의 카드를 들고 있었다. 마키코의 속옷에 묻은 정액이 야마구치의 것으로 확인되었다. 또한 닦아낸 흔적이 있었지만 마키코의 집에는 야마구치의 지문도 몇 개 남아 있었다. 마키코의 몸에서도 야마구치의 지문이 몇 개 발견되었다. 하지만 야마구치는 당초부터 그러한 사실을 숨김없이 자백했다. 야마구치는 살인이 발생했다고 추정되는 9월 27일에 마키코와 성관계를 가졌다고 인정했다. 하지만 살인과는 아무 상관도 없다고 주장했다. 야마구치의 변호인도 "동기와 원인, 살해 방법 등에서 피고인을 범인으로 추정하는 근거가 부족하다"고 검찰을 비난했고, 모두진술에서 다음과 같이 주장했다.

"사건 당일 오후 4시경, 피고인은 요시자키 마키코에게 성매매 권유를 받고 같은 날 오후 5시경에 요시자키 마키코의 집을 찾아가 성관계를 맺었다. 행위가 끝나자 피고인은 여느 때와 마찬가지로 만 엔을 요시자키 마키코에게 건네고 오후 5시 30분경 영업용 차로 돌아와 택배 배달 업무를 계속했다. 따라서 피고인의 지문이 피해자의 몸과 집안에서 발견되는 것은 당연하므로 지문과 살인을 직접 연관 지을 수는 없다."

나도 동의한다.

오월 현재, 공판은 네 번 열렸다. 나는 공판을 전부 방청했는데, 심리가 진행될수록 피고인은 틀림없이 무죄라는 생각이 들었다.

아니, 지금 돌이켜보면 검찰 측은 모두진술 때부터 말도 안 되는 다수의 억지와 편의적인 주관으로 밀어붙였다.

그럼 여기서 검찰 측 모두진술로 이 사건의 개요를 살펴보자.

범행에 이른 경위 등

1. 피고인 야마구치 게이타로는 초등학생 때부터 성적이 좋았으며 초등학교 3학년 때 지역신문이 주최한 작문 콩쿠르에 입상한 이래 그 콩쿠르에 단골로 입상하는 등 영특함은 지역사회에서도 유명했다. 중학교 시절에는 항상 전교 5등 안에 들었고, 고등학교도 현내 최고의 대학 진학률을 자랑하는 곳에 진학했다. 국립 규슈 대학 문학부에도 단번에 합격하여 대학교 졸업 후에는 건설업계에서 가장 규모가 큰 주식회사 다이요 건설에 입사해 업무 부문에 소속되어 호텔과 오피스빌딩 판촉을 담당했다. 이른바 엘리트 코스를 밟았으며 피고인 본인도 "난 엘리트"라고 가족과 친구에게 말했다.

하지만 동기들 중에서 출세가 그렇게 빠른 편은 아니었는데 인사고과도 중하中下 등급이었다. 엘리트 의식이 강한 피고인으로서는 처음 겪는 좌절이었다. 입사 팔 년 차인 1989년, 피고인이 기획한 리조트타운 계획이 드디어 인정받아 주임으로 승격했고, 그해 같은 회사에 근무하는 다섯 살 연하의 여성과 결혼하여 독신자 기숙사를 벗어나 도쿄 도 미타카 시 사택으로 주거지를 옮겼다. 피고인은 스스로 기획한 리조트타운 계획을 정력적으로 추진했으나 도중에 거품경제가 붕괴하여 계획은 축소됐고, 1994년에 중지하기로 결정됐다. 중지 결정을 둘러싸고 상사와 번번이 충돌한 끝에 그해 십일월 퇴직했다.

그 후에 사이타마 현에서 업적을 올리던 우에다 부동산 주식회사로 이직했고, 주거지도 사이타마 현 가와구치 시의 맨션으로 옮겼다. 영업부에 소속되었고 일도 순조로웠지만, 입사 사 년 차인 1998년에 우에다 부동산이 도산하여 실직했다. 반년간 무직으로 지낸 후 부동산 회사를 몇 군데 전전했지만 어느 곳에도 오래 근무하지 못했고, 이 무렵부터 음주가 습관이 되어 종종 거나하게 취하기도 했다. 신용카드 대출까지 이용하여 항상 십만 엔에서 이십만 엔의 빚이 있었다. 부부싸움도 끊이지 않아 2000년 6월에 협의이혼한 후 피고인은 미쓰하라 시의 연립주택으로 주거지를 옮겼다.

그해 주식회사 재규어 택배 미쓰하라 서부 영업소의 배송 운전기사로 취업했다. 근무 태도는 대체로 성실하여 결근, 지각은 거의 하지 않았고 동료와도 친하게 지냈으나 사적인 교우관계는 맺지 않았다. 이듬해 2001년 2월에 컴퓨터를 구입한 것을 계기로 만남 사이트에 푹 빠져 사이트에서 만난 여성 몇 명과 성관계를 맺기에 이른다.

2. 피고인은 2005년 5월 중순, 대금상환택배*를 배달했을 때 요시자키 마키코와 처음 만났다. 그 후로도 이따금 대금상환택

배를 배달한 인연으로 두 사람은 사적인 이야기를 나누게 되었다. 그해 유월, 요시자키 마키코의 집에 택배를 배달한 피고인은 요시자키 마키코에게 성매매를 하지 않겠느냐는 권유를 받았고 만 엔으로 교섭이 성립되어 성관계를 맺었다. 그 후로 한 달에 한 번꼴로 피고인은 요시자키 마키코와 연락하여 만 엔을 지불하고 관계를 가졌다.

3. 2005년 9월 27일 화요일 오후 4시경, 미쓰하라 시 북부를 지나가던 피고인은 요시자키 마키코에게 몸을 사지 않겠느냐는 취지의 문자를 받았다. 미쓰하라 초고층 맨션에 배달할 물건이 있던 피고인은 권유에 응해 미쓰하라 초고층 맨션으로 향했다. 미쓰하라 초고층 맨션에는 주차장 외에 긴급 상황에 사용하는 예비 공간이 있어, 피고인은 택배를 배달할 때 늘 그곳에 차를 세웠다. 마침 쓰레기장 뒤편이라 오래 주차해두어도 의심받는 일은 없었다. 그래도 삼십 분이 한계이므로 피고인은 요시자키 마키코와 성관계를 가질 때는 삼십 분 안에 돌아가도록 유의했다.

피고인은 오후 5시경에 요시자키 마키코의 집에 도착했다.

■ 물품이 배달된 후 물품 대금을 운송업자에게 위탁하여 판매인에게 지불하는 제도.

피고인은 배달 업무로 위장해 집으로 들어가 성관계를 맺었다. 피고인은 오후 5시 20분경에 행위를 마치고 평소대로 만 엔을 요시자키 마키코에게 지불한 후 업무로 돌아가 오후 8시경에 마지막 배달을 마치고 나서 오후 9시 13분에 타임카드를 찍고 퇴근했다.

4. 퇴근 후, 피고인은 문득 사람이 그리워져 요시자키 마키코와 재차 성관계를 맺을 목적으로 걸어서 미쓰하라 초고층 맨션에 되돌아가 비상계단 C를 이용해 요시자키 마키코의 집을 방문했다. 하지만 행위중 또는 행위 후에 요시자키 마키코가 저항하자 살의를 품고 경부를 스타킹으로 압박하여 질식사시킨 후 증거인 성관계 흔적, 즉 정액을 제거하기 위해 '업무용 운전용 장갑을 끼고' 부엌에 있던 외제 과도로 성기를 도려내고 자궁을 적출했다. 이어 증거를 인멸하기 위해 운전용 장갑을 이용해 집안의 지문을 닦아냈다.

5. 피고인은 과도를 쥔 채 남의 눈을 피해 비상계단 C를 내려와서 밖으로 나왔다. 쓰레기장 뒤편 공간(피고인이 택배를 배달할 때 이용한 긴급 차량용 주차장)을 지나쳐 맨션 옆 아이카와 강을 건넌 후 구舊 제면 공장(당시 폐쇄) 부지를 빠져나가려고 하

다가 맨션을 돌아다보았을 때 20층 창문 앞에 서 있는 사람이 눈에 들어왔다. 2001호실의 다미야 요코가 자신의 모습을 보았다고 생각하고 살의를 품은 피고인은 그길로 2001호실로 향하여 요시자키 마키코의 성기를 도려낸 과도로 거실에서 다미야 요코의 목을 그어 살해했다. 피고인은 범행에 사용한 과도를 현장에 남겨두고 도주하여 자정 무렵에 자신이 사는 연립주택으로 돌아갔다.

사라진 장갑

이상이 검찰 측이 주장하는 사건의 개요다. 요약하면 2005년 9월 27일, 택배 기사 야마구치 게이타로는 요시자키 마키코와 성관계를 맺은 후 그녀를 살해하고 증거를 인멸하기 위해 마키코 집에 있던 과도로 자궁을 적출한 후 비상계단으로 도주했다. 그런데 그 모습을 2001호실의 다미야 요코에게 목격당했다고 생각해 맨션으로 되돌아와 마키코의 자궁을 적출한 과도로 요코를 살해했다.

하나 범행 시각, 범행 동기, 그리고 범행 방법이 몹시 애매하다. 특히 다미야 요코와의 관계와 범행 동기가 애매한데, 검찰은 다미야 요코가 살해된 현장인 요코 집 거실의 창문이 열려 있었던 것을 피고인과 요코를 연결하는 요소로 보았다.

열려 있던 것은 동쪽 창문인데, 그 창문에서는 맨션 중앙 정원에 해당하는 녹지가 잘 보인다. 녹지는 피고인이 택배를 배달할 때 차를 세워두는 곳 옆이라 검찰은 평소 습관대로 피고인의 무의식중에 그곳으로 향한 것이 아닐까 추측하고 있다. 맨션을 돌아다본 피고인이 20층 창문 앞에 서 있는 사람을 발견했고, 상대도 자신을 본 것은 아닐까 걱정되어 2001호실로 향했다는 것이다.

검찰이 피고인을 유죄로 확정한 가장 유력한 증거는 요코의 집 거실에 남아 있던 흉기였다. 마키코의 옷에 묻은 정액과 함께 이 흉기가 피고인을 체포하는 데 중요한 역할을 했다. 흉기는 마키코가 소유한 외제 과도라고 검찰은 단언했는데 여기에는 이유가 있다. 마키코의 집 부엌에는 외제 식칼과 와인 오프너가 남아 있었는데, 흉기인 과도를 포함해 주방 도구 3세트임이 확인되었다. 이것은 1998년에 마키코의 동료가 결혼 축하연 때 나누어준 선물로, 각각 98. 6. 21이라고 새겨져 있으며 요코의 혈액 외에 마키코의 혈액도 묻어 있었다. 이러한 사실에서 검찰은 피고인이 마키코를 교살하고 부엌에서 과도를 가져와서 마키코의 성기를 도려낸 후, 동일한 과도로 요코의 목을 그었다고 추측하고 있다. 이 점은 의심할 여지가 없는 것으로 보인다. 어쨌거나 과도는 요코 시체 옆에 버려져 있었고, 앞서 적은 대로 과도에서는 마키코와 요코의 혈액이 채취되었기 때문이다. 마키코의 성기를 도려내고 요코의 목을 그은 흉기는 틀림없이 그 과도다. 그 점에 관해서는 검찰의 주장에 동의한다.

그렇다면 그 흉기를 사용한 사람은 정말로 피고인 야마구치일까. 이 부분은 충분히 따져볼 여지가 있다. 과도에서 피고인의 지문은 검출되지 않았기 때문이다. 검찰은 이 점에 관해 "운전 장갑을 착용하고 범행을 저질렀기 때문"이라고 주장했다. 그도 그럴 것이 피고인의 소지품에서 통상 휴대하고 있어야 마땅한 운전 장갑이 발견되지 않았다. 검찰은 그 사실에 주목하여 "지문이 묻지 않도록 운전 장갑을 착용하고 범행을 저질렀다. 그 후 장갑은 어딘가에 숨겼다"고 단정했다.

물론 피고인은 그러한 의혹도 "장갑은 어느 틈엔가 잃어버렸다"며 전면적으로 부정했다.

이렇게 보면 운전 장갑이 야마구치가 무죄인지 유죄인지를 결정하는 갈림길에 서 있는 것처럼 느껴지지만, 설령 장갑이 무사히 발견된다고 해도 야마구치가 무고하다는 것은 증명할 수 없다.

피로 물든 장갑이 발견되면 증거가 늘어나고, 발견되지 않으면 숨겼다고 주장할 수 있으며 멀쩡한 상태로 발견되어도 "그렇다면 다른 장갑을 사용한 것"이라고 밀어붙일 수 있기 때문이다. 요컨대 장갑의 존재는 야마구치가 무죄인지 유죄인지를 결정하는 중요한 요소가 아니라 검찰 측이 펼쳐 보이는 사건의 줄거리에서 편리하게 써먹을 수 있는 소도구에 불과하다.

중요한 것은 사라진 장갑이 아니라 동기다. 사건 당일 오후 9시 13분에 퇴근한 후 피고인이 사건 현장에 없었다고 증명할 수 있는 사람은 없다. 야마구치는 자정 무렵에 연립주택 입주자에게 목격되었다. 즉 야마구치는 오후 9시 14분부터 자정까지 알리바이가 없는 셈이다. 이 점에 관해 변호인 측은 다음과 같이 주장했다.

야마구치는 퇴근한 후에 다른 곳에 들르지 않고 바로 집으로 돌아가서, 피로가 쌓인 탓에 바로 잠자리에 들었다. 그러나 자정이 되기 전에 배가 고파서 잠에서 깨어나 편의점에 가려고 집을 나섰다. 이때 마침 귀가한 이웃이 그 모습을 목격했다.

어쨌거나 9시 14분부터 자정 무렵까지 야마구치의 알리바이를 증명해줄 제삼자는 없다. 즉 공백이다.

이 공백을 좋은 핑계 삼아,

"퇴근 후, 피고인은 문득 사람이 그리워져 요시자키 마키코와 재차 성관계를 맺을 목적으로 걸어서 미쓰하라 초고층 맨션에 되돌아가 비상계단 C를 이용해 요시자키 마키코의 집을 방문했다. 하지만 행위중 또는 행위 후에 요시자키 마키코가 저항하자……."

이런 이야기를 검찰 측에서 만들어냈다. 그렇다, 검찰 측에 유리하도록 꾸며낸 이야기다. 이래서는 세간이 이러쿵저러쿵 떠들어대다가 스스로 만족하여 완결하는 망상과 다를 바 없지 않은가. 그런데 진실이란 때때로 이러한 망상의 중첩 속에서 날조되는 것 아닐까. 결국은 목소리가 큰 사람이 만들어낸 망상이 진실로 인정되는 것이다. 난센스다. 촌극이다. 게다가 그 촌극은 어처구니없게도 법정이라는 무대에서 상연된다. 그야말로 아무 결실도 없는 불모지나 다름없다.

나는 공판에서 검찰관과 변호인이 열변을 토해내는 모습을 볼 때마다 널빤지에 그려진 사막을 배경으로 기념사진을 찍는 여행자 같은 기분이 들어 안타까운 마음에 사로잡힌다. 진짜 사막에 갈 수조차 없다니 한심하기 짝이 없다. 불모지를 체험하려고 해도 결국은 모조품으로 대용하는 자신이 한심하여 점점 비참해지는 것이다. 그래도 나는 법정에 가야만 한다.

피고인의 어머니

법정에 가면 반드시 눈에 띄는 사람이 있다. 야마구치의 어머니다. 야마구치 어머니는 의자에 앉는 것도 죄송스럽다는 듯이 대기실 구석에서 장식품처럼 몸을 웅크리고 서 있다. 야마구치 어머니는 미야자키 현 니치난 시에서 잡화점을 운영하다가 사건이 일어난 후에 상경하여 현재는 지방법원에 가까운 사이타마 시의 작은 연립주택을 빌려 생활하고 있다. 야마구치 어머니는 아들을 위해 사선 변호인에게 의뢰했는데, 비용은 가게와 집을 팔아서 마련했다고 한다.

주변 사람에게서 존재를 감추고자 여윈 몸을 더 조그맣게 웅크리고 숨도 조심조심 내쉬며 작은 동물처럼 벽에 달라붙어 있는 늙은 여인. 하지만 시간이 되어 문이 열리면 재빨리 몸을 날려 다른 방청인들을 밀어젖히고 법정으로 들어가 제일 앞자리를 차지한다. 야마구치는 면회가 금지되어 있다. 때문에 아들의 모습은 법정에서만 볼 수 있다. 한시라도 빨리 아들을 보고 싶은 것이리라. 숨김없이 발산되는 모성을 대할 때마다 나는 늘 가슴이 뭉클하다.

단번에 규슈 대학교에 합격한 야마구치는 지역사회에서 수재로 통했다. 중학교도 제대로 다니지 못한 어머니에게 아들의 존재는 틀림없이 눈부셨을 것이다. "우리 강아지"라고 부르며 언제나 아들을 우선했고, 자랑하지 않고서는 배기지 못했다. 그런 어머니가 마지막으로 다다른 장소는 법정이라는 남사스러운 곳이었다.

야마구치 어머니는 모두진술에서 언급된 아들의 역사를 어떤 기분으로 들었을까. 검찰관이 낭독한 마흔일곱 살 피고인의 신상 및 경력은 사백 자 원고지 두 장으로 충분할 만큼 대수로울 것 없었다.

대학교를 졸업한 후에는 일류 기업에 취직해 큰일도 맡았으므로 야마구치 어머니도 주변에 자주 자랑했다고 한다. 하지만 세상의 경기가 얼어붙는 것과 동시에 야마구치의 인생에 균열이 생겼다. 이윽고 균열이 조용히 커져서 야마구치를 통째로 집어삼키자 인생은 암흑에 잠겼다. 결국 이혼한 후에는 본가와도 연락을 끊었다. 어머니는 실종 상태나 다를 바 없던 아들의 근황을 텔레비전 뉴스로 알았다.

야마구치 어머니는 뉴스를 어떤 심정으로 보았을까. "뭔가 잘못됐다." "우리 아들이 그럴 리 없다." 어떤 어머니라도 꺼내놓을 상투적인 말이 야마구치 어머니의 얇은 입술에서도 새어 나오지 않았을까.

막대기처럼 삐쩍 마른 어머니를 지탱하고 있는 것은 '무죄'라는 두 글자이리라. 고개를 깊이 숙이고 홀로 대기실 구석에 우두커니 서 있는 늙은 여인을 보고 있자니 나도 무죄를 갈망하게 되었다.

이것은 단순한 감상感傷도 아니거니와 동정도 아니다.

나는 확신한다. 이 사건에는 감추어진 범인이 따로 있다.

범인은 도대체 누구일까.

또 하나의 피해자

"저는 야마구치에게 당한 피해자입니다."

네 번째 공판이 열렸을 때 증언대에서 그렇게 절규한 여성이 있었다. 실제로는 차분하고 나지막한 목소리였지만 내게는 분명 절규로 들렸다.

하야시 다에코(가명/41세). 옛날 성은 야마구치. 피고인 야마구치 게이타로의 전처다. 1989년에 결혼하여 2000년에 이혼했다. 십일 년간의 결혼 생활을 다에코는 어떻게 평가했을까.

"그야말로 지옥이었어요."

다에코는 검찰 측 증인으로 증언대에 섰다. 그 모습을 보았을 때 법정에 있던 모든 사람이 검찰 측의 의도를 알아차리지 않았을까.

피해자 요시자키 마키코와 닮았다.

세간은 사건 직후에 유포된 여권용 증명사진과 스냅사진 몇 장을 보고 마키코의 얼굴을 머릿속에 새겨넣었다. 몇 장의 사진만으로는 마키코의 본래 모습을 정확하게 나타내고 있다고는 할 수 없었지만, 그래도 '마키코'라는 분위기를 만들어내는 데는 성공했다. 그것이 설령 허상이라고 해도 '마키코'라는 이미지는 완전히 정착되었다. 눈을 살짝 내리뜬 야윈 여자. 거품경제 시기를 연상시키는 치렁치렁한 소바주 헤어스타일, 굽슬굽슬한 머리카락 사이로 보이는 얇은 입술. 주홍색 꽃이 그려진 젊음을 지나치게 강조한 원피스. 그것은 건강이나 건전이라는 말과는 완전히 동떨어진 이미지였다. '마키코'의 그러한 모습과 증언대에 선 다에코의 실루엣이 완벽하게 겹쳐서 법정에 있던 모두가 '야마구치는 요시자키 마키코에게서 전처의 모습을 본 게 아닐까' 하고 추측하지 않을 수 없었을 것이다.

그야말로 검찰 측의 술중術中에 빠진 순간이었다.

"솔직히 말해 야마구치와 결혼한 건 실수였어요. 그 사실을 깨닫는 데 시간은 별로 걸리지 않았죠."

다에코는 검사의 질문에 대답하며 야마구치와 함께한 결혼 생활을 담담하게 돌이켜보았다. 도메스틱 바이올런스. 가정 내 폭력의 자초지종이었다. 덧붙여 야마구치의 난잡한 사생활이 차례차례 폭로되었다. 끊임없는 윤락업소 출입, 여자 문제.

"야마구치는 이상할 정도로 성욕이 강했어요. 게다가 그러한 성욕을 과시하기까지 했죠. 여자를 때리고 성욕의 분출구로 삼는 것을 남자답다고 여기는 구석이 있었습니다. 원래는 소심하면서. 아니, 그래서 그랬겠죠. 손이 먼저 올라갔어요. 자기 말을 듣지 않는 여자는 맞는 게 당연하다고 생각하는 것 같았습니다. 저도 흠씬 얻어맞았어요. 목을 조른 적도 한두 번이 아니었습니다."

다에코의 증언은 야마구치가 마키코를 살해한 것은 자연스러운 결과라는 이야기에 충분한 신빙성을 부여했다. 검찰 측과 변호인 측이 합쳐서 한 시간 동안 다에코를 신문했는데, 결국 야마구치의 형편없는 성격과 충동적인 폭력 성향을 증명하는 시간으로 끝났다. 물론 변호인 측은 다에코의 주관에 따른 증언이니만큼 정확함이 결여된다는 점을 증명하고자 기를 쓰고 신문했지만 결과적으로 그 노력은 보답받지 못했다.

요컨대 이날 심리에서는 검찰 측이 압도적인 승리를 거두었다. 하지만 내 눈에는 이날 진행된 공판의 모든 것이 촌극으로 비쳤다. 야마구치가 누명을 뒤집어쓰기 직전인 것처럼 느껴졌다. 다에코의 증언이 거짓이었다는 뜻은 아니다. 실제로 그런 적이 있을 것이다. 다에코가 증언하는 동안 야마구치는 단 한 번도 전처를 보지 않았다. 시종일관 고개를 숙이고 나쁜 짓을 하다 들킨 어린아이처럼 끊임없이 두 다리를 떨고 있었다. 이렇게까지 동요한 야마구치를 본 것은 적어도 내 기억 속에서는 그때 한 번뿐이었다.

그와는 대조적으로 방청석에 앉은 야마구치 어머니는 몸을 내밀고 예전 며느리를 응시했다. 아니, 노려보고 있었다. 어깨를 들썩이며 솟구쳐 오르는 고함소리를 억누르듯이 계속해서 입을 벌렸다 다물었다 했다. 증언대에서 내려온 다에코는 그런 야마구치 어머니를 딱 한 번 바라보았다. 그 눈에는 복수를 마친 여자의 의기양양한 눈빛이 깃들어 있었다.

심리가 아직 끝나지 않았지만 나는 한발 먼저 법정을 나선 다에코를 쫓아갔다. 그리고 별관 앞 흡연 공간에서 다에코를 찾는 데 성공했다. 다에코는 반쯤 넋이 나간 상태로 담배 연기를 길게 내뿜고 있었다. 눈은 공허했지만 뭔가를 이루었다는 달성감도 담겨 있었다. 나는 연기 틈새를 누비며 다에코에게 다가

갔다. 그리고 거절당할 것을 알면서도 취재를 요청했다. 의외로 다에코는 선선히 승낙했다.

"아아, 개운하네요."

우리는 법원에서 십오 분 정도 걸어 나카우라와 역에 가까운 벳쇼누마 공원으로 갔다. 물새가 노니는 늪 부근의 벤치에 앉자 다에코는 뚜둑뚜둑 소리를 내며 고개를 좌우로 돌리고 거창하게 기지개를 폈다.

"날씨 좋네요. 심지어 덥기까지 한데요. 아직 오월인데 올여름도 무더우려나요. 작년 같은 여름은 싫은데."

다에코는 계속 말을 늘어놓았다. 맞장구를 칠 겨를도 없었다. 오로지 그녀의 입술을 눈으로 좇으며 끼어들 기회를 노렸다. 하지만 내가 나설 차례는 없었다. 다에코는 내가 무슨 질문을 준비했는지 알아차리기라도 한 것처럼 자신에 관해 이야기하기 시작했다.

"전문대를 졸업하고 다이요 건설에 입사했어요. 본사 안내 업무를 희망했지만 보시다시피 평범하게 생겼잖아요. 결국 도자와 영업소에 배속됐어요. 본사 안내 업무와는 하늘과 땅 차이죠. 돌이켜보면 그때부터 인생이 꼬였는지도 모르겠어요. 거기서 야마구치를 만났으니까요.

하지만 당시에는 야마구치를 진심으로 좋아했어요. 야마구치는 신입 사원 연수 때 처음 봤죠. ……아아, 그때는 신입 사원이 정말로 많았어요. 오백 명은 됐을걸요. 그 후로 해마다 늘어나서 거품경제가 절정에 이르렀을 무렵에는 입사식을 대형 공연장에서 치렀죠. 연예인도 축사를 하러 올 만큼 정말 대단했어요. 아무튼 일손이 모자란다, 앞으로 몇 년 안에 역대 최악의 일손 부족 사태가 벌어질 테니 지금 우수한 인재를……. 당시 그런 말이 나돌았잖아요. 텔레비전에서는 입사를 권유하는 기업의 이미지 로고송이 자주 흘러나왔고요. 구인 잡지도 이렇게 두꺼웠고. 우리 회사도 화려한 광고를 실었는데……. 리조트호텔 같은 사원 기숙사를 만들기도 했어요. 당시는 기업이 대학과 고등학교를 돌아다니며 학생들을 접대했죠. 여행에 데려가거나 호화 여객선을 태워주거나 디너파티에 초대하기도 했고요. 자동차를 선물하는 기업도 있었잖아요. 사내에서는 목에 힘 좀 주는 인사부가 학생에게는 고개를 꾸벅꾸벅 숙였죠. 정말이지 수요가 과잉된 시장이었어요. 학생이 놀면서 기다리고 있으면 기업이 선물을 들고 찾아오다니 지금은 상상도 할 수 없는 일이죠. 저는 입사 시기가 거품경제 시절에서 살짝 벗어나서 거품경제 시절에 입사한 사람들이 정말로 부러웠어요. 초봉이 확 인상된 것도 이 무렵이었죠. 탄력근무제가 시행된 것도 그 무렵이던가? 아무튼 사 년 후배가 느닷없이 제 급료를 앞

지르더라고요. 일은 더럽게 못하는데 탄력근무제 덕분에 임원이나 다름없이 느지막이 출근하질 않나. 수당이나 대우도 죄다 차별받았어요. 얼마나 기분이 나쁘던지. 아아, 이제 이딴 회사에는 못 다니겠다 싶었죠. 그런데 고작 이삼 년 만에 대역전. 느닷없이 빙하기가 찾아와서 취직난이 심해졌죠. 웃기더군요.

……그런데 무슨 이야기였죠?

아아, 그렇지, 야마구치 이야기를 하고 있었죠. 야마구치는 지금이야 그렇게 한심하기 짝이 없는 아저씨가 됐지만 당시는 제법 멋있었어요. 당당하고 믿음직한 느낌이 들었죠. 지금 생각하면 허세였는지도 모르지만요. 글쎄, 그 인간 빚이 이백만 엔도 넘게 있었다고요. 주식 같은 걸 하다가요. 그걸 숨기지도 않고 '빚은 재산의 일부'라고 자신만만하게 말하는 거예요. 은행이 자기를 인정하니까 돈을 빌려주는 거라면서요. 얼간이죠. 당시 은행은 누구에게나 돈을 빌려줬는데. 그런 인간을 믿음직하다고 생각한 제가 제일 멍청했지만.

아……. 맞다. 야마구치와 어떻게 만났느냐는 이야기였죠. 죄송해요, 이야기가 자꾸 엇나가서. 옛날부터 자주 지적받았어요. 야마구치도 자주 뭐라고 했죠. 이야기를 잘 정리한 다음에 말하라고. 주의한다고는 하는데 말을 잘하려고 신경쓰면 쓸수록 긴장해서 말이 제대로 안 나와요. 그래서 안달이 난 나머지 무슨 말이든지 해야 한다는 생각에 사로잡혀 쓸데없는 말을 늘어놓죠. 그 모습이 답답하다면서 야마구치가 때린 적이 있었어요. 그때 이가 하나 부러졌는데 피가 펑펑 쏟아졌죠. 정말 피가 많이 났어요. 충격을 받아서 그 이후로 야마구치가 손을 까딱하기라도 하면 심장이 터질 것처럼 쿵쿵 뛰고 식은땀이 줄줄 흐르고 숨도 제대로 못 쉬겠더라고요. 지금도 후유증이 조금 남아 있어요. 이거 무슨 증후군이라고 이름이 붙어 있지 않던가요? 음, 뭐였더라?

아, 죄송해요. 야마구치 이야기였죠.

야마구치는 입사한 지 얼마 지나지 않아서 봤어요. 본사에서 신입 사원 합동 연수가 있었는데, 야마구치는 영업 예절 교육 교관으로 단상에 섰죠. 목소리가 어찌나 크던지. 억양이 이상했지만 그 또한 긍정적으로 작용해서 모두 활기차고 재미있게 교육을 받았죠. 그날 평소처럼 동기 여사원 몇 명과 술을 마시러 갔는데 야마구치 이야기밖에 안 나왔어요. 특별히 잘생긴 건 아니지만 분위기 있다면서요. 분명 금방 출세할 거다, 그런 사람은 가정적이고 순종적인 여자에게 약하다, 가정적인 모습을 내비치면 순식간에 홀딱 반하지 않겠느냐 등등 하잘것없는 잡담이었죠. 그런데 그 자리에 있던 누군가가 제게 그러는 거예요. 야마구치 씨는 분명 너 같은 여자가 취향일 거라고요.

그러자 모두가 맞다, 맞다, 하고 떠들어댔죠. 모두가 하나같이 그런 소리를 하는 바람에 저도 어쩐지 그런 기분이 들었고, 야마구치를 의식하게 됐어요. 야마구치는 신입 사원 교육 담당이라서 연수에 매일 참석했으니까 얼굴을 마주칠 기회는 얼마든지 있었죠. 신기하게도 처음에는 별생각 없었는데 하루하루가 지날수록 점점 더 마음이 갔고 결국은 그에게 푹 빠지고 말았어요. 연수 마지막날 다른 동기들의 도움을 받아 둘이서 식사를 하고 그날 밤 호텔로 직행했죠. 그때가 첫 경험이었던 저는 순결을 바쳤으니 이 사람과 결혼해야겠다고 결심했어요. 순진했어요. 처음으로 밥을 먹은 여자를 호텔로 가자고 유혹하는 늑대는 조심하고 또 조심해야 마땅한데. 하지만 당시는 남자의 정열이라고 착각했죠.

순정에 불타오른 저는 다음날부터 야마구치와 결혼할 거라고 사방팔방 떠들고 다녔어요. 야마구치 입장에서는 하룻밤 불장난이었을 텐데 불똥이 제대로 튄 셈이죠. 저는 소극적인 성격이지만 이거다 싶은 일에는 과감하게 나서는 구석이 있어서 꽁무니를 빼는 야마구치에게 끈질기게 구애했어요. 야마구치는 허세를 부리기는 하지만 소심한 면이 있어서 분위기에 쉽게 휩쓸려요. 여자랑 자는 걸 엄청 좋아하니까 내뺀다고는 해도 눈치를 주면 부랴부랴 저랑 자러 왔어요. 그 인간, 여자 가슴에 사족을 못 썼어요. 가슴을 정말 좋아하더라고요. 저는 그렇게 좋아하지 않았으면서 제 가슴은 마음에 들었는지 만나면 내내 가슴을 주물렀죠. ~~후후후후후~~. 특히 유두를 좋아해서 장소를 가리지 않고 빨았죠. 차 안에서, 밤에 공원에서, 엘리베이터에서, 아무튼 둘이서만 있으면 언제 어디서든 쪽쪽 빨았어요. 제 유두하고는 정말로 궁합이 잘 맞는지 '유두를 잘라서 늘 입안에 넣고 다니고 싶어' 이런 말까지 했다니까요. 등신이죠? 재판 때도 검사님이 말씀하셨죠. 피해자…… 마키코 씨라고 했나? 그 여자의 유두에서 야마구치의 침이 특히나 많이 검출됐다고. 아아, 변함없이 여자 가슴에 미쳐 사는구나 싶어 얼마나 우습던지.

야마구치는 좀처럼 저와의 관계를 발전시키려 들지 않았어요. 미적지근하게 오 년을 끌다 보니 저도 이제 그만 결혼을 하고 싶어 조바심이 나더군요. 오 년이나 같은 영업소에 있으면 나이 많은 여사원을 보는 눈길이 곱지만은 않아요. 동료 사원들도 노골적으로 꽃가마를 타고 퇴직하라고 재촉했고요. 그런 와중에 야마구치에게도 드디어 전환점이 찾아와서 큰일을 맡았죠. 출세할 기회인데 언제까지고 독신자 기숙사에 눌러앉아 있을 수만은 없잖아요. 그래서 야마구치도 마음을 정했겠죠. 제게 청혼했어요.

……하지만 그 후는 지옥이었어요. 그 이야기는 방금 전에 법정에서 증언한 대로예요."

여기서 드디어 다에코의 입이 멈췄다. 나는 그 순간을 노려 질문했다.

"시어머니와의 관계는 원만했나요?"

"최악이었어요. 그 여자는 처음부터 제가 성에 차지 않았어요. 어떤 여자라도 마음에 들지 않았겠죠. 자식을 품에서 떼어놓지 못하는 전형적인 어머니. 야마구치도 마더콤플렉스 기질이 있었고요. 그 여자 주말이면 꼭 규슈에서 올라왔다니까요? 믿겨요? 그리고 귀에 못이 박히도록 잔소리를 늘어놨어요. 제가 만진 것은 전부 더럽다며 일일이 티슈로 닦았고요. 사람 좋게 생겼지만 속은 시커먼 여자예요. 음험하기 이를 데 없다고요. 지금까지 인생을 살면서 사람이 그렇게 밉살스러운 적은 또 없었어요. 저, 지금 마네킹을 하는데, 아, 마네킹이란 소개소에 소속되어 백화점과 슈퍼를 돌아다니며 식품과 의류를 판매하는 파견업인데요. ……아아, 아세요? 맞아요, 맞아. 슈퍼 시식 코너 같은 데 서 있는 판매원이에요. ……그걸 하는데, 그런 일을 하다 보면 정말로 별별 사람을 다 만나요. 개중에는 인간도 아니라고 욕을 하고 싶을 만큼 심술궂은 사람도 있어요. 상품을 숨기거나 판매를 방해하는 것도 모자라 큰 소리로 욕을 퍼붓기도 하죠. 하지만 아무리 못된 인간과 마주쳐도 그 여자보다는 낫다, 그 여자만큼 악랄한 인간은 없다고 생각해요. 그러면 신기하게도 마음이 차분해지더라고요, 게다가……."

"혹시 시어머니에게 앙갚음하고 싶다고 생각한 적 있나요?"

나는 말의 빈틈을 노려 다시 질문했다.

지금까지와는 달리 다에코는 입을 꾹 다물었다. 그리고 입매가 천천히 누그러졌다. 그것이 하고 싶은 대답의 전부이리라. 나는 계속해서 물었다.

"야마구치가 사람을 죽였다고 생각하시나요?"

다에코는 한순간 시선을 내게 돌렸다가 곧바로 늪에서 노니는 물새를 바라보았다.

"글쎄요. 어떨까요? 아무튼 소심한 인간이니까요. 그런 대담한 짓은 못 하지 않겠어요?"

"하지만 당신도 목을 졸린 적이 있죠? 울컥하면 충동적으로……."

"예, 지독한 꼴을 당했죠. 하지만 적당히 조절할 줄 아는 사람이었어요."

무죄. 두 글자가 마음속에서 더욱 커졌다. 어쩌면 나는 야마구치 게이타로가 무고하다는 사실을 증명할 수 있을지도 모른다.

(계속)

* * *

"정말로 증명할 수 있겠어?"

무라오카 여사가 긴 손톱으로 할퀴듯이 담뱃갑에서 담배 한 개비를 꺼냈다. 테이블에는 《월간 글로브》 최신호가 아무렇게나 놓여 있었다. 표지에는 나라모토 노에라는 이름이 조그맣게 실려 있었다. 그걸 처음 보았을 때 얼마나 큰 감동이 온몸을 내달릴지 몇 번 상상해보았지만, 실제로는 작은 거품 같은 감개한 방울이 솟아올랐을 뿐이었다. 그것조차도 순식간에 날아가버렸다. 나라모토 노에는 잔뜩 긴장하여 눈앞에 있는 무라오카 여사의 입술을 지켜보았다.

"그게 말이야. 이 사건 아무리 생각해봐도 야마구치가 범인인 게 확실하지 않아?"

무라오카 여사는 손가락 사이에 담배를 끼운 채 《월간 글로브》의 책장을 차례차례 넘겼다.

어제 별안간 나카타가 전화로 담당 편집자가 바뀌었다는 사실을 알렸다.

"미안, 미안. 나, 이동하거든. 나라모토 씨의 새 담당은 지난달에 패션 잡지에서 이동해온 무라오카 여사. 좀 독특한 사람이라 같이 일하기 힘들지도 모르지만 실력은 확실해. 힘내서 따라가봐."

그리고 오늘 불려왔다.

유행하는 민소매 줄무늬 블라우스를 입었다. 단추는 가슴 계곡이 보일 만큼 풀었는데, 그 계곡으로 늘어뜨린 목걸이가 빛나고 있었다. 약간 통통한 두 팔의 살이 여사가 움직일 때마다 살짝살짝 흔들렸다.

"인수인계를 제대로 못 받아서 무슨 이야기인지 전혀 이해가 가지 않는데 말이야. 그러니까 나라모토 씨는 진범에 관한 기삿거리를 가지고 있다는 뜻?"

무라오카 여사의 입술 가장자리에 쪼글쪼글 잔주름이 잡혔다.

"진범이라고 할까……." 노에는 대답했다. "야마구치 게이타로의 범행이 불가능하다는 사실을 증명한다고 할까……." 말꼬리에 힘이 없었던 탓인지 무라오카 여사는 미간에 잔뜩 주름을 잡았다.

"그거, 확실한 거야?" 무라오카 여사가 메마른 입술 사이로 담배 연기를 뿜었다. "아무래도 나카타가 담당한 기사는 믿을 수가 없거든. 진위 여부도 제대로 확인하지 않고 기사를 내보낸단 말이지. 그 녀석, 요전에도 엉터리 정보를 덥석 물어서 이번에 좌천당한 거잖아."

기분이 언짢은 무라오카 여사의 압력에 짓눌려서 노에는 더더욱 할말을 잃었다. 나카타는 지금까지 노에를 담당한 편집자다. 약간 촐랑대는 느낌도 있지만 친절한 사람이기는 했다. 노에가 물고 온 정보에 관심을 보여준 유일한 사람이기도 했다.

"나카타는 깊이 생각할 줄 몰라. 그러니까 어떤 정보든 감사히 여기고 달려드는 거지."

무라오카 여사의 신랄한 비판이 이어졌다.

"하지만 이전 호에 '계속'이라고 실었으니 일단 다음 원고는 써줘. 그렇지만 난 나라모토 씨의 문장 마음에 안 들더라."

처음 만난 사람에게 갑자기 전면적으로 부정당한 것 같아서 노에는 기분이 더욱 침울해졌다. 정신을 차리고 보니 "그 말씀이 맞습니다, 그 말씀이 맞습니다" 하고 신음하듯이 웅얼거리고 있었다.

"르포를 어떻게 쓰는지 전혀 몰라. 끌어들이는 뭔가가 없어. 이래서는 독자가 질린다고. 제일 큰 결점은 대사가 많다는 것. 소설이 아니란 말이야. 특히 야마구치의 전처를 취재한 장면,

구어체가 장황하게 이어져서 이게 뭔가 싶었다니까."

"하지만 증인의 증언을 충실하게 재현하는 편이……."

"뭐든지 죄다 적어넣는다고 해서 되는 게 아니야. 그러면 오히려 실감이 사라져. 다큐멘터리 영상도 그렇잖아? 실시간으로 가감 없이 찍기만 해서는 아무도 안 봐. 그럴듯하게 편집하고 연출하고 나서야 비로소 볼거리가 되는 거 아니겠어?"

"연출요……."

"그래. 필요 없는 정보는 버리고 필요한 정보는 과장한다. 그 정도는 해야지. 아무튼 좀더 정리해."

"필요 없는 정보는, 버리고."

"필요한 정보는 과장한다. 이거 중요해. 예를 들어 살해당한 요시자키 마키코, 그 여자 재미있잖아. 몸을 팔았고, 인터넷에서도 유명인이었지? 분명 극단 J에 푹 빠져 있었다고 들었는데. 스캔들 냄새가 나지 않아? 독자의 흥미를 끌 거야. 그 여자에게 초점을 맞춰봐. 응, 그렇게 하자. 그게 재미있겠어. 다음은 그걸로 가."

"하지만……."

노에는 발치에 둔 종이가방에 손을 댔다. 안에는 다음 호에 실을 원고가 들어 있었다.

"아, 다음 원고는 언제든지 상관없어."

"예?"

아무래도 원고는 제출하기도 전에 퇴짜를 맞은 모양이었다.

"언제든지……?"

"응? 언제든지 상관없어. 완성되면 들고 와."

"언제든지…… 괜찮습니까?"

"응, 급하지 않으니까. 아, 전화다." 무라오카 여사는 휴대전화 액정 화면을 확인하고 한순간 험악한 표정을 지었지만, 금세 미소를 머금고 휴대전화를 귀에 댔다. 목소리가 상냥하고 달콤하게 싹 바뀌어서 노에는 아아, 이 사람도 여자라는 사실을 무기로 쓰는구나, 하고 생각하며 멍하니 그 모습을 바라보았다.

무라오카 여사는 눈짓만으로 '그럼' 하고 말하더니 휴대전화를 귀에 댄 채 테이블에서 멀어졌다. 노에 홀로 남겨졌다.

글로브 출판사 응접실, 처음 여기 왔을 때는 긴장과 기쁨으로 온몸이 쿵쿵 뛰는 심장이 된 것 같았다. 하지만 지금은 심장소리조차 들리지 않는, 을씨년스러우면서도 덤덤한 실망이 테이블을 통째로 감싸고 있었다.

하지만 자신밖에 모르는 진실이 있다. 그것이 있는 한 나는 지지 않는다.

노에는 조그마한 비장의 카드를 가만히 끌어안았다.

요시자키 마키코

2006년 6월

04

"아아. 성질나네."

나라모토 노에는 《월간 글로브》 7월호에 싣기 위해 쓴 원고 파일을 미련이 남은 눈으로 바라보며 푸념했다.

읽어보면 될 걸 가지고. 읽기 전에 "다음 원고는 언제든지 상관없어"라니. 간접적인 퇴짜 선언이다. 전에 누구에게 들었다. 원고 마감을 재촉하지 않는 것은 기대하지 않는다는 뜻이라고.

다음 원고에는 검찰 측 주장이 얼마나 현실과 거리가 먼지 노에가 실제로 검증한 내용을 썼다. 이 원고를 읽으면 야마구치 게이타로가 범행을 저지르기는 불가능하다는 사실을 알 수 있다. 하지만…….

"불가능하다는 건 알았는데, 그럼 진범은?"

하고 무라오카 여사는 담배 연기를 내뿜으며 말하겠지. 그리고…….

"지금 야마구치의 범행이 가능한지 불가능한지는 중요하지 않아. 가능성에 흥미 있는 사람은 아무도 없다고. 누가 진범인가. 그것까지 제시하지 않으면 독자의 흥미는 못 끌어."

노에는 비장의 카드를 살짝 꺼냈다. 단 하나의 생명줄이다. 하지만 무라오카 여사가 보기에는 별 볼일 없는 '가능성'의 하나인지도 모른다.

가능성. 확실히 그렇다. 지금 단계에서는 '그 사람이 범행과 뭔가 관계있다'는 가능성에 지나지 않는다. 그 가능성을 어떻게 구체적으로 증명할 것인가.

"요시자키 마키코, 그 여자, 재미있잖아." 무라오카 여사의 입 모양이 시야 한가득 되살아났다.

확실히 마키코의 생활은 스캔들이 될 만하다. 독자도 흥미로워할 것이다. 하지만 이제 와서 새삼이라는 기분도 들었다. 노에는 '요시자키 마키코에 대해서'라고 이름 붙인 폴더에 포인터를 올려놓은 채 마우스에 얹은 손가락을 잠시 꼼지락거렸다.

피해자 요시자키 마키코에 관해서는 자세하게 언급해야 할 것 같아서 무라오카 여사에게 타박을 받기 전에 이미 자료를 모았다. 별 노력을 기울이지 않았는데도 자료는 나날이 늘어났다.

인터넷이다. 요시자키 마키코는 인터넷에 수많은 목소리를 남겼다. 목소리를 찾아낼 때도 큰 고생은 하지 않았다. 노에는 파일 쉰두 개를 모았는데, 다른 필자와 기자 들도 비슷한 수의 파일을 모았을 것이 틀림없다. 실제로 요시자키 마키코에 관해서는 부지기수로 보도되었고 이미 하나의 이미지로 고착화되었다. 그에 뒤따르는 양 기사를 정리해봤자 아무 가치도 없다.

그렇다고는 하나 이 사건은 요시자키 마키코의 기행을 무시하고는 다룰 수 없다. 요시자키 마키코가 기행을 벌이지 않았다면 이 사건은 일어나지 않았을지도 모르고 야마구치도 범인으로 체포당하지 않았을 것이다. 그렇다고 요시자키 마키코에 연연하면 사건의 진상을 놓친다.

"그 사람이 사건에 관련되어 있을 텐데."

노에는 안달이 나서 마우스 버튼을 클릭해댔다. 포인터가 난리를 쳤다.

"하지만 결정적인 증거가 없어."

손가락에 힘을 주자 파일 하나가 열렸다. 마키코가 투고 사이트에 적은 일기다. 날짜로 보건대 아마도 마키코의 마지막 '목소리'일 것이다. 노에는 벌써 몇 번이나 되풀이해 읽은 글을 다시 읽어보았다.

제목 : 환상의 책

이름 : 마키코

투고일 : 05/9/20 20:36

환상은 뇌의 장난이라고 누군가가 그랬습니다. 어디서 들었고, 누가 말했는지는 잘 기억나지 않네요. 텔레비전 같은 데 나왔겠죠.

아무튼 저는 저 멀리를 보고 싶었습니다. 멀고 먼 시선의 끝. 거기에는 분명 뭔가가 있다. 나를 치유해줄 뭔가가. 그런 감상적인 믿음을 품을 만큼 저는 지쳐 있었습니다.

저는 만원이 된 통근 전철에 갇혀 있었습니다. 그날은 정말로 혼잡했어요. 역에 도착할 때마다 소리 없는 신음이 여기저기서 터져 나왔고, 봉제 인형에 채워지는 솜처럼 승객은 안으로 안으로 밀려 들어갔습니다.

다행히 저는 자리에 앉아 있었습니다. 그렇다고 해서 고통에서 해방된 건 아니었고요. 앞에 선 중년 회사원이 뻔뻔스럽게도 제 무릎에 가방을 얹어놓았고 전철이 흔들릴 때마다 온몸으로 제 무릎을 짓눌렀습니다.

그건 괜찮았습니다. 참을 만했어요. 도저히 넘어갈 수 없었던 것은 회사원이 읽고 있던 스포츠신문이었습니다. 외설적인 일러스트와 소설이 저를 향해 펼쳐져 있었습니다. 스포츠신문은 사보지 않아서 잘 모르는데, 조간에 그렇게 외설적인 내용이 실리나요? 아니면 어제 석간을 어디서 주워온 걸까요. 아무튼 제 눈앞에는 남자와 여자가 정을 통하는 모습과 신음 소리가 일러스트와 문장으로 바싹 다가와 있었습니다. 긴장을 늦추었다가는 남자 성기를 표현한 일러스트가 입에 닿을 것 같더군요. 저는 가능한 한 정신력을 쥐어짜내 그것을 피했습니다. 회사원은 히죽히죽 웃으며 열중해서 기사를 읽었습니다. 결국 신문 모서리에 긁혀서 제 눈꺼풀에 상처가 났습니다. 그런데도 남자는 신문에 몰두하여 오른손 집게손가락에 침을 묻혀 신문을 넘길 따름이었습니다.

“더는 못 참아.” 하마터면 소리를 지를 뻔했어요. 하지만 그 직전에 말을 꿀꺽 삼키고 시선을 먼 곳으로 돌렸습니다. 돌리고 싶어도 만원 전철에서는 어차피 눈을 둘 곳이 없어 기껏해야 사람으로 이루어진 기둥 사이로 얼핏얼핏 드러나는 광고를 올려다보는 정도지만요.

하지만 그때는 어찌된 일인지 시선이 오른쪽 옆에 앉은 여자의 무릎 위로 향했습니다. 여자는 아마도 저보다 나이가 어린, 이십 대 후반이었을 겁니다. 찬찬히 살펴본 것은 아니지만 치마 소재와 무늬, 가느다란 손가락과 반지, 그리고 희미한 향수 냄새에서 그런 느낌을 받았습니다.

여자는 마치 지하철에 탄 사람들에게 보라는 듯이 무릎 위에 책을 펼쳐놓고 있었습니다. 제 시선은 자연스럽게 책에 멈췄습니다. A4 용지

크기의 책장 가득 그려진 그림. 반물색에서 옅은 녹색으로 변하는, 색감이 아름다운 바다 그림이었습니다.

반물색 수평선. 서서히 색이 옅어져 마지막에는 투명한 파란색으로 끝납니다. 시선을 안쪽으로 옮기자 수평선 너머에 녹청색 하늘. 하늘에는 구름이 세 개. 배도 보였습니다. 제임스 쿡 선장이 타고 다닐 듯한 목조 선박입니다. 배는 바람을 받고 천천히 이쪽을 향해 바다를 미끄러져 옵니다. 갑판에 남자가 보입니다. 아주 좋아하는 사람을 조금 닮았습니다. 밤색 곱슬머리가 햇빛을 받아 마치 황금처럼 반짝입니다. 군인일까요, 바다와 같은 빛깔의 군복이…….

"어?" 제 입에서 갑자기 그런 소리가 튀어나왔습니다. 수십 개의 시선이 일제히 제 얼굴에 집중되었습니다. 책을 누르고 있던 가느다란 손가락도 움찔 반응했습니다. 아무래도 여자는 졸고 있었는지 저를 흘끔 보더니 쑥스러운 듯이 재빨리 책을 가방에 집어넣었습니다. 안타깝게도 그때 눈이 마주쳤을 그 여자의 얼굴은 전혀 기억나지 않네요.

신주쿠 역 서쪽 출입구에서 걸어서 십오 분. 고층 빌딩 35층. 그 층 구석의 더 안쪽, 칸막이로 구분된 사십 제곱미터 정도 되는 공간이 제 직장입니다. 저는 거기서 하루에 약 일곱 시간 동안 서류와 모니터 화면을 번갈아 보며 열 손가락으로 키보드를 두드립니다. 입사 십구 년 차인 저는 직함은 과장이지만 부하는 없고 하루에 백 장쯤 되는 서류를 데이터로 변환하는 중역 비서로 근무하고 있습니다. 집중하여 일하는 능력은 제가 일하는 층에서 제일이라고 자부합니다. 하지만 그날은 일하는 중에 기이한 감각이 이따금 떠올라서 작은 한숨을 수없이 내쉬었습니다. 그런 탓에 그날은 오십 분에 다섯 장 분량의 데이터밖에 입력하지 못했습니다. 평소 같으면 오십 분에 열다섯 장은 해치우는데 말이죠. 그 감각은 실신 직전에 찾아오는 부유감과 비슷했습니다. 저는 초등학생 때 딱 한 번 정신을 잃은 적이 있습니다. 초경을 예고하는 빈혈 때문이었는데, 시간으로 치자면 일 초에도 미치지 못할 만큼 아주 잠깐이었지만 저는 한동안 그 기분 좋은 느낌의 포로가 되었습니다. 그 쾌감을 한 번 더 느끼고 싶어서 칠석 때 종이에 '한 번 더 실신하게 해주세요'라고 써서 소원을 빌기까지 했건만, 소원은 이루어지지 않았습니다. 원래 저는 튼튼한 체질입니다. 감기약을 넉넉하게 먹어도, 술을 마구 마셔도 정신을 잃지는 않았습니다.

……하루 업무가 끝나는 5시 15분. 휴대전화에서 오르골 연주곡인 〈그린슬리브스〉가 흘러나와 퇴근 시간이 되었음을 알리면 저는 집에 돌아갈 준비를 합니다. 준비라고 해봤자 컴퓨터를 끄고 페트병에 든 음료를 다 마신 후 탈의실로 향하는 게 다죠. 관리직 직함을 달고 있는 저는 제복을 입지 않으므로 탈의실에서도 할 일은 별로 없지만 그래도 다른 여사원처럼 기름종이로 번지르르한 얼굴의 기름기를 제거하는 것만은 빼먹지 않습니다. 그러고 나서 립스틱을 다시 바르고 눈썹을 가볍게 정리한 후 사무실을 나섭니다.

그날 저는 가도교 아래를 빠져나가 신주쿠 역 동쪽 출입구에 있는 기노쿠니야 서점으로 향했습니다. 목적은 책입니다. 아침에 통근 전철에서 본 책을 꼭 다시 한번 보고 싶었습니다.

하지만 기노쿠니야 서점에서도 그 책은 찾을 수 없었습니다. 폐점 시간인 9시까지 찾았지만 허사로 돌아갔습니다.

그로부터 벌써 한 달이 다 되어갑니다. 저는 틈만 나면 책을 찾고 있는데 아무리 애를 써도 찾을 수가 없습니다.

정보를 가지고 계신 분은 알려주십시오. 아마도 그림책일 듯합니다.

이런 투고 사이트에다 이런 부탁을 드려 죄송하지만 부디 협력 부탁드립니다. 메일 주소는 이쪽입니다. '마키코' 부분을 클릭해주십시오. 전자메일이 자동으로 열립니다.

마키코는 과연 그 책을 찾았을까. 메일 주소가 링크된 무료 웹 메일은 지금도 살아 있는 듯하지만 메일을 보내도 답장은 오지 않는다. 마키코는 이 글을 올리고 일주일 후에 귀적에 들고 말았다.

하지만 메일을 보내면 뜻밖에 답장이 올지도 모른다.

……바보 같다. 그래서 바로 그런 생각을 지웠다.

아, 하지만……. 노에는 예전에 시도하다 도중에 포기한 일을 다시 한번 시도해보고 싶어졌다. 마키코가 사용한 메일은 @

ho***.com. 대형 검색 사이트가 제공하는 무료 이메일이다. 이 무료 이메일은 노에도 사용한다. 언제 어디서든 메일을 확인할 수 있으므로 요긴하게 쓰고 있지만 만에 하나 비밀번호가 알려지면 남이 메일 내용을 볼 수 있다는 위험성도 있다. 그렇다면 혹시…….

노에는 해당 검색 사이트로 가서 '메일'이라고 표시된 부분을 클릭했다. 로그인 화면이 표시됐다. 이 화면에서 로그인하면 언제 어디서든, 그리고 '누구든' 메일의 수신함에 들어갈 수 있다. 즉, 비밀번호만 알면 모르는 사람의 메일도 훔쳐볼 수 있다. 물론 위법행위다. 하지만 노에는 이왕 마음먹은 김에 손을 더럽히기로 결심했다.

로그인 화면에서 필요한 것은 회원 아이디와 비밀번호. 회원 아이디는 메일 주소의 @ 앞에 있는 숫자 및 영어다. 노에는 마키코의 메일 주소에서 @ 앞에 있는 문자를 입력했다. 여기까지는 누구나 쉽게 할 수 있다.

문제는 이제부터다. 비밀번호. 비밀번호를 알아내는 소프트웨어도 있기는 하지만 아무래도 그것까지 쓰기는 망설여졌다. 노에는 차근차근 비밀번호를 찾아내는 방법을 택했다.

정신이 아득해질 만한 작업이지만 빈번하게 사용할 비밀번호를 정할 때는 본인과 관련 있는 단어나 숫자를 조합하는 경우가 많다. 알파벳이나 숫자를 무작위로 선택하면 잊어버릴 가능성이 있기 때문이다. 그렇다고 해서 생일이나 전화번호 따위를 쓰는 사람은 좀처럼 없다. 있다면 정말로 어리석은 사람이다. 하지만 특별한 날이나 특별한 사람에 관한 숫자를 비밀번호로 정하는 사람은 의외로 많다. 특히 여자 중에는.

자신도 그렇다. 연인과 처음으로 데이트한 날을 비밀번호로 사용했다. 하지만 연인이 차례차례 바뀌어 비밀번호가 열 개가 넘기에 이르렀다. 결국 신용카드 비밀번호를 잊어버리고 말았다는 결말이다. 노에는 젊은 시절의 자기 모습이 떠올라 겸연쩍은 웃음을 지었다. 아아, 그러고 보니 학창시절에는 당시 좋아하던 아이돌 스타의 생일을 현금카드 비밀번호로 정했는데. 아이돌이 스캔들을 일으키는 바람에 그때까지 열광적으로 좋아하던 마음이 거짓말처럼 식어버렸다. 마음이 식고 나자 냉큼 비밀번호도 바꾸었다.

마키코에게 특별한 사람. 그 사람은 역시 마키코가 섬기다시피 후원하는 극단 J의 전 주연배우 T일 것이다. 마키코는 T에게 미친 것으로 인터넷에서도 유명했다. 극단 J 및 T에게 열광하는 마키코의 모습은 이미 몇몇 미디어에서 방송됐다. 노에는 T와 관련된 숫자를 수집하여 생일, 처음으로 무대에 선 날, 주연배우가 된 날을 하나하나 입력해보았다.

하지만 아니었다. "그야 그렇겠지." 노에는 자조하듯이 중얼거렸다. 그렇게 쉽게 풀릴 리가 없다. 애당초 이메일 계정 자체가 삭제되었을 가능성이 있다. 사건이 발생한 지 아홉 달이 지났다. 아니, 하지만 이 무료 이메일 서비스는 계정을 일 년 이상 방치해두면 자동으로 삭제되는 방식이었다. 그렇다면 누가 적극적으로 삭제 의뢰를 하지 않는 한 아직 살아 있을 것이다. 이런 유의 이메일은 가족조차 존재를 모르는 경우가 많다. 가령 자신이 지금 죽는다고 쳐도 가족은 이메일 계정이 있는지 없는지까지는 알아내지 못할 것이다. 주인을 잃어도 메일만은 남아서 낯선 사람이 보내는 메일을 수신한다. 좋아, 조금만 더 매달려보자. 노에는 키보드에 손가락을 얹었다.

T가 가장 인상 깊었다고 인터뷰에서 대답한 뉴욕 공연 첫날, 그 날짜를 입력했을 때 로그인에 성공했다.

노에는 해냈다는 성취감은 들지 않았다. 수신함이 눈앞에 나타나자 너무나 싱겁게 개인의 사생활을 침해할 수 있다는 것을 깨닫고 잠시 멍해졌다. 그리고 수신함에 저장된 수많은 메일을 보고 이번에는 어안이 벙벙해졌다. 그때 노에는 어떤 사실을 깨달았다. 마키코가 죽은 후에 수신된 메일이 몇 통 있었다. 가능한 일이다. 사건과 무관하게 '환상의 책'이라는 투고 글을 보고 마키코에게 메일을 보낸 사람도 있을 테고, 질 나쁜 스팸 메일일지도 모른다. 하지만 이미 읽었다는 표시가 되어 있다는 것은 무슨 뜻일까. 마키코는 이제 이 세상에 없다. 그런데도 메일은 읽었다.

마우스를 쥔 노에의 손에 땀이 축축하게 배었다. 자신이 이렇게 마키코의 수신함에 침입한 것처럼 다른 누군가도 침입했다?

등뒤로 누군가의 기척을 느끼며 마우스 버튼을 눌렀다. 첫 번째 메일이 화면에 펼쳐졌다.

"말도 안 돼. 진짜?"

손가락이 움직일 때마다 차례차례 폭로되어가는 마키코의 비밀에 노에는 앵무새처럼 똑같은 말을 되풀이했다.

"말도 안 돼. 진짜?"

마지막 메일을 열었을 때쯤 노에의 손가락은 더이상 쓸모가 없었다. 떨리기만 할 뿐 의사가 전혀 전달되지 않았다. 노에는 다른 손으로 마우스 위의 손가락을 감싸고 말했다.

"증거가 이런 곳에 있었어."

손가락의 떨림이 온몸에 전염됐다. 떨림이 뇌까지 다다랐을 때 노에는 술주정뱅이처럼 방을 빙글빙글 돌아다녔다.

할 수 있다.

떨림이 최고조에 도달하고 나니 의욕이 철철 넘쳐흘렀다.

요시자키 마키코다. 무라오카 여사가 말한 대로 바로 요시자키 마키코다.

좋아. 지금까지 누구도 시도하지 않았던 방법으로 요시자키 마키코를 파헤쳐 보이겠어. 그 사람의 윤곽이 바닥에서 나타날 때까지.

노에는 다시 컴퓨터 앞에 앉았다.

다음주, 노에는 신주쿠 역 서쪽 출입구의 고층 빌딩을 올려다보았다. 요시자키 마키코가 근무한 데이토 서비스 커뮤니케이션스 주식회사가 입주한 빌딩이다. 여름을 연상시키는 강렬한 햇살이 노에의 눈알 안쪽에 뭔가를 새겨넣는 것 같았다. 그것은 적갈색 앞머리로 얼굴을 가리고 고층 빌딩으로 들어서는 마키코의 모습일까. 갑자기 그런 감상이 머릿속을 스쳤지만 노에는 바로 시선을 되돌렸다.

입구 앞 분수에 쇼트 보브 헤어스타일을 한 아담한 체구의 여자가 있었다. 마키코와 같은 직장에 다녔고 마키코보다 일곱 살 어린 E였다. E는 현대풍의 조그마한 얼굴에 미소를 띠더니 호리하지만 보기 좋게 굴곡이 있는 상체를 가볍게 구부렸다. 단정한 인사였다. 데이토 서비스의 사풍을 짐작할 수 있었다. 데이토 서비스는 틀림없이 '건전'한 회사일 듯싶었다. 그런 만큼 세간에 알려진 마키코의 추문과 그 이미지가 더욱 사람들이 만든 모조품처럼 여겨졌다.

“조금 걸어야 하는데 괜찮으시겠어요?” 그렇게 말하더니 E는 노에를 신주쿠 큰 가도교 근처의 패스트푸드점으로 안내했다.

“회사에서 돌아가는 길에 여기서 혼자 차를 마시는 게 습관이었어요. 요시자키 씨도 여기서 한 번 봤죠. 나중에 알았는데 같은 노선을 타고 다녔더라고요.”

마키코가 이용한 민영 철도는 신주쿠 큰 가도교 아래를 빠져나가면 바로 나온다.

“역에서 만난 적은 없었나요?” 노에는 물었다.

“예, 출퇴근하다 마주친 적은 한 번도 없었어요. 아마 근무 시간이 달랐던 탓이겠죠. 저희 부서의 통상 근무 시간은 오전 9시부터 오후 6시까지였어요. 하지만 요시자키 씨는 탄력근무제를 사용해서 오전 8시 30분부터 오후 5시 15분까지 근무했죠. 원래는 이 시간대가 정규 근무 시간이에요. 본사에 맞춘 거죠. 본사도 공장에 맞춘 거지만요.

하지만 우리 회사에서는 업무 성격상 오전 9시부터 오후 6시로 설정했어요. 그런데 요시자키 씨만 계속 본사 시간을 엄수했죠. 점심시간도 그랬어요. 12시부터 오후 1시까지 한 시간이 점심시간인데, 혼자 12시부터 12시 45분까지 사십오 분만 쉬었어요. 이것도 본사 시간이에요. 확실히 그쪽이 정규 시간이기는 해요. 하지만 십오 분이나 일찍 휴식을 끝내고 혼자 일하는 요시자키 씨의 모습은 솔직히 말해 얄미워 보일 뿐이었어요."

E는 커피와 함께 주문한 스틱 케이크를 손으로 떼어 입에 넣었다. 왼손 약손가락에는 희미하지만 반지를 꼈던 자국이 남아 있었다.

E는 이미 회사를 그만두었다. 사건이 발생한 지 석 달 후였다고 한다. 퇴직 사유는 결혼이었지만 아직껏 결혼은 하지 않았다고 한다.

"결혼을 전제로 사귀던 사람이 있었어요. 올해 식을 올리기로 했죠. 하지만 그 사건이 일어난 후 집에 혼자 틀어박혀 있는 시간이 많아졌어요. 우울한 상태였죠. 회사에 가면 매스컴 사람들이 기다리고 있지, 세간에서도 주목하지, 하루 종일 감시당하고 있는 것 같은 피해망상에 빠지고 말았어요. 그래서 모든 게 귀찮아져서……."

"죄송합니다." 노에는 저도 모르게 고개를 숙였다.

"아, 저야말로 죄송해요. 그런 의도로 한 말은……." 스틱 케이크 포장지를 만지작거리며 E는 이야기를 계속했다.

"저, 데이토 서비스에 처음에는 파견 사원으로 왔어요. 거품 경제가 붕괴된 후의 빙하기 세대거든요. 대학을 졸업하기 전에 직장을 구하지 못해 지푸라기라도 붙잡는 심정으로 파견 회사에 등록해서 데이토 서비스에 파견됐죠. 그리고 육 년간 열심히 일해서 겨우 계약 사원으로 채용됐어요. ……아, 죄송해요. 어쩐지 제 이야기가 나오고 말았네요."

"아니요, 오늘은 당신 이야기도 듣고 싶습니다. 당신의 솔직한 기분을 듣는 것도 이번 취재의 목적이니까요. 그러니까 신경쓰지 말고 자유롭게 말씀해주세요."

노에는 그렇게 대답했다. 마키코와 같은 시간을 보낸 사람이 어떤 처지에서, 그리고 어떤 생각으로 마키코 가까이 있었는가. 그것을 아는 것도 사건을 이해하는 데 중요한 요소다.

E는 손수건으로 입을 닦고 말을 이었다.

"제가 데이토 서비스에 파견된 해에 요시자키 씨도 데이토 서비스로 전근해왔어요. 본사에서 대단한 엘리트가 온다고 소문이 자자했죠. 직장 동료들도 상당히 기대하고 있었을 거예요. 그런데 실제로 보니 일에 요령이 없어서 요시자키 씨가 시키는 대로 하면 대개는 실패로 끝났어요. 아무튼 간에 전화 응대 하나도 제대로 못하더라고요. 묘한 부분에서는 지나치게 예민할 정도로 빈틈없는 완벽주의자인데 정작 중요한 부분이 빠져 있는 듯한 느낌이었죠.

그렇다고는 해도 그 사람 사법시험에 합격했잖아요? 머리는 상당히 좋았을 거예요. 그 똑똑한 머리가 업무에 활용된 적은 거의 없었지만.

요시자키 씨는 본사 대우를 받았으니까 기본급이 정말 높게 설정되어 있었어요. 요시자키 씨보다 선배고 훨씬 책임이 막중한 일을 하는 여사원이 있었는데, 그 사람은 거품경제가 활성화되기 전에 입사한데다 전문대 졸업자라 요시자키 씨보다 기본급이 육만 엔이나 낮았어요. 물론 저희는 더 낮았고요. 그런데도 뭐가 불만인가 싶더군요. 정확히 말해 요시자키 씨는 전근하고 일 년 후에 데이토 서비스 소속으로 정식 이동 발령을 받았어요. 이때 비로소 '고객 관리과 과장'이라는 직함을 달았는데, 결과적으로는 한직으로 밀려난 셈이었죠. 매스컴에서는 이 부분을 괜스레 강조해서 '회사 전체가 합심하여 따돌렸다'는 식으로 보도했지만 회사로서는 최선을 다했다고 생각해요. 도대체 스스로 울타리를 만들어 그 안에 틀어박혀 있는 사람한테 더이상 뭘 어쩌라는 건가요?

매스컴은 여러모로 요시자키 씨를 미화하며 '요시자키 씨를 따돌렸다'고 저희를 매도하지만 저희는 그저 열심히 일하느라 그 사람 불만을 들어줄 여유가 없었을 뿐이에요.

회사도 몇 번이나 요시자키 씨에게 도움의 손길을 내밀었어요. 요시자키 씨 혼자 일하는 부서를 만든 것도 한직으로 돌려서 방치한 게 아니라 그럴 수밖에 없었기 때문이에요. 방치한 건 저희가 아니라 그 사람이었다고요. 요시자키 씨는 명백하게 업무를 방치했어요.

요시자키 씨 같은 사람과 함께 일하면 누구나 짜증날 거예요. 가능하면 상대하고 싶지 않을 거라고요. 상대하면 일이 밀리는걸요. 그래도 이상한 사람을 도와줘야 할 의무가 저희한테 있는 건가요?"

질문을 받았지만 노에는 바로 답을 꺼내놓지 못했다.

"회사 앞에 있는 분수 보셨어요?"

이 질문에는 "예" 하고 바로 대답했다.

'처녀의 샘'이다. 사건이 발생한 지 석 달 후쯤에 발매된 남성 주간지의 기사가 그 명칭의 유래다.

> 그 분수는 고층 빌딩 안에 흐르는 오수를 정화하여 뿜어내기라도 하듯이 빌딩 앞에 자리잡고 있다. 〈처녀의 샘〉이라는 영화가 생각났다. 어떤 아름다운 처녀가 세 무뢰한에게 강간당한 끝에 살해되어 숲에 묻히는데, 그곳에서 샘이 솟았다는 내용이다. 그것과 비슷하다. 이 분수는 사회에서 말살되었지만 그래도 뭔가를 더 이야기하고자 하는 마키코

의, 말의 샘이다.

“이제는 눈에 띄지 않지만…….” E는 표정을 찡그렸다. “사건이 발생한 후 요시자키 씨와 비슷한 분위기의 여자들이 마키코를 참배하러 몰려왔어요. 마키코를 상징하는 분수에 대고 정신없이 합장을 올렸죠. 마치 ‘나도 여주인공’이라는 듯이. 그 분수 써먹기 좋은 소재잖아요. 여러 잡지에서 분수를 언급하는 기사를 봤어요. ‘처녀의 샘’이라니. 웃기지 않아요? 그냥 분수라고요. 그런데 동전을 던져 넣고 중얼중얼 소원을 비는 사람들로 한때는 대단히 혼잡했어요. 꽃을 두고 가는 사람까지 있었죠. 사건 현장도 아닌데. 나중에는 요시자키 씨의 유령을 봤다는 사람까지 나타났어요. 그 탓에 심령 현상을 체험할 수 있는 곳으로 꽤 유명해졌어요. 정말이지 골치 아픈 이야기예요. 이러니까 매스컴은…….”

“죄송합니다.” 노에는 재차 고개를 숙였다.

“아니요, 저야말로 죄송해요. 그만 욱하고 말았네요. …… 이러니까 솔직히 증언하면 할수록 악의가 있다고 여겨지는 거겠죠. 사건이 발생한 후 이런 일이 있었어요. 잡지 기자 하나가 사건에 대해 어떻게 생각하느냐고 물었죠. 저는 솔직하게 대답했어요. 자업자득 아니냐고. 그랬더니 악의로 그런 대답을 했다고 받아들이고 기사에서 악역 취급했더군요. 뭐, 악역이라도 상관없지만요. 저도 제가 그렇게 좋은 인간이 아니라는 건 잘 알거든요.

그래도 억울하더라고요. 그 후로는 정말로 마음이 아프다는 식으로 대답했어요. 그것도 새빨간 거짓말은 아니니까요. 저, 거짓말만은 하고 싶지 않아요. 거짓말은 싫어요. 그래서 이번 취재를 받아들인 거예요. 당신 기사 읽었어요. 《월간 글로브》 이번 달 호. 그 기사 상당히 좋았어요. 괜한 억측이나 감상에 젖은 부분이 없어서요. 그 기사를 쓴 당신이라면 분명 거짓 없이 있는 그대로 써줄 것 같아서 오늘 취재를 받아들인 거예요."

E가 그렇게 말해주어 고마웠지만 과대평가받았다는 생각도 들었다. 나도 사람이다. 노에는 자조하듯이 입안에서 중얼거렸다. 거짓을 쓸 때도 있다. 물론 쓸 때는 그럴 의도가 없지만 결과적으로 거짓이 되는 것이다. 또한 진실을 쓰고자 해도 주관이 들어간다. 주관이 들어간 시점에서 이미 진실이라는 핵심에 다다르는 궤도를 이탈한 셈이다. 좀더 기탄없이 말하자면 진실은 단 하나가 아니라 주관의 수만큼 존재한다.

내가 할 수 있는 일은 내 나름의 진실을 이끌어내기 위해 더욱 많은 주관을 수집하는 것이다. 노에는 다시금 결의를 다지고 다음 취재 장소로 향했다.

오후 6시 12분. 히비야 J극장 앞에는 야간 공연을 보려는 관객들이 속속 모여들고 있었다. 팔십 퍼센트가 여자다. 관객 수가 감소했다는 말이 들린 지 오래되었지만 극장 앞에서는 그러한 낌새가 전혀 보이지 않았다.

여자들은 연령대별로 따로 뭉쳐서 각각 다른 화제에 열을 올리고 있었다. 모두 다 소녀처럼 뺨이 발그레하게 물들었다. 극장 옆 가게는 유난히 성황이었는데, 꺅꺅 소리를 지르며 좋아하는 배우의 브로마이드를 선반에서 뽑아내는 모습은 천진난만 그 자체였다.

그런 가운데 홀로 우두커니 서 있는 여자도 몇 명 있었다. 사람을 만나기로 약속하고 기다리는 느낌은 아니었다. 속되게 표현하자면 길거리에 서서 손님을 물색하는 창부처럼 보이기도 했다. 또는 가만히 있으라는 지시를 받은 애완견 같기도 했다. 어쨌거나 그 여자들은 참을성 있게 제자리에 가만히 서 있었다.

우연일까 아니면 필연일까, 여자들은 하나같이 앙상하게 마른데다 키가 조금 컸다. 머리는 어깨 아래까지 길게 길렀고 오래된 디자인의 원피스를 입었다. 수수한 모습이라 얼핏 보기에는 두드러지지 않지만 그 수수함이 도리어 사람 눈에 띄는 느낌이었다.

노에는 잠시 여자들을 관찰했다. 물방울무늬 원피스를 입고 극장 앞 백화점 입구에 서 있던 여자에게 두 여자가 다가갔다. 퇴근하고 집에 돌아가는 회사원 분위기의 이십 대 후반 여자였다. 일을 마치고 꼼꼼하게 화장을 고쳤는지 둘 다 입술과 뺨이 눈부실 만큼 발갰다. 두 여자와 원피스 차림 여자는 말을 한두 마디 나누더니 눈짓만으로 의사를 교환하고 셋이서 서로를 감추듯이 둥글게 모여 섰다. 노에는 여자들의 손을 눈여겨보았다. 만 엔짜리 지폐가 언뜻 보였다.

이것이 '표 털기'인가. 인터넷에서 본 적 있었다. 표가 필요 없어진 사람이 표를 구하지 못한 사람에게 현장에서 직접 판다. 보통은 정가로 거래되지만 공연에 따라서는 정가 이상의 가격으로 거래된다고 한다.

"암표 장사 같은 건가요?"

노에는 그날 두 번째 취재 상대에게 물어보았다. 노에 일행은 극장 옆 커피숍에 앉아 있었다.

"암표상은 아니에요. 때로는 정가보다 싸게 팔기도 하는걸요. 그런 것보다 꼭 익명으로 부탁해요."

취재 상대는 신신당부했다. 노에는 '니시신주쿠, E'라는 페이지를 넘기고 메모장에 '히비야, G'라고 휘갈겨 썼다.

G는 인터넷상의 마키코를 잘 알고 있었다. 둘 다 특정 사이트에 자주 드나들다가 친해져서 메일을 주고받게 되었고, 세 번쯤 직접 만난 적이 있다고 한다. 두 사람이 친해진 계기가 된 사이트는 극단 J의 비공인 팬 사이트로, G는 자타가 공인하는 극단 J광이었다. G가 가장 아끼는 극단원은 작년 팔월에 퇴단한 T였고 마키코 또한 T의 팬이었다.

"요시자키 씨는 최근에야 팬이 됐어요. 육칠 년쯤 됐을걸요. 그런 사람이 한번 빠지면 무섭죠. 단숨에 확 빠져들거든요."

"그런 사람이라니요?"

"그러니까 어느 정도 나이를 먹고 생활에 여유가 생긴 다음에 빠지는 사람. 저는 초등학생 때부터 극단 J의 팬이었으니까 적당히 힘을 빼고 대할 줄 알아요. 하지만 주부나 직장인 같은 사람이 현실도피처럼 빠져들면 장난 아니죠."

"역시 현실도피인가요?"

"팬질은 많든 적든 그런 부분이 있지 않아요? 아니면 배우에게 자신을 투영하여 자기현시욕 같은 걸 만족시킨다거나. 육성 시뮬레이션 게임을 즐기는 기분으로 배우를 응원할 수도 있고요."

"육성 시뮬레이션 게임이라고 하시면?"

"극단 J의 경우 각 인기 배우마다 사설 팬클럽이 있어요. 표

면상은 극단 비공인이지만, 사실상 공인 팬클럽인 셈이죠. 팬클럽의 존재가 극단 J를 지탱하고 있다고 해도 과언이 아니에요. 팬클럽 활동이 아끼는 배우의 출세에 영향을 주니까 팬은 그야말로 열과 성을 다해 응원해요."

"그렇군요. 팬클럽이 인기 배우를 키운다. 즉, 육성 시뮬레이션 게임이라는 뜻이군요. 그런데 극단원들은 전부 팬클럽이 있습니까?"

"팬클럽이 없는 단원도 있어요. 있어도 회원이 스무 명 정도의 소규모도 있고. 즉, 팬클럽의 유무, 또는 규모가 인기 배우의 조건인 셈이죠. 이 바닥에서는 팬클럽의 자금력이 영향력을 행세하니까요."

"이를테면 스폰서 같은 거로군요."

"그야말로 스폰서죠."

"그럼 팬클럽의 주된 활동은?"

"배우와 함께하는 차 모임 주최, 회보 발행, 표 확보 등인데, 가장 중요한 활동은 배우의 뒷바라지예요. 수행원과 매니저, 운전기사 그리고 잔심부름꾼 역할 같은 것도 전부 팬클럽에서 담당하는데, 그런 일에 드는 인건비는 모조리 자기 부담이에요. 배우는 물론이고 극단도 대가를 지불하지 않죠."

"그럼 무상으로 매니저 같은 일을?"

"예, 맞아요. 팬클럽 회비로 충당할 때도 있지만 대부분 자기 주머니에서 빠져나가죠. 배우의 의상과 액세서리, 생활용품도 팬클럽 돈으로 마련하고요. 배우 중에는 지갑을 들고 다니지 않는 사람도 있어요."

"전부 팬클럽이 부담한다……. 정말로 스폰서로군요. 그런데 활동 비용이 모자라지는 않나요?"

"강제는 아니지만 회원에게 헌금을 징수해서 그럭저럭 활동하고 있어요. 공연할 때마다 수십만 엔 단위로 기부하는 조력자 같은 존재도 있고요."

"헌금이라. 역시 헌금을 많이 내는 팬에게는 그만큼 좋은 자리를?"

"뭐, 보통은 그렇죠. 팬도 큰돈을 내고 자원봉사하러 오는 건 아니니까요. 보답을 기대하기 마련이죠. 하지만 팬클럽이 확보하는 표도 천차만별이라 늘 좋은 자리를 가지고 있는 건 아니에요."

"팬클럽은 어떤 방법으로 표를?"

"일반인과 똑같아요. 그러니까 좋은 자리를 잡을 수 있느냐 없느냐는 운이죠. 표를 구할 때 조직으로 움직이니까 단독으로 표를 구하는 일반인보다는 좋은 자리가 돌아온 확률이 높지만, SS석쯤 되면 그건 운이죠. 그런데 그런 사정은 무시하고 헌금을 잔뜩 낼 테니까 제일 앞 열 가운데 자리를 달라거나 못해도 3열은 달라며 제멋대로 고집을 부리는 회원이 있어요. 처음에는 어떻게든 편의를 봐주지만 계속 그러면 '질색이'라는 꼬리표가 붙어요."

"질색이?"

"배우가 질색하는 팬이라는 뜻이에요. 반대가 '반색이'."

"아아, 반색한다는 뜻이로군요."

"맞아요. 팬은 모두 반색이가 되고 싶어서 그야말로 열심히 자신의 존재를 드러내요. 입실 대기와 퇴실 대기할 때……."

"입실 대기와 퇴실 대기는 뭔가요?"

"대기실로 들어가는 배우를 기다렸다가 맞이하는 게 '입실 대기', 공연이 끝나고 대기실에서 나오는 배우를 기다리는 게 '퇴실 대기'예요."

"아아, 알겠습니다. 그때 팬들은 배우에게 자신을 알리는 거로군요."

"예. 간식을 주거나 편지를 건네죠. 선물도 빼놓지 않고요. 배우는 인상적인 선물이나 편지를 주는 팬의 얼굴을 기억하거든요. 하지만 너무 끈덕지거나 배우의 마음에 들지 않는 물건을 주면 그 팬은 질색이로 찍혀요."

"요시자키 마키코 씨는…… 질색이였습니까?"

"예. 요시자키는 공연 때마다 이십만 엔 정도의 헌금을 냈고 매번 값비싼 간식을 준비했는데 단 한 번도 좋은 자리가 돌아오지 않았다고 길길이 화를 냈어요. 인터넷 게시판에도 불평을 늘어놓았죠."

"그건 읽은 적 있습니다. 상당히 신랄한 글이던데요."

"팬클럽은 인터넷상의 발언에 몹시 민감하니까요. 결국 질색이라는 꼬리표가 달린 거죠. 그러면 좋은 자리는 더더욱 돌아오지 않아요. 그러한 처사에 납득이 가지 않았던 요시자키 씨는 스스로 표를 구했어요. 극단 J 동호회를 비롯하여 각종 매표 서비스업체에 넘어간 표, 공연 관람 투어용 표, 단체 구매 표 등을 구매 대행업체에 의뢰해서 닥치는 대로 사들였어요. 구매 대행업체의 수수료는 대개 팔천 엔에서 만오천 엔이에요. 공연 때마다 표를 최소한 스무 장은 샀으니까 표 한 장에 팔천 엔에서 만 이천 엔이라고 치면 적어도 한 번에 삼십이만 엔은 쓴 거죠. 그중에 약 열 번은 자기가 보러 가고 남은 표는 내다파는데…… 저희는 그걸 '표 털기'라고 불러요. 공연의 평판이 그다지 좋지 않으면 정가보다 낮게 거래되니까 매번 몇만 엔씩 손해를 봤겠죠. 구매 대행업자에게 지불하는 연회비까지 계산하면 표를 구하는 것만으로도 돈을 꽤 많이 썼을 거예요."

"한 해에 대강 어느 정도……."

"어디 보자. 도쿄와 오사카에서 한 해에 본 공연이 네 번 열리고, 그 밖에 지방 공연, 디너쇼, 차 모임이 있으니 표만 구해도 백육칠십만 엔은 들겠네요. 표 털기로 얼마쯤은 돌아오겠지만, 그래도 백만 엔에서 백이십만 엔은 쓰겠죠. 교통비와 관련 상품 그리고 팬클럽 회비를 포함하면 그 두 배는 되겠네요."

"한 해에 이백만 엔…… 정도?"

"음, 이백육십만 엔쯤 될걸요. 그런데도 요시자키 씨는 그렇게나 홀딱 빠져 있던 T에게 질색이로 통했어요. 뭐, 불쌍하다면 불쌍하죠. 요시자키 씨가 아무리 헌금을 많이 내도 좋은 자리를 얻지 못한 건 T의 뜻이었다는 소문도 있어요. 배우도 사람이니까 팬을 가리죠. 마음에 드는 팬에게는 편의를 봐주고 마음에 안 드는 팬은 무시하고. 아니, 소문이에요, 소문. 그럴지도 모른다는……."

"그렇군요. T는 작년에 퇴단했던데요."

"퇴단 공연이 또 엄청났죠. 그게 극단의 대표 연극이라 손님이 평소의 몇 배는 들어와요. 퇴단 공연인데다 그런 인기 연극을 상연하다 보니 표를 구할 때 근래에 보기 힘든 격전이 벌어졌어요. 팬클럽의 조직력을 동원해도 전부에게 돌아갈 만큼 자리를 확보하지 못했어요. 요시자키 씨는 평소의 방법으로 표 열 장을 확보했지만, 제일 원하던 마지막 공연 표를 놓치고 말았죠. 요시자키 씨는 확보한 표 열 장 중에 다섯 장을 인터넷 경매에 올려서 약 삼십만 엔을 손에 넣었어요. 그리고…….”

“자, 잠깐만요. 한 장에 팔천 엔짜리 표가 다섯 장에 삼십만 엔요? 한 장에 육만 엔?” 노에는 엉겁결에 G의 말을 막았다. 하지만 G는 태연하게 대답했다.

“예, 평균하면 그렇게 되겠네요. 하지만 퇴단 공연이니까 타당한 가격 아니겠어요? 오히려 싼 편이죠.”

“과연, 그게 싼 편이라…….”

“아무튼 요시자키 씨는 삼십만 엔을 군자금 삼아 마지막 공연 표를 구하기 위해 이번에는 자신이 입찰하는 쪽에 섰어요. 열다섯 번 도전해서 겨우 표를 낙찰했다고 들었어요. SS석 3열 가운데 자리, 한 장에 육십삼만 엔.”

“육십삼만 엔!”

“일반적인 감각으로는 비싸게 느껴지겠지만, 내내 응원해 온 배우의 마지막 공연이니까 경매로 표를 쟁취한 팬에게는 비싸게 느껴지지 않겠죠. 뭐, 확실히 백만 엔이라고 하면 고민해 봐야겠지만, 육십만 엔 정도라면 좀 무리해서 어떻게든 마련할 수 있으니까.”

노에는 G를 새삼스레 바라보았다. 표 한 장에 육만 엔이 타당하며, 육십만 엔도 비싸지 않다고 한다. 그렇게 거창한 이야기를 하는 것치고 G의 얼굴에 화장기는 거의 없었다. 동그란 검은 테 안경 너머로 슬쩍 보이는 눈썹은 가지런하지 않았고, 입술에는 오렌지색 립스틱을 희미하게 발랐을 뿐이었다. 롯드를 대고 설명서대로 돌돌 말기만 한 듯한 파마머리. 오픈넥 셔츠라고 불러야 딱 어울릴 법한 흰색 원피스. 어디를 뜯어보아도 외모 관리에 돈을 들이고 있다는 느낌은 절대 들지 않았다. 생김새는 나쁘지 않다. 오히려 이목구비가 단정하다고 해야 할 것이다. 그런데 그 장점을 전혀 살리지 못했다. 직업의 성격 때문인지도 모른다. G는 청소년을 지도하는 공무원이다.

"화제를 바꾸겠습니다. 요시자키 씨가 이른바 성매매를 하고 있었다는 사실은……."

"예, 알아요."

"사건이 발생한 후에 잡지 같은 걸 보시고?"

"아니요, 그전부터 알고 있었어요. 요시자키 씨, 인터넷에서 공공연하게 속옷 같은 걸 팔았잖아요. 그래서 저희 사이에서는 유명했어요. T가 요시자키 씨를 싫어한 것도 그게 원인이었을 거예요."

"요시자키 씨는 무슨 이유로 성매매에 빠졌을까요?"

"돈이 모자란 것 아니었을까요. 표를 사고 헌금을 내느라 돈을 물쓰듯이 썼으니까. 아, 하지만 착각하시면 곤란해요. 이런 사건과 관련해 극단 J의 이름이 거론되면 꼭 '돈과 욕망으로 범벅된 세계' 같은 식으로 선정적인 기사가 나는데 대부분의 팬은 정말 평범한 사람들이에요. 야구나 축구를 즐기는 것처럼 취미의 일환으로 극단 J의 공연을 관람할 뿐이라고요." G는 힘주어 말했다. "여러모로 애써서 돈을 마련하는 건 사실이에요. 하지만 '자신의 능력이 허락하는 범위'를 벗어나지는 않죠. 자기 분수에 맞는 범위에서 극단 J의 연극을 즐겨요. 취미란 그렇게 즐기는 것 아닌가요? 저는 그래요. 저는 특정 팬클럽에 소속되지 않고, 보고 싶은 연극을 보고 싶을 때 보자는 주의예요. 그리고 A석이나 B석 표밖에 사지 않고요. 아무리 관객이 많이 들어도 A석이나 B석 정도는 구할 수 있거든요."

"하지만 요시자키 씨는 달랐다?"

"예. 7열 이하의 가운데 자리에 집착해서 그 표를 구하기 위해서라면 돈을 아낌없이 썼어요. 즐기는 방법이 잘못된 거죠."

"요시자키 씨는 왜 자리에 집착한 건가요?"

"시선 때문에요. 자리를 잘 고르면 배우의 시선이 자주 날아들거든요. 요시자키 씨는 그런 시선에 집착했어요. 팬 사이트 게시판에 '오늘은 T와 세 번 눈이 마주쳤다. 역시 내가 마음에 드는 거야'라는 글을 올리기도 했어요."

"요시자키 씨가 극단 J에 빠진 계기가 뭔지 아십니까?" 노에는 이 취재에서 가장 하고 싶었던 질문을 마침내 입에 담았다.

"육칠 년쯤 전부터 공연을 보기 시작했을 거라고 말씀하셨는데요."

"예. 2000년 언저리부터 보기 시작했을 거예요. K가 퇴단하고 T가 넘버 투가 됐을 때부터니까. 들어보니 카드 회사가 보낸 책자를 보고 T에게 한눈에 반했대요. 당시 T는 카드 회사 이미지 캐릭터였어요."

2000년. 또 2000년이다. 노에는 메모장에 '2000'이라고 갈겨 적었다. 미쓰하라 초고층 맨션을 구입한 것도 2000년. 나이로 따지면 36세. 마키코에게 '2000년'이라는 해는 인생의 네거리였는지도 모른다.

네거리에는 어떤 길이 준비되어 있었을까. 마키코는 결국 죽음에 이르는 길을 선택하고 말았다. 과연 무엇이 그 길을 선택하여 걷게 만들었을까. 역시 거기에는 악의가 있었을까.

악마와 거래하여 기타 연주 실력과 블루스의 혼을 손에 넣었다는 사람이 있었다. 분명…… 천재 블루스 뮤지션 로버트 존슨. 노에는 생각에 잠겼다. 네거리의 악의. 하지만 전설의 블루스 뮤지션은 명성을 얻는 대신에 참담한 최후를 맞이했다. 마키코도 뭔가 손에 넣기 위해 수명을 내놓은 걸까.

마키코가 손에 넣고 싶었던 것은 무엇일까.

맨션? 배우의 마음에 드는 것? 그래봤자 그런 것들은 너무나 작은 욕망 아닌가. 수명과 맞바꾸기에는 너무나 수지가 맞지 않는다. 아니면 마키코의 수명은 고작 그 정도 가치밖에 안 되었나.

"그럼 요시자키 씨를 어떻게 생각하셨나요?" 노에는 마지막 질문을 했다. 어느덧 밤 9시가 훨씬 지났다.

"글쎄요. 가엽기는 하지만 동정은 안 해요. 매스컴에서는 꽤나 동정적인 시각으로 보도하던데 그건 좀……. 극단 J가 나쁘다는 식으로 써놨더라고요. 분명 극단 J에 빠진 것이 요시자키 씨가 성매매 같은 걸 하게 된 이유 중 하나일지도 몰라요. 하지만 그건 자신이 책임을 져야 할 범주에 들어간다고 봐요. 자기 능력 이상의 뭔가를 기대했기 때문에 일어난 비극 아닐까요?"

"능력 이상의 뭔가?"

"극단 J의 연극이나 쇼를 보다 보면 자신의 삶이 초라하게 느껴질 때가 있어요. 공연을 관람한 후에는 어쩐지 마음이 허탈하죠. 그걸 견디지 못하고 자신을 거짓말로 꾸미는 사람이 있는데, 요시자키 씨가 딱 그랬어요.

요시자키 씨는 특히 남성 편력을 자주 자랑했는데……. 섹스 파트너가 많고, 자신이 자유로우며 개방적인 여자라고 떠들어댔지만 전혀 자랑으로 안 들렸어요. 뭐랄까, 좀 딱한 느낌이

들었죠. '난 다른 여자와 달라. 난 성별을 넘어서서 자유로워. 그러니까 프리섹스를 즐겨' 같은 소리도 자주 했는데, ……뭐라고 설명을 잘 못하겠지만 오히려 여자라는 것에 옭매여 있는 느낌이었어요."

"……'인간은 자유롭도록 저주받았다'라는 말을 누가 했더라?" 노에는 혼잣말을 했다.

"사르트르 아닌가요?"

"아아, 맞아요, 사르트르예요." 노에는 다시 삼색 볼펜으로 메모장에 썼다. 인간은 자유롭도록 저주받았다.

그렇다면 마키코는 '여자'로 살도록 저주받은 걸까. 아니, 마키코뿐만이 아니다. 눈앞에 있는 여자는 어떨까. G는 세 잔째 커피를 다 마신 후 큼지막한 장미가 그려진 손수건으로 입을 닦았다.

"이런 취미를 즐길 때 빠져들면 안 돼요. 무슨 일이든 적당히 해야죠. 상대방도 장사를 하는 거니까 이런저런 방법을 동원하여 우리 호주머니에서 돈을 꺼내가려고 해요. 그러한 수작에 제대로 놀아나면 파멸이죠. 약물에 중독되는 거랑 비슷해요. 한도 끝도 없이 점점 깊이 빠져드니까요. 뭐, 이건 극단 J에 한정된 이야기는 아니지만. 세상에는 갖가지 함정이 있어요. 충실감을 맛보고 싶다, 진정한 자신을 찾고 싶다, 몰두할 수 있는 뭔가가 필요하다, 생활에 활력이 필요하다, 감동이 필요하다. 이렇듯 의존증 기질이 있는 사람을 노리고 온갖 함정이 산재해 있으니까 거기 빠지면 안 돼요."

G는 장미 무늬 손수건으로 다시 입술을 닦았다.

"하지만 망상이 일상화된 사람은 어떤 의미에서 행복하죠. 만약 망상에 도취된 가운데 죽을 수 있다면요. ……어쩌면 요시자키 씨는 행복했을지도 모르겠네요. 저는 무리예요. 그렇게까지 푹 빠져들지를 못해서." G는 자신을 타이르듯이 중얼거렸다. "역시 현실에 발을 디디고 살아야지."

노에와 G는 오후 10시가 삼십 분 정도 지났을 무렵에 커피숍을 나섰다. 야간 공연은 벌써 끝나 문을 닫았는데도 극장 앞은 여전히 소란스러웠다. 극장 앞 도로를 끼고 좌우에 뻗은 인도에 수많은 여자들이 모여 있었다.

"이게 퇴실 대기예요." G가 턱으로 가리켰다.

쳐다보자 팬들이 질서 아래 정연하게 늘어서 있었다. 군대의 그것보다도 엄격한 규칙이 여자들을 통제하는 것처럼 보이기도 했다.

극장 앞 백화점 쪽에서 환성이 터져 나왔다. 극장 옆 대기실 출입구에서 극단원이 나온 모양이었다. 최근에 자동차 광고에 기용된 젊은 극단원이었다.

"재는 극단에서 밀고 있는 신인이에요. 얼마 안 지나서 주연 배우가 되겠죠." G가 계속 설명했다. "오랜만에 나온 대형 신인이라서 입단한 지 일 년 만에 팬클럽이 결성됐어요."

노에는 그 극단원을 시선으로 좇았다.

남성과 여성, 양성의 매력을 지닌 장신의 미청년이었다. 그는 커다란 짐을 끌어안은 수행원 세 명을 거느리고 가늘고 긴 다리를 쭉 뻗어 환성이 인 곳으로 다가갔다. 그 순간 플래시가 일제히 번쩍여서 거기만 대낮처럼 환해졌다. 그때까지 얌전하게 늘어서 있던 팬들이 앞다투어 극단원에게 손을 내밀었다. 그래도 팬들과 배우 사이에는 보이지 않는 규칙이 만든 깊은 골이 있었다. 팬들이 아무리 손을 뻗은들 그 골을 넘을 수도, 메울 수도 없다. 가령 골을 뛰어넘고자 몸을 내민다고 쳐도 배우의 몸에 손끝이 닫기 직전에 깊은 바닥으로 떨어질 뿐이다. 그것이 마키코였는지도 모른다.

극단원은 자신을 향해 내민 무수히 많은 손에서 편지와 선물을 하나하나 받아들고 마지막으로 팬들에게 키스를 날린 후 때마침 당도한 차에 올라탔다. 차가 극장 옆 교차로에서 우회전하자 서로를 앞으로 밀어붙이고 있던 사람들이 우르르 물러났다.

"배우들은 겹치지 않도록 후배부터 순서대로 대기실을 나서요. 한 사람이 떠나고 나면 다음 배우가 나오죠. 봐요."

이번에는 극장 옆 인도에서 환성이 일었다. 대기실 출입구를 보자 다음 극단원이 모습을 나타낸 참이었다.

"이렇게 극단원을 일일이 다 퇴실 대기하나요?"

"설마요. 일부 배우들에 한해 퇴실 대기를 하죠. 후배나 인기 배우 노선에서 벗어난 극단원은 평범하게 혼자 돌아가요."

"그렇군요. 이해가 갑니다. 모두가 나올 때까지 기다렸다가는 너무 늦을 테니까요."

그렇다고는 하나 이 시점에서 이미 11시가 가까웠다. 인도에는 아직 팬들이 울타리처럼 늘어서 있었다.

마키코도 이렇게 T라는 배우를 기다렸던 걸까.

노에는 새벽 1시가 한참 지나서야 집에 돌아왔다. 하지만 조금도 피곤하지 않았다. 컴퓨터를 켜자 메일이 와 있었다. 요전에 취재를 신청한 상대의 답장이었다. 메일을 읽고 나서 노에는 다음날 취재를 준비했다. 요시자키 마키코의 사촌여동생을 만날 예정이었다.

블러디 타워 살인 사건의 진상 2

《월간 글로브》 9월호

05

피해자, 요시자키 마키코 41세

한여름처럼 더운 유월 초순 나는 니시신주쿠의 고층 빌딩들 가운데 하나를 올려다보았다. 35층에 요시자키 마키코가 일하던 사무실이 있다. 창문에서 보이는 풍경을 마키코는 어떤 심정으로 바라보았을까.

블러디 타워 살인 사건의 피해자 중 하나인 요시자키 마키코. 그녀가 왜 살해당했는지를 알려면 마키코가 파탄에 다다르는 궤적을 따라가는 것이 중요하다.

검찰 측은 모두진술에서 요시자키 마키코를 다음과 같이 설명했다.

피해자의 신상 · 경력 등

1. 요시자키 마키코는 1964년 8월, 도쿄 도 히가시무라야마 시에서 아버지 K(회사원), 어머니 H의 장녀로 태어났다. 근처의 공립 중학교를 졸업한 후 무사시타마가와 여자 고등학교에 진학, 대학은 와세다 대학 법학부에 합격했다. 대학 재학중에 사법시험에 합격했지만 1987년 3월에 법학부를 졸업하고 그해 4월 가전제품 종합 제조 회사 데이토 전기 주식회사에 입사, 광고 기획실에 배속된다. 광고 기획실에서는 신상품 광고를 담당해 광고 대행사의 창구로서 하청업자와 의견을 절충하며 업무를 진행했다. 1994년, 데이토 서비스 커뮤니케이션스 주식회사로 전근했고, 1995년에 데이토 서비스 커뮤니케이션스에 정식으로 소속된다. 데이토 서비스 커뮤니케이션스는 데이토 전기의 애프터서비스를 담당하는 회사로 고객의 불만과 질문을 접수해 처리하는 것이 주된 업무이며 피해자는 고객 관리과 과장으로 취임해 고객의 요망과 불만 등을 정리하는 업무를 맡았다.

2000년에 미쓰하라 초고층 맨션 201호실을 구입하고 그해부터 본가를 떠나 혼자 생활했다. 2002년부터 만남 사이트 등을 이용해 성매매를 시작했고 피고인과 만나 본 사건으로 피해를 당하기에 이르렀다. 또한 사건 당일은 몸 상태가 좋지 않다는 이유로 회사를 결근했다.

2. 요시자키 마키코는 결혼한 적이 없고, 주소지에 혼자 거주했다. 부모님 및 남동생은 가나가와 현에 거주중이다.

이상이 모두진술에서 설명된 요시자키 마키코다. 이 밖에도 요시자키 마키코에 대해서는 다양한 미디어가 이미 많은 기사를 내보냈다. 정확성이라는 측면에서 따지면 전부 어딘가 결여되거나 과장되기는 했지만 대강의 이미지는 적확하게 전달된 편 아닐까.

물론 기사에는 흔해빠진 편견과 감상적인 망상(또는 기대)도 섞여 있었다. 하지만 사실에서 크게 벗어난 오보는 없었다. 악평 높은 와이드 쇼에서조차 비교적 공정하게 보도했다. 정보가 충분하고 주제의 방향성이 정해지면 와이드 쇼도 와이드 쇼 나름대로 적확함을 중시하는 법이다.

요컨대 요시자키 마키코에 관해서는 정보가 풍부하다는 뜻이다.

정보는 전부 요시자키 마키코 자신이 남겼다. 그녀는 생전에 투고라는 형태로 자신의 모습을 드러냈고, 예의 추문조차 요시자키 마키코가 본인의 손으로 까발렸다. 원래 정보는 송신하는 쪽의 독단적인 억측과 편파적인 주관이 적당히 가미되어 대중에게 전달되는 법이지만, 그 이전에 요시자키 마키코는 자신의 말로써 어느 정도 이미지가 고정되었다. 이것을 가능케 한 것은 두말할 필요도 없이 '인터넷'이었다.

노출광 시절

예를 들어 마키코는 '으흥 경매'라는 성인용 상품 전문 경매 사이트에 자신이 입은 속옷을 등록했다. 현재는 삭제되었지만 마키코는 이 사이트의 단골 판매자로 매주 속옷을 세 벌 정도 등록했고, 사건 전날도 속옷을 새로이 등록했다.

마키코가 마지막으로 등록한 속옷은 보라색 팬티로, 해당 속옷을 착용하고 찍은 세미누드 사진(착용 사진)과 다음과 같은 설명문이 함께 올라와 있었다.

> 마코의 팬티지롱☆(착용 사진 20장 보내드려요♪)
>
> 안녕하세요~☆★☆마코예욥. 이번에는 하트 무늬가 귀여운 팬티를 보내드릴게요☆물론, 하루 내내 입고 있을 거구요★희망하신다면…자위도 할게요☆착용 사진은 CD-ROM으로 보내드려요☆요구사항 반영합니당★누드도…열심히 할게요☆대금 지불은 은행 계좌이체로 부탁

해요★규격 외 우편물로 발송할 예정이에요☆물론, 희망사항이 있으면 상담 가능하구요☆진심을 담아 착용할 테니 잘 부탁드려욥☆

이 사이트에서 여자들은 아무런 망설임 없이 천연덕스럽게 자신의 속옷을 판다. 속옷뿐만 아니라 자신의 외설적인 모습을 찍은 사진, 다리를 쩍 벌린 사진이나 자위하는 사진을 올린다. 주부, 중고등학생, 회사원 등등 다양하다. 그녀들은 스스로를 기꺼이 상품화하여 자신이 화폐로 변환된다는 사실에서 쾌감을 얻는 듯하다. 거기에는 양심에 켕긴다거나 사정이 있어서 어쩔 수 없다는 등의 전시대적인 음울함은 일절 없다. 설령 가족에게 들켜도 "왜, 재미있잖아. 재미있는 일을 하는 게 왜 안 돼? 아무한테도 피해 안 주잖아"라고 말하며 깔깔 웃을 것이다.

상품 페이지를 보았을 때 나는 뱃속의 것이 위액과 함께 역류하여 입안에 가득차는 듯한 괴로운 감각에 빠졌다. 이런 일로 신물이 올라오는 내가 낡은 인간일까. 성기를 과장하는 그녀들이 여성 본연의 모습일까. 여자들은 남자들에 의해 감금당해온 욕망을 노출광 시대인 지금 해방하고 있는 걸까. 암술을 드러내며 흐드러지게 피어나는 꽃처럼 여자는 온몸이 성기 그 자체일까. 그런 노출광 여성에게서 남성은 자주 로망을 본다. 그리고 종국에는 '성모'라는 옷을 떠맡긴다.

성모. 하지만 그것은 환상에 불과하다. 성모의 옷을 걸치고 있어도 바람이 불면 얇은 옷은 덧없이 들추어져 성기가 고스란히 드러난다. 아니, 바람이 불 필요도 없다. 때때로 성기는 여자들의 의지로 노출된다. 이제 한계다. 여자는 자신의 본래 역할로 돌아가고 싶은 것인지도 모른다.

이야기를 되돌리자.

'마코' 즉 마키코의 경우, 경매가 열리면 한두 명이 입찰하여 오백 엔에서 삼천 엔 사이의 가격에서 낙찰되었다고 한다.

사이트에서 낙찰 이력을 거슬러 올라가 마키코의 속옷을 구입한 남성을 찾아냈다. 그 남성은 성인 동인지와 성인 비디오를 중심으로 낙찰받는 단골 고객이었다. 이러한 경매 사이트를 이용하는 사람은 나이가 얼마쯤 되고 어떤 직업에 종사하는지 흥미가 있었기에 직접 만나 이야기를 듣고 싶었지만 남성은 메일로만 이야기를 주고받기를 희망했다.

남성의 나이와 직업은 불명이지만 메일 내용은 의외로 정상적이었고 문법도 정확했으며 오탈자와 한자 실수도 거의 없었다. 또한 이해가 불가능한 부분도 없었고 독선적인 사상도 눈에 띄지 않았다. 어느 정도 사회 경험이 있고 남들만큼 상식을 지닌 사람으로 추정되었다.

나는 남성과 열 번 정도 메일을 주고받았는데, 남성은 마코,

즉 마키코의 인상에 대해 다음과 같이 이야기했다.

사이트에서 마코를 처음 봤을 때 이상하게 몹시 거북하고 기분이 찜찜했습니다. 이유는 몸입니다. 삐쩍 말라서 여성다운 굴곡이 하나도 없더군요. 그대로 불거진 뼈 모양이 뼈에 피부를 바로 갖다 붙인 듯한 느낌이었습니다. 게다가 털이 많고 살빛도 거무스름했어요. 그런데 화장을 떡칠해서 얼굴은 새하얗고, 눈매는 판다처럼 시커멓게 그린데다 입술은 빨간 물감을 그대로 칠한 것처럼 새빨갰습니다. 머리는 통가발이더군요. 노란 자루걸레를 덮어쓴 것 같은 느낌이었습니다. 아무리 봐도 사오십 대 아줌마가 화장을 두껍게 하다가 망친 모습이었어요. 그런데 18세라고 소개되어 있더라고요. 정말이지 아무리 생각해도 정상이 아니었죠.

마코는 어쩌다 이런 꼬락서니가 됐을까. 이 사람도 예전에는 멀쩡했을 텐데. 저는 흥미가 동했습니다. 그래서 시험 삼아 팬티를 구입했죠. 구입했다고 해도 그때는 입찰한 사람이 저 하나뿐이라서 경쟁 없이 최저 가격인 오백 엔에 낙찰했습니다.

마코는 착실하게 대응했습니다. 낙찰한 후 바로 메일이 왔는데 상품 소개 문장과는 완전히 달랐어요. 건실한 사회인이 쓴 듯한 문장이었습니다.

물건도 빨리 도착했어요. 직접 쓴 편지도 동봉되어 있었는데 파란 만년필로 쓴 달필이었습니다. 배계, 계절에 어울리는 인사말로 시작하여 경구■로 끝나는 편지였죠. 함께 온 CD-ROM의 사진을 보자 신기한 기분이 들었습니다. 사진은 잡지 화보를 보고 흉내내어 찍은 듯한 느낌……. 견본을 보면서 글씨 연습을 한 것 같은 느낌이었습니다. 그런 진지함이 묻어났어요. 그래서 아무리 야한 자세를 취해도 성욕이 끓어오르기는커녕 제가 나쁜 짓을 시킨 것 같다는 희한한 기분이 들더라고요. 뭐랄까……. 가본 적은 없지만 진기한 동물 전시장을 본 후에 그런 기분이 들지 않을까 싶었습니다. 어쩐지 가슴속이 죄악감으로 가득차서 배달된 속옷과 CD-ROM은 그냥 버렸습니다.

마코하고는 그 거래가 처음이자 마지막이었습니다. 그 후에 익명 게시판에서 마코가 화제가 되자 반쯤 장난치는 기분으로 입찰하는 사람도 나타나서 사이트에서 마코는 꽤나 유명해졌어요. 가십 잡지에도 소개된 모양이더군요.

그리고 이건 익명 게시판을 보고 알았는데, 마코는 경매 사이트를 통해 성매매 상대를 찾았던 것 같아요. 주소가 도쿄 근교인 낙찰자를 꾄 모양이에요. 저는 지방에 사니까 그런 권유

■ 배계와 경구는 격식을 차린 편지에서 시작과 끝을 알리는 말이다.

를 받는 일은 없었지만요.

개인과 개인이 직접적으로 연결되는 네트워크는 요시자키 마키코라는 한 개인을 사건이 발생하기 전에 이미 어느 정도 유명하게 만들었다. 요시자키 마키코는 마치 자신의 죽음을 예상하고 있었던 것처럼 사후에 사람들의 입에 오르내릴 자신의 이미지를 연출하는 데 힘썼다. 물론 생전의 마키코는 아무 자각도 없었을 것이다. 하지만 결과적으로는 '타락한 처녀'라는 이미지 만들기에 성공했다. 처녀란 예의 추문이 사건의 한 원인으로 보도되었을 때 첫 번째 손님이었다고 나선 남자의 증언에 유래한다.

"그때 그 여자는 서른여덟 살이었는데 제가 처음이었던 것 같습니다. 이야, 정말 힘들었어요. 좀처럼 안 들어가더라고요. 질이 무슨 돌처럼 딱딱하게 굳어서 손가락도 제대로 안 들어갔습니다. 그 여자도 아픔을 참느라 고생하는 것 같았어요. 원래는 좀더 시간을 들여 다정하게 긴장을 풀어줘야 했겠지만, 저도 경험이 그렇게 많은 것도 아니고 애당초 손님이 왜 그런 서비스를 해줘야 하나 싶어 울컥 화가 나서 힘줘서 넣었죠. 끼야야야악, 하고 무시무시한 비명을 질렀어요. 하지만 저도 아팠다고요."

(《주간 진실》 2005년 12월 15일 호에서)

이 증언이 실리자마자 요시자키 마키코의 이미지는 고정되었다.

'더럽혀진 세상을 구현하기 위해 스스로를 상처 입히고 타락한 성스러운 처녀.'

이 이미지가 창출되는 데는 감성적인 문필가들도 적지 않게 협력했다. 그들의 손에 의해 사건은 점차 이야기의 경향을 띠었고, 피해자는 신비적인 여주인공으로 자리매김하여, 실제로 존재했는데도 그 존재조차 애매모호해지고 말았다. 마키코는 그러기를 바라지 않았을 것이다. 마키코는 분명히 존재했으니까.

전술한 대로 요시자키 마키코는 수많은 목소리를 남겼다. 자기 사이트도 가지고 있었지만 유족의 요청으로 지금은 인터넷상에서 삭제됐다. 그래도 마키코의 목소리는 거침없이 표현하자면 시끄러울 만큼 지금도 여기저기에 남아 있다. 어쩌면 마키코는 '나는 여기 있다'라고 나름대로 자신의 존재를 증명하기 위해 그런 목소리를 남겼는지도 모른다.

여성 한정 회원제 일기 투고 사이트도 한 예다. 요시자키 마키코는 거기에 마키코라는 닉네임으로 일기 몇 편을 올렸다. 마키코의 글은 지금도 거기서 볼 수 있다. 마키코는 그 사이트에 오십 편이 넘는 일기를 올렸는데 사건이 발생하기 며칠 전에 올린 '환상의 책'이라는 제목의 수기는 전술한 경매 사이트에 올린 소개문과 마찬가지로 마키코의 마지막 목소리다. 하지만 경매 사이트에 올린 글과 여기 올린 수기는 같은 사람이 같은 날에 썼다고는 여겨지지 않을 만큼 대조적이다. 이 이면성이 '타락한 처녀' 이미지를 만드는 데 한몫했다.

이 수기에 속옷을 파는 마코의 모습은 단 한 조각도 없다. 있는 것이라고는 우물 바닥으로 떨어져 하늘을 향해 죽을힘을 다해 손을 뻗는 듯한, 절망과 희망 사이에서 흔들리는 고독한 메아리뿐이다.

빨간 원피스

요시자키 마키코는 2005년 10월 3일 월요일에 시신으로 발견되었다. 새벽에 가을비가 내려 겨울처럼 싸늘했던 오전 11시 무렵, 이 년 동안 만나지 않았던 어머니가 마키코의 죽음을 확인했다.

마키코는 주말을 끼고 나흘간 무단결근했다. 마키코 어머니는 직장에서 그런 취지의 연락을 받고 당일 미쓰하라 시에 있는 마키코의 집을 찾았다. 인터폰을 눌렀지만 대답은 없었고, 여벌 열쇠도 없었기 때문에 청소중인 관리인에게 부탁해 도어록을 해제했다. 관리인은 출퇴근 근무자였기 때문에 관리 회사에 연락해 여벌 열쇠를 준비해달라고 부탁해놓았다. 시험 삼아 집 문손잡이를 돌려본 마키코 어머니는 문이 잠겨 있지 않은 것을 수상쩍어하면서 집으로 들어갔다.

현관에서 거실로 이어지는 짧은 통로 끝에 있는 문이 살짝 열려 있었다. 불이 꺼져 있어 어스름했지만 거실에서 새어 나오는 흐릿한 오전 햇살 한줄기가 이정표 역할을 했다.

빛을 따라가서 거실 문을 열자 소파에 빨간 뭔가가 누워 있었다. 봉제 인형처럼도 보였고 빨갛고 큼지막한 안는 베개처럼도 보이는 그것이 뭔지 확인하기 위해 마키코 어머니는 가까이 다가갔다. 그때 마키코 어머니 코에 엄청난 자극이 가해졌다.

"이모는 젊었을 때 축농증을 앓아서 냄새에 둔감하거든요. 그래서 그때까지 이상한 냄새가 난다는 걸 모르셨던 모양이에요. 하지만 그 탓에 이모는 느닷없이 충격을 받았죠. 코에 아직도 그때의 냄새가 들러붙어 있는 것 같은지 이모는 그 후로 밥도 잘 못 드시고 밤에도 제대로 주무시지 못해서 고생이세요. 그 냄새는 마키코 언니의 유언이었을까요. 부모 자식의 길고 긴 갈등 끝에 남은……."

마키코의 사촌동생 U의 이야기다.

"자신이 상상할 수 있는 온갖 기괴한 것과 악취를 그러모아

속에 파묻힌다 해도 그 냄새만큼 추악하지는 않을 거라고 이모는 눈물 섞인 목소리로 말씀하셨어요. 하지만 추악함의 정점은 그다음이었죠. 이모는 드디어 알아차리셨어요. 빨간 물체가 빨간 꽃무늬 원피스를 입은 마키코 언니였다는 사실을.

마키코 언니의 생전 모습은 남아 있지 않았다고 해요. 얼굴은 물론 몸 여기저기가 괴상하게 부풀어올랐고 녹갈이 빨갛고 파란 얼룩이 온몸을 뒤덮고 있었어요. 그리고 하반신은 끈적끈적한 검은 액체로 더러워져 있었고요. 마치 원유나 썩은 뻘 같았다고 하셨죠."

한여름 석양을 모방한 듯 새빨간 실크 원피스는 마키코가 마음에 들어 하던 옷이라고 한다. 하지만 원피스 아랫부분은 거무튀튀하게 더러워졌고 지독한 녹 냄새를 풍기고 있었다. 그리고 원피스 끝자락이 닿는 오른쪽 다리 복사뼈까지 축 늘어져 있던 검은 오물. 그것은 엿새 전까지 마키코의 몸속에 있던 난소였다.

"원피스도 소파도 러그도 협탁도 커튼도 전부 마키코 언니가 좋아하는 상표로 통일되어 있었다고 들었어요. 그런데 그런 형태로 인생에 마침표를 찍다니. 맨션을 샀을 때 그렇게 기뻐했는데, 이런 형태로 끝나다니……. 운명이란 잔혹하네요."

U는 눈꺼풀을 떨었다.

"그렇게 자랑하던 맨션이었는데."

충동구매한 맨션

마키코는 2000년에 이 맨션에 입주했다. 서민도 손을 댈 수 있는 수준까지 부동산의 가치가 점점 빠르게 떨어지던 시기였다. '지금이 최저가, 지금이야말로 구입해야 할 때'라고 매스컴이 내 집 마련을 잔뜩 부추기기 시작한 시기이기도 하다. 또한 맨션을 구입하는 삼십 대 독신 여성이 늘어난 시기이기도 했다. '여성을 위한 맨션 구입 강좌'가 화제가 되었고, 『나는 이렇게 해서 맨션을 샀다』라는 서적이 인기 있던 시기이기도 하다.

나도 기억이 난다. 전철에 매달린 광고판에서 '자기 자금 제로에서 시작하는 맨션 특집'이라는 선전 문구가 자주 눈에 띄었다. 어느 주택 정보 잡지의 광고였다. 마키코도 이 광고를 보았는지도 모른다.

마키코보다 일곱 살 어린 E는 그 당시를 생생히 기억하고 있었다.

"여름휴가가 끝난 다음날이었어요. 요시자키 씨가 회사에 오자마자 '나 맨션 샀어' 하고 신나게 이야기했죠.

여름휴가는 주말도 포함해서 열흘이었는데 요시자키 씨는 그사이에 보증금까지 지불하고 가계약을 맺었다고 했어요. 이제부터 여러 가지 서류를 구비해야 하니 큰일이라고도 했고요. 처음에는 농담인 줄 알았죠. 그게, 그때까지 자기집을 가지고 싶다는 말은 한마디도 한 적이 없었고 집을 알아보는 것처럼 보이지도 않았거든요."

마키코가 보증금을 지불한 집은 꼭대기 층의 2LDK. 판매 가격은 삼천삼백만 엔이었다.

"하지만 결국은 2층의 2LDK를 샀다고 하더라고요. 20층은 바람도 강하고 혹시나 무슨 일이 생겼을 때 도망치기도 힘들다고 했어요."

이유는 좀더 현실적이었다. 마키코는 처음에 주택 금융 금고와 연금 융자만으로 융자를 얻을 예정이었지만 뚜껑을 열어보니 연 수입 금액이 약간 부족하여 희망하는 융자를 얻을 수 없다는 것을 알았다. 그래서 부동산 회사와 상담하여 같은 구조의 2층 물건으로 변경했다. 2층은 이천삼백만 엔. 꼭대기 층과 천만 엔이나 차이가 나는 것은 거주 환경 때문이었다. 꼭대기 층에서 보이는 경관은 참으로 근사하지만 2층은 낡은 제면 공장 건물 때문에 오전의 짧은 시간을 제외하면 하루 종일 볕이 들지 않았고, 맨션에 면한 행정도로의 소음도 심각했다. 이렇게 환경이 다르니까 가격 차이가 천만 엔이나 날 만하다.

그래도 자금이 모자랐다. 그래서 부동산 회사와 제휴한 비은행권에서 융자를 받기로 했다. 은행도 검토했지만 자기 자금이 십만 엔뿐이었으므로 심사에 통과하기 어려웠다.

즉, 맨션 구입은 마키코에게 시기상조였다. 이렇게 무리한 까닭에 마키코의 운명에 작은 균열이 생긴다. 처음에는 점만큼 작은 균열이었지만 점차 커져서 궤도를 이탈하는 원인이 된다. 아니, 어쩌면 균열은 더 이전에 생겼는지도 모른다.

마키코는 데이토 서비스 커뮤니케이션스라는 회사에 근무했다. 매스컴에서는 마키코의 직장을 데이토 전기라고 보도했지만 이것은 정확한 사실이 아니다. 분명 마키코는 대학을 졸업한 후에 데이토 전기 본사의 광고 기획실에 배속되었지만 경제의 거품이 빠진 1994년에 데이토 서비스 커뮤니케이션스(이후 데이토 서비스)로 전근했고, 그 이듬해인 1995년에는 정식으로 소속이 바뀌었다. 데이토 전기 본사에서 일할 때는 본사의 꽃이라고 할 수 있는 사장실 직속 부서에서 신상품 광고를 기획하며 광고 대행사 영업 사원을 그야말로 턱으로 부린 모양이지만, 데이토 서비스로 옮기고 난 뒤에는 한마디로는 설명이 안 될 만큼 업무 내용이 애매모호해졌다.

이를테면 허울좋은 좌천이다. 회사에 전용 사무실은 있었지만 부서에는 마키코 혼자뿐이었고, 업무도 서류 정리였다. 회사 내부의 인간관계도 그다지 원만하지 못했다. 데이토 서비스는 사업 내용의 특성상 사원의 팔십 퍼센트가 여성인데 마키코는 다른 여사원들과 대화를 거의 나누지 않았다. 스스로 벽을 만들었다고 한다.

또한 툭하면 "본사에서는 이랬는데"라고 비교해서 여사원들의 불만을 샀다. 이내 여사원들은 마키코를 꺼리게 됐다. 마키코에게 선선히 말을 건네는 사람은 파견 사원 정도였다고 한다. 하지만 처음 한동안만 그랬을 뿐 한 달쯤 지나자 파견 사원들도 마키코를 멀리했다. 외부에서 보면 그러한 행동이 일종의 따돌림처럼 보였을지도 모른다.

그러므로 마키코는 회사에서 고독했다. 일부 매스컴은 그 모습을 '회사에게 버림받은 여자 엘리트', '좌천된 곳에서 이유 없이 받은 냉대'라는 말로 바꿔놓았다. 여성 우대 프로파간다로서 소비된 끝에 일어난 비극. 사이비 페미니즘 사회의 애처로운 희생자. 이러한 기사는 남성이 많이 썼다. 세간의 남성은 마키코에게 대개 동정적이다.

하지만 여성의 의견은 딱 두 가지로 나뉜다. 마키코를 자신의 처지와 동일하게 보고 감정이입하거나, 거부하거나.

그런데 세간이 마키코를 '여자 엘리트'라고 치켜세운 데는 따로 이유가 있다. 대기업 본사의 인기 부서에 소속되어 있었다는 것 외에도, 마키코에게는 '대학 재학중에 사법시험에 합격'했다는 경력이 있었다. 와세다 대학 법학부에 입학한 후 마키코는 바로 사법시험을 준비하여 4학년 때 합격했다. 대학을 졸업하고 그대로 사법 연수원에 연수생으로 들어갈 것이라고 모두 믿었지만, 마키코는 뜻밖에도 데이토 전기에 입사하기로 결정했다. 데이토 전기가 열심히 권유한 까닭도 있지만 마키코 본인이 바란 듯하다.

가계 파탄

요시자키 마키코가 극단 J에 푹 빠져 있었다는 사실도 그녀가 남긴 인터넷상의 목소리로 쉽게 알 수 있다. 마키코는 극단 J의 팬 사이트에서도 유명인이었다. 마키코의 극단 J 사랑은 여간 대단한 것이 아니었던 모양이다. 마키코와 알고 지낸 극단 J의 팬 G의 이야기를 들어보자.

"푯값으로만 한 해에 백만 엔에서 백이십만 엔은 쓰지 않았을까 싶어요. 팬클럽 회비, 헌금, 선물, 그 밖의 온갖 비용을 합치면 한 해에 이백육십만 엔은 퍼부었을걸요."

나는 맨션 유지비와 주택 융자금, 그리고 극단 J에 쏟아부은 대략의 금액을 기준으로 마키코의 연간 현금 흐름을 적어보았다. 또한 수입은 데이토 서비스의 동년배 중간관리직을 샘플로 삼아 산출했다.

연간 수입(실수령액) 약 오백만 엔

연간 지출

주택 융자금 백이십만 엔

관리비 십구만 엔

수선 적립금 십이만 엔

고정자산세 십이만 엔

극단 J 관련

표

(공연, 디너쇼, 차 모임 등)

백육십만 엔

그 외

(교통비, 헌금, 디너쇼용 드레스 등)

백만 엔

여기까지만 계산했는데도 연간 지출은 벌써 사백이십만 엔을 넘었다.

연간 수입에서 제하면 남는 금액은 팔십만 엔 미만. 팔십만 엔이 안 되는 돈으로 식비, 잡비, 광열비 등 생활비를 충당해야 한다. 한 달에 약 육만 육천 엔. 알뜰하게 생활하면 어떻게든 될 것 같은 숫자이기는 하지만 표를 구하는 데 휴대전화와 인터넷 환경은 필수다. 통신비가 매달 이만 엔은 들었다고 한다. 그 밖에도 마키코는 아끼는 배우에게 빼먹지 않고 고가의 선물과 간식을 보냈다. 이렇듯 보이지 않는 지출이 도대체 얼마나 될지는 짐작도 가지 않는다.

이것들은 공판에서 변호 측이 밝힌 사실이었다. 피고인 변호 측은 마키코가 돈에 쪼들려 성매매에 빠진 경위를 자세하게 조사했다. 그리고 마키코는 파탄 난 가계를 성매매로 지탱했으니, 피고인 말고도 마키코를 살해할 동기가 있는 손님이 있으리라고 주장했다.

변호 측은 '진범이 따로 있을 가능성'을 제시함으로써 피고인이 무고함을 입증하고자 했다. 또한 변호 측은 마키코가 이용한 소비자금융에 대해서도 언급했다. 마키코는 주로 이용한 전업계 카드사의 현금 서비스를 리볼빙 결제했기 때문에 달마다 이만 엔만 지불하면 되었지만, 항상 서비스 한도액인 오십만 엔을 빚지고 있는 셈이나 마찬가지였으며 이자 등을 포함하면 결제할 금액이 백만 엔 가까이 됐다고 한다.

다른 소비자금융에서 빌린 돈도 있어 이자조차 지불하지 못한 달도 있었다. 이제 불법 대출밖에 길이 없을 것 같은 상황도 수없이 겪었다. 하지만 절체절명의 순간에 마키코는 언제나 목돈을 변제하여 최악의 시나리오를 피했다.

사건이 일어난 해만 봐도 세 군데 회사에 오십만 엔 단위로 변제하여 빚을 청산했다. 변호인은 그 점에 주목하여 마키코에게 돈을 준 인물이 있으며, 그 인물이 사건에 관여되어 있다고 추측했다.

흥미롭다. 다중 채무 지옥의 입구에서 마키코에게 돈을 건넨 인물. 그 인물이 진범일까.

죽음에 이르는 길

요시자키 마키코의 아버지는 Y전자에 근무하는 기술자였고 어머니는 전형적인 전업주부였다. Y전자의 사택에 살다가 아버지가 도요타 공장의 공장장으로 영전한 1981년에 하치오지의 뉴타운에 단독주택을 샀다. 하치오지 역에서 버스로 이십 분쯤 걸리는 주택가로, 마키코는 열일곱 살부터 서른여섯 살까지 십구 년을 그 뉴타운에 살았다.

나는 뉴타운을 찾아가보았다. 복사하여 붙여 넣은 것처럼 같은 모양의 집이 죽 늘어선 풍경은 흔하다기보다 압권이었다.

착륙하기 직전의 비행기에서 본 런던 히스로 공항 주변의 거리가 생각났다. 성냥갑 같은 집들이 정연하게 늘어서 있다. 지붕은 모두 색깔이 같고, 반사되는 햇빛만이 미세한 색감의 차이를 만들어낸다. 다닥다닥 붙어선 집들 사이에는 녹색 덩어리가 흩어져 있었는데, 그때는 일월 중순이 지난 한겨울이었는데도 상록수 잎은 눈부실 만큼 밝은 녹색으로 빛났다. 그렇지만 그 부감도는 결코 흔해빠지지도 부자연스럽게 인공적이지도 않아서 오히려 나는 감동을 받았다.

이 감동이 어디에서 왔으며, 어떤 유의 것인지는 잘 몰랐지만 젖먹이가 젖을 빨듯이 그 풍경을 만끽했다.

뉴타운도 높은 곳에서 보면 분명 그 풍경과 비슷할 것이다. 여기는 영국 교외를 본보기로 삼았다. 어느 집이든 꽃들이 넘쳐나고 푸르른 나무에 둘러싸여 있다. 반물색 블레이저와 이끼색 체크무늬 치마가 어울릴 듯한 곳이다. 바로 마키코가 다니던 여고의 교복이다. 이 거리에서 마키코는 청춘 시절을 어떻게 보냈을까.

요시자키 씨 집은 바로 찾았다. 버스 정류장에서 내리자 장

례식장 길 안내를 하는 것처럼 '이 앞에 파는 집 있음'이라는 전단지가 여기저기에 붙어 있어 헤매지 않고 목적지에 도착했다. 아직 사려는 사람은 없는 모양이었다. 부동산 회사가 아무리 애를 써도 이 집이 요시자키 마키코가 자란 집이라는 사실은 감출 수 없다. 감추기에는 매스컴에서 너무 많이 공개됐다. 이 집도 몇 번이나 전파를 탔던가. 말끔히 잊히려면 앞으로 이삼 년은 필요할 것 같았다. 하지만 그렇게 오래 기다릴 수는 없다는 듯이 광고 전단지는 '깔끔한 외관과 좋은 환경'을 강조하고 있었다.

전단지에 따르면 토지 면적 194.56제곱미터, 4LDK/131.51제곱미터의 목조 이 층 건물로 1981년 9월에 완공됐고 판매 가격은 이천삼백팔십만 엔이다.

지은 지 이십오 년, 하지만 그 세월이 오히려 영국적인 외관을 더욱 영국적으로 만들었다. 고풍스러운 느낌의 가구를 애호하는 사람이라면 한눈에 마음에 들지도 모른다. 실제로 고풍스러운 가구가 잘 어울리는 집이다. 목조기는 하지만 벽돌을 넉넉히 사용한 외벽과 현관 포치, 가로와 세로 창살이 아름답게 어우러진 길쭉한 창문, 그리고 베이 윈도식 출창.

"영국 호수 지방의 집 같죠?"

현관 포치에서 부동산 회사 사원이 기다리고 있었다. 나는 사전에 부동산 회사에 연락하여 구입 의사가 있음을 밝히고 집을 보러 온 척 여기를 방문했다.

"호수 지방에는 가본 적이 없어서 잘 모르겠지만, 왠지 분위기 있네요." 나는 그렇게 대답했다.

"자, 안쪽도 한번 보십시오." 숙달된 투로 말하며 젊은 사원은 현관문을 열었다. 젊지만 영업 감각이 있는 듯했다. 적절한 설명과 함께 안내하는 모습을 보니 베테랑인 듯했다. 나는 얌전히 설명을 들었다.

"보시다시피 이 뉴타운의 기조는 영국이므로 모든 집이 영국풍입니다만, 이 집의 전 주인은 특히나 더 영국 느낌을 고집해서 내부 설비를 거의 다 뜯어고쳤습니다."

현관으로 들어서서 일단 거실로 안내받았다.

"이 난로도 특별 주문한 겁니다. 난로 주변에 박혀 있는 건 석회석이고요. 벌꿀색 석회석으로 유명한 코츠월즈에서 들여왔다고 합니다. 벽지는 로라 애슐리, 아, 물론 구입 후에 리폼하실 수 있습니다. 그리고 바닥재도 영국의 폐자재를 이용한……."

그로부터 삼십 분 동안 우리는 4LDK를 전부 돌아다보았다. 영국풍으로 꾸며진 모든 방은 마치 이즈 부근의 펜션에 온 기분이 들게 했다.

거실로 돌아가자 나는 소파로 안내받았다. 앞에는 책상이 놓여 있었다. 둘 다 부동산 회사가 사무용으로 들여놓은 것이리라. 이 방의 분위기와 어울리지 않았다.

"전 주인은 이 집을 무척 아끼셨군요. 집 구석구석에서 주인의 애착이 느껴져요." 나는 그렇게 말했다.

"예. 매우 소중하게 사용하신 모양입니다." 사원이 대답했다.

"그런데 왜 처분하는 거죠? 무슨 사정이라도?" 나는 속을 떠보았다.

"뭐, 이런저런 사정이 있으시겠죠." 하지만 사원은 능숙하게 이야기를 돌렸다. "아무튼 권리상 깨끗한 물건이니까 안심하십시오. 저당이 잡혀 있지도 않고 임대계약도 맺어져 있지 않습니다. 그 부분은 안심하셔도 됩니다."

"전 주인은 어떤 분이셨나요?"

"평범한 회사원이라고 들었습니다. 저는 뵌 적이 없어서 자세하게는 모릅니다만." 사원은 변함없이 웃는 얼굴로 질문을 가볍게 받아넘겼다. 동요하는 기색도 없었다.

나는 단념하고 책상 위에 놓여 있는 명부에 주소와 이름, 전화번호를 적었다. 명부에는 나 말고도 집을 보러 온 사람들의 이름이 서른 명 정도 적혀 있었다. 개중에는 내가 아는 사람도 몇 명 있었다. 동업자다. 입술이 자연스레 누그러졌다. 고개를 들자 사원과 눈이 마주쳤다. 아무래도 내 신분은 이미 탄로 난 모양이었다. 사원은 수고한다는 듯이 미소 지었다.

그 후에 뉴타운 외곽에 있는 패밀리 레스토랑에서 마키코의 사촌여동생 U와 만났다. U는 마키코보다 한 살 어렸고, 어머니들도 연년생 자매라고 한다. 나이 차이가 거의 없어서인지 어머니들끼리는 사이가 굉장히 좋아서 결혼한 후에도 늘 연락을 주고받는다고 한다.

"하지만 저랑 마키코 언니는 그다지 사이가 좋지 않았어요. 굳이 따지자면 서로 무시하는 편이었죠."

U는 담담하게 말했다. 얼굴 윤곽이 어쩐지 마키코와 닮았다.

"성격이 잘 안 맞았다던가?"

"반대예요. 아주 비슷했죠. 근친 증오라는 건지도 모르겠어요. 하기야 증오라고 할 만큼 미웠던 건 아니었지만요." U는 입가만 움직여서 웃었다.

"예를 들어 마키코 씨의 어떤 점이 싫었나요?"

"지기 싫어하는 점, 타협하지 않는 점, 남의 이야기를 듣지 않는 점." U는 손가락을 꼽으며 열거했다. 즉 이것들은 자신의 못마땅한 부분이다. "자기중심적인 점, 잘난 척하는 점, 융통성이 없는 점, 주제넘게 나서는 점, 자의식과잉인 점, 자랑이 심한 점, 남에게 엄격한 점, 남을 깔보는 점, 현학적인 점, 그리고 거짓말쟁이인 점."

"거짓말쟁이? 예를 들어 어떤 거짓말을?"

"하잘것없는 거짓말이에요. 읽지도 않은 책을 읽었다든가 모르는데 잘 안다고 한다든가. 하지만 마키코 언니의 대단한 점은 읽지도 않았고, 알지도 못하면서 그럴듯하게 들리도록 말할 줄 안다는 거였어요. '그 소설은 연애를 그린 듯하지만 실은 인간의 에고를 그리고 있어'라는 식으로. 뿐만 아니라 다음날에는 그 책을 독파하고 와서 완벽하게 감상을 말해요."

"즉, 처음에는 거짓말이지만 결국은 참말이 된다는 뜻이군요."

"그런 셈이죠. 하지만 역시 본질은 거짓말이라고 생각해요. 왜냐하면 그저 거짓말했다는 걸 무마하고자 읽고 싶지도 않은 책을 읽는 거니까요."

지기 싫어하는 사람. 마키코를 한마디로 표현한다면 이 말이 제일 잘 어울린다. 내가 그렇게 말하자 U는 쓴웃음을 지으며 동의했다.

"확실히 그래요. 고집 세고 뚝심 있는 성격이었죠. 이모도 딸을 대할 때는 조심스러워하는 느낌이었어요."

부모자식 사이에 무슨 문제가 있었을까. 내가 묻자 특별한 문제는 없었고 싸움을 한 적도 없다고 U는 대답했다. 부모자식 간에 싸움을 한 적이 없다. 한 번도?

"예. 이모 내외와 마키코 언니는 싸움을 안 했어요. 싸움을 할 만한 접점이 없었다고 할까. 소원한 인상이 있었죠. 마치 남처럼 서먹서먹했다고 할까요."

한 핏줄 맞죠? 나는 몸을 내밀었다.

"물론 그렇죠. 아, 그런데……." U의 목소리가 흔들렸다. "마키코 언니가 세 살 때 이모가 동생 A를 임신했는데 입덧이 심해서 마키코 언니를 친할머니 댁에 맡겼다고 해요. A를 낳고 나서도 이모 몸 상태가 별로였고, A도 천식이 있어서 한시도 눈을 떼지 못했던 상황이라 결국 마키코 언니는 삼 년이나 할머니 댁에 맡겨져 있었죠."

마키코는 할머니 슬하에서 자란 전형적인 응석받이였던 듯하다. 할머니는 마키코를 귀여워해 한때는 양녀로 삼겠다는 이야기도 나왔다고 하는데, 마침 그때 세상을 떠났다. 마키코가 초등학교에 입학할 무렵의 일이다. 물론 양녀 이야기는 흐지부지되었고 마키코는 결국 부모 품으로 되돌아왔다고 한다. 과연, 그렇다면 부모자식 관계가 소원할 만도 하다.

"예. 특히 마키코 언니와 이모 사이는 차갑게 식어버렸죠. 할머니가 마키코 언니에게 이모 험담을 했을 거예요. 이모랑

할머니는 사이가 안 좋았으니까."

친할머니 댁은 어디였지? 내가 질문하기 전에 U가 말했다.

"규슈예요. 규슈 가고시마."

가고시마라면 미야자키 옆이다.

나는 여기서 피고인 야마구치와 공통점을 찾아냈다. 마키코가 야마구치를 꾄 것은 혹시 그것이 이유 아니었을까. 법정에서 야마구치는 때때로 표준어와 다른 억양으로 말했다. 미야자키와 가고시마라는 차이는 있을지언정 마키코는 야마구치의 억양에서 그리움을 느꼈고, 까닭에 두 사람의 관계가 진전된 것은 아닐까.

다시 화제를 돌려 이야기하자면 신경쓰였다. 마키코가 가고시마에서 돌아올 때까지 마키코 없이 가족의 생활은 잘 유지되었다는 뜻일까. 내 의문에 U는 주저하면서도 대답해주었다.

"예. 그러니까 마키코 언니가 돌아왔을 때 가족의 균형이 무너진 게 아닐까요. 가족은 마키코 언니를 계속해서 손님처럼 대했고, 마키코 언니도 손님처럼 어쩐지 서먹서먹했고요."

그렇다고는 해도 마키코는 서른여섯 살이 될 때까지 부모님과 같이 살았다. 그러한 경위가 있다면 먼저 독립을 생각하지 않았을까.

"같이 살았다기보다 하숙을 하는 것과 유사한 감각 아니었을까요. 마키코 언니가 살던 집, 보셨어요?"

U의 물음에 나는 고개를 끄덕였다.

"1층과 2층이 완전히 독립되어 있지 않던가요?"

나는 그 집을 다시 한번 머릿속에 그려보았다. 확실히 보통 집과는 구조가 조금 달랐다. 1층에 식당과 거실 그리고 방이 세 개, 2층에는 방이 딱 하나였다. 그 방은 원룸 사양으로 욕실 겸 화장실, 그리고 작은 부엌이 딸려 있었다. 비즈니스호텔의 싱글 룸이라고 하면 상상하기 쉬울까.

"부모님과 남동생은 1층에서, 마키코 언니만 2층에서 생활했어요. 그 집은 마키코 언니가 열일곱 살 때 샀어요. 대학 수험을 앞두고 있던 해죠. 그래서 공부에 집중할 수 있도록 그런 구조로 수리했다고 들었어요."

결국 그러한 배려가 마키코와 가족을 갈라놓은 것 아닌가. 어렴풋하게나마 마키코라는 인간의 내면에 있는 윤곽이 보인 듯한 기분이 들었다. 하지만 여전히 의문이 남는다. 마키코는 대학 재학중에 사법시험에 합격해놓고 졸업 후에는 데이토 전기에 취직했다. 마키코는 법조계를 지망한 것이 아니었나? 이 부분이 잘 이해가 가지 않았다. 합격하는 것만 해도 엄청난데, 합격해놓고 미련 없이 걷어차다니…….

"가족을 조롱할 목적이었을 거예요. 변호사가 되고 싶어 한 건 남동생 A였어요. 걔는 중학생 때부터 그렇게 말하고 다녔죠. 그래서 이모 내외도 아들의 꿈을 이루어주려고 사법시험 합격률이 가장 높은 도쿄 대학교를 목표로 잡았죠. A는 공립 중학교에 다녔지만 죽어라 공부해서 명문 K고등학교에 도전하여 경사스럽게 합격했어요. 이때 이모 내외가 얼마나 힘을 기울였는지 몰라요. 삼인사각으로 수험에 애썼죠. 학원에 과외에, 해마다 돈을 얼마나 퍼부었는지, 원."

부모와 아들의 삼인사각. 그렇다면 마키코는?

"그때 마키코 언니는 대학교 1학년이었어요. 또 언니는 가족의 이벤트를 놓친 꼴이 되고 말았죠. 마키코 언니는 그런 가족을 조롱하듯이 2층 방에서 혼자 사법시험 공부를 시작했어요. 정말이지 공부를 못 해서 죽은 귀신이라도 붙은 것처럼 공부했어요. 하루에 평균해서 두 시간 정도밖에 안 잤을걸요. 그런 보람이 있어서 공부를 시작한 지 삼 년째 되던 해, 대학교 4학년 때 합격했어요. 그런데 졸업하고 나서 데이토 전기에 취직했죠. 당황한 건 가족이에요. 데이토 전기는 이모부가 일하던 회사의 경쟁사였거든요."

혹시 그것도 일종의 조롱이었을까?

"아마도요."

나는 한없이 가족에 집착하는 마키코의 모습에 현기증을 느겼다. 그 집착은 복수로 돌아선 사랑일까.

나는 마지막 질문을 던졌다.

"마키코 씨가 서른여섯 살 때 무슨 일이 있었나요?"

"집을 나가라는…… 말을 들었어요. A의 결혼이 결정되어 2층에 A의 신혼살림을 차릴 거라면서요. 물론 이모랑 이모부는 독립에 필요한 돈을 대주겠다고 했어요. 맨션을 구입할 거면 계약금은 내겠다고요. 하지만 마키코 언니는 그 제안을 거절하고 자기 혼자 판단하여 그 맨션을 산 거예요. 이모 내외가 독립을 재촉한 다음날에요."

"2000년 여름에 말이죠?"

"예."

2000년. 마치 손짓하는 것처럼 한줄기 길이 마키코 앞에 비춰진 것 아닐까. 장미 향기가 감도는, 죽음에 이르는 길이.

로즈 오토

로즈 오토는 장미 원종이기도 한 다마스크 로즈를 원료로 하여 수증기 증류법으로 추출한 장미 오일이다. 꽃잎 삼 킬로그램에서 고작 일 그램밖에 추출되지 않는다. 장미 오일 한 방울을 추출하는 데 장미 꽃잎 천 장이 필요하다. 게다가 날이 새기 전에 사람의 손으로 딴 신선한 장미가 아니면 자격이 없다고 하니까 이렇게 사치스러운 에센스 오일도 없을 것이다. 실제로 로즈 오토는 에센스 오일의 여왕이라고 불리고, 엄지손가락만 한 병에 만 이천 엔에서 만 팔천 엔의 가격이 붙는다.

로즈 오토는 피부 관리에 사용될 때가 많지만, 여성의 생식기 계열 문제에 효과가 있어 예로부터 자궁 강장제로 사용되어 왔다. 생리 불순에도 아주 효과가 좋고, 임신을 돕는 기능도 있다고 한다.

여기는 당신의 마음속. 편하게 두드려보세요.

이것은 로즈 오토라는 웹사이트의 대문에 있는 말이다. 로즈 오토는 투고 포럼 사이트로 간단한 회원 등록을 마치면 누구나 에세이나 일기를 올릴 수 있다. 마키코도 여기에 자주 드나들었다. 전술한 '환상의 책'이라는 수기가 올라온 곳도 이 사이트다.

마키코는 자신의 사이트도 가지고 있었고, 다종다양한 게시판과 포럼에 닉네임을 밝히고 글을 올렸지만 이 로즈 오토에 올린 글이 마키코 자신을 가장 순수하게 표현하지 않았나 싶다.

다른 사이트에서는 어쩐지 연극처럼 꾸민 티가 났지만 이 사이트에서만큼은 본래의 자기 모습을 드러내지 않았을까. 닉네임으로 '마키코'라는 실명을 사용한 것만 보더라도 그리 빗나간 추측은 아닐 것이다.

자, 나는 여기서 검찰 측이 얼마나 엉터리인지 한 가지 지적하고자 한다. 지금까지 공판에서 로즈 오토를 비롯한 인터넷 사이트들에 대해서는 거의 언급되지 않았다. 마키코가 인터넷상에서 성매매 상대를 찾았다는 것은 모두진술에서도 언급했지만, 검찰 측은 그 사실을 강조하지는 않았다. 즉, 마키코가 불특정 다수를 상대로 성매매를 한 것은 그다지 중요하지 않다. 중요한 것은 피고인 야마구치와 '성매매'를 했다는 사실뿐이다. 나무만 보고 숲은 보지 못한다는 말이 딱 들어맞는다. 이 사건은 인터넷이라는 거대하고 불투명한 가상 세계를 빼고는 설명이 불가능하다. 가상 세계에서 사람들은 SF에서만 경험할 수 있었던 평행 세계를 손에 넣어 또 하나의 자신으로 살아가는 방법을 깨달았다. 이미 현실과 가상의 경계는 사라졌다. 사람들은 현실과 가상을 자유자재로 오가며 동시에 복수의 인생을 살고 있다. 좋든 싫든 이 사실을 확실하게 파악하지 못하면 우리는 아무리 시간이 지나도 목적지에 당도할 수 없다. 인간은 더이상 현실 세계에만 살고 있지 않다.

하지만 개중에는 그것을 인정하지 않는 부류도 있다. '현실에서 실제로 일어난 일만이 진실'이라고 고집스럽게 믿는 사람들이다. 이 사건을 담당한 검사가 바로 그렇다. 검사는 피해자 마키코가 인터넷을 이용해 불특정 다수와 성매매를 했다는 사실은 인정하면서도 인터넷을 단순한 도구로만 여기는 경향이 있다. 그렇다, 전화와 똑같은 취급이다. 그러므로 마키코의 휴대전화에 남아 있던 통화 이력과 전화번호, 그리고 문자에만 수사의 손길을 뻗었다. 이만저만 시대에 뒤떨어진 것이 아니다. 상상력이 빈곤하다고 바꾸어 말해도 된다. 이 전근대적인 검찰의 자세가 공판을 점점 진실로부터 떼어놓고 있다는 생각이 든다.

사건의 진상에 다가서려면 적어도 마키코가 가지고 있던 또 하나의 얼굴을 알 필요가 있다.

따분한 설명은 뒤로 미루고 결론만 먼저 적겠다.

마키코는 임신했다.

그것도 한 번이 아니라 여러 번. 게다가 임신할 때마다 자택에서 낙태했다.

나는 말할 필요도 없이 인터넷에서 그 사실을 알았다.

사건이 일어난 직후 나는 모든 검색 사이트를 이용해 인터넷상의 마키코를 찾아보았다. 뜻밖이라고 해야 할까, 아니면 역시라고 해야 할까. 마키코는 간단하게 찾을 수 있었다.

마키코는 'makiko', 'mako', '마코'라는 식으로 닉네임을 적당히 만들어서 사용했다. 전부 본명에서 연상할 수 있는 이름이다. 물론 완전히 다른 사람인 'makiko', 'mako', '마코'도 아주 많았지만, 그중에서 마키코를 가려내는 데 시간은 그리 많이 들지 않았다. 나는 마키코와 관련된 키워드를 몇 가지 알고 있었다. 그것들은 전부 마키코의 홈페이지에서 찾아냈다. 사건이 발생한 후 가족은 마키코의 홈페이지를 삭제했지만 캐시는 지금도 인터넷상에 남아 있으므로 홈페이지를 바탕으로 마키코의 취향을 어느 정도 압축할 수 있었다. '데이토 서비스', '극단 J', '정원 가꾸기', '프랑스 영화', '허브', '섹스', '순정 만화'. 이 정도의 키워드로 나는 수많은 'makiko', 'mako', '마코' 중에서 마키코를 찾아낼 수 있었다.

그다음에는 각각의 링크를 따라가서 마키코의 흔적을 찾았다. 그리하여 나는 열두 군데 사이트에서 마키코를 발견하는 데 성공했다. 전술한 '으흥 경매', 그리고 극단 J의 팬인 G도 이 방법으로 찾아냈다.

그리고 '로즈 오토'. 이것은 마지막으로 다다른 사이트였다. 이 사이트는 여성 한정 포럼으로, 하루하루의 잡다한 느낌이나 상담거리를 자유롭게 올리고 다른 회원이 그러한 글에 의견을 내놓거나 감상을 써주는 방식이었다. 관리자의 수완인지, 분탕

치거나 선동하는 사람 없이 사이트는 온화하고 평화롭게 운영되고 있었다.

마키코는 여기가 상당히 마음에 들었는지 거의 매일 방문하여 일기를 올렸다.

다른 사람이 올린 일기에도 충고와 공감을 적은 댓글(답변)을 달았는데 전부 우등생이 쓸 법한 내용이었다. 개중에는 '정론인 만큼 이런 내용을 이런 식으로 쓰면 상대방은 화가 날 것'이라고 추정되는 내용도 많아서 무심코 웃음이 났다. 이것이 마키코의 본래 모습일지도 모른다. 고지식하고 지기 싫어하는 성격의 완고한 사람.

처음에는 다가가기 힘들지도 모르지만 일단 마음을 트고 나면 의외로 오래 알고 지낼 동성 친구가 되었을지도 모른다. 그런 생각이 들었다. 동시에 '마키코에게 속내를 털어놓고 이야기를 나눌 수 있는 동성 친구는 없었을까'라는 생각도 들었다. 여태껏 취재하는 동안 마키코에게 친한 친구가 있었다는 낌새는 전혀 느껴지지 않았다. 인터뷰에 응한 사람들도 친한 친구의 존재를 암시하지 않았다.

확실히 우정이란 애정과 마찬가지로 기대와 이상을 부풀린 환상이라고 할 수 있을지도 모른다. 하지만 절친한 친구는 아니더라도 밥을 같이 먹거나 전화로 수다를 떠는 정도의 친구 한

둘은 있을 법하지 않은가. 그런데 그러한 존재가 조금도 부각되지 않았다.

어쩌면 마키코는 현실 세계를 버리고 인터넷이라는 또 하나의 세계에서 우정을 키운 것이 아닐까.

내 예상은 적중했다. 모종의 경로를 통해 마키코가 이용한 또 하나의 메일 송수신 기록을 입수하는 데 성공했다.

메일의 수는 삼백오십삼 통. 주변의 증언에서도, 휴대전화 통화 이력에서도 마키코의 친한 친구는 일절 표면에 드러나지 않았지만 역시 인터넷상에서는 나름대로 교우 관계를 쌓았다.

그리고 그 메일을 전부 읽은 후 나는 로즈 오토의 진짜 목적과 마키코가 임신하고 낙태했다는 사실을 알았다.

경구 중절약 RU486

먹기만 해도 낙태가 가능한 약이 있다. 그 약을 먹으면 아무도 모르게 몰래 낙태할 수 있다. 그런 그럴싸한 소문을 들은 적이 있다. 설마 그런 일이 가능할까.

무지함을 드러내는 것 같지만 나는 그러한 소문을 도시전설의 하나로 치부해왔다. 하지만 아니었다. 경구 중절약 RU486

은 소문이 만들어낸 전설도 아니거니와 환상도 아니다. 엄연한 의약품이다.

RU486는 1980년에 프랑스에서 개발된 경구 중절약으로 복용하면 자연유산과 같은 형태로 인공중절할 수 있다. 1988년에 판매가 시작되어 현재는 EU 각국 외에 중국 등에서도 인가를 받았지만 일본에서는 아직 승인되지 않았다. 그럼에도 RU486은 인터넷에서 평범하게 매매되고 있다.

금지되었지만 입수가 가능한 경우, 잘못 사용하는 사례가 발생한다. '먹기만 해도'라는 말이 과대 해석되어 변비약을 먹는 것과 별반 다르지 않게 자택에서 중절할 수 있다고 여기는 여성이 많은 듯하다.

인가된 국가에서는 의무적으로 의사의 관리하에 사용해야 한다. 중절을 희망하는 사람은 입원하여 의사를 지시를 받아 복용한다. 즉 의사들이 지켜보는 가운데 중절하는 것이다. 수술과 약 복용이라는 방법의 차이가 있을 뿐 중절은 중절이다. 의사의 지시를 따르는 것이 기본이다.

한편 일본에서는 약을 손에 넣었다 해도 병원에 가져갈 수 없다. 일본에서는 인가되지 않았기 때문이다. 그래서 '자택에서 몰래'라는 잘못된 방법이 생긴 것이다.

RU486은 의사의 지도 아래 복용하지 않으면 낙태에 실패할 뿐 아니라 난관 파열 등의 심각한 상황을 초래할 가능성이 있다. 또한 복용 시기가 잘못되면 비극은 이루 헤아릴 수 없다. 하지만 정부는 지금까지 이러한 문제를 보고도 못 본 척해왔다. 일본에서는 미인가 약품이지만 개인 수입은 묵인했다. 소량이라면 후생노동성에 수속을 밟지 않아도 개인이 수입할 수 있었던 것이다. 그 결과 사람들은 인터넷에서 RU486을 쉽사리 구입하여 안이하게 사용해왔다. 이는 위험하다. 정말로 위험한 행위다. 인가가 나지 않았으므로 의사에게 상담할 수도 없다. 마침내 2004년 10월 25일, 후생노동생은 RU486의 취급에 대해 규제를 시행했다. 원칙적으로 의사의 처방을 받았음을 지방 후생국에서 확인한 경우에 한해 수입을 허가한다. 하지만 그것도 이상하다. 변함없이 미인가이지 않은가. 이 애매한 태도가 문제를 더욱 심각하게 만들었다.

각설하고 RU486은 미페프리스톤과 미소프로스톨로 구성되어 있다. 미페프리스톤은 임신을 유지하는 황체호르몬 분비를 억제해 자연유산과 같은 과정을 거치며, 자궁 수축 작용을 하는 미소프로스톨을 병용함으로써 인공유산을 유발한다. 미소프로스톨을 복용하면 출혈이 시작되어 두 시간에서 여섯 시간 사이에 중절이 끝난다. 다만 RU486은 생리가 끝난 후부터 임신 49일(7주) 이내에 사용해야 하며 그 시기가 지나면 RU486

으로는 중절이 불가능하다.

이렇게 쓰면 간단하게 중절이 가능한 것처럼 느껴지지만 유산과 같은 과정으로 중절하므로 사람에 따라서는 심한 복통이 따르기도 한다. 피도 많이 난다고 한다. 더불어 복용해도 중절되지 않는 사례도 있다. '그렇다면 아이를 낳자'고 마음을 바꾸어도 이미 때는 늦었다. 일단 복용하고 나면 태아가 기형으로 태어날 가능성이 높다고 한다. 뒤늦게 후회해도 소용없다.

또 하나, 조악한 가짜 상품이 인터넷상에 다수 나돌고 있으므로 주의해야 한다. 진짜 약을 사려고 하면 터무니없는 가격 때문에 사용을 포기할 것이다. 하지만 가짜는 약 칠천 엔부터 만 엔 미만의 가격으로 입수할 수 있다. 가볍게 시험해보고 싶어지는 가격이다. 하지만 그게 무섭다. 가짜 약 복용은 이루 다 말할 수 없을 만큼 위험하다.

앞서 로즈 오토에는 진짜 목적이 있다고 적었다. 그 목적은 바로 RU486의 개인 수입 대행이다. 물론 공개적으로 드러내놓고 적극적으로 영업하는 것은 아니다. 로즈 오토는 어디까지나 여성 한정 일기 포럼이다. RU486을 대행해서 수입한다는 사실이 입소문을 타고 흘러나갔으리라. RU486이 필요한 사람은 관리자에게 메일로 취지를 알린다. 그러면 관리자가 또 다른 사이트를 소개하는 방식인 듯하다.

나는 앞 항목에서 로즈 오토라는 에센스 오일은 생식기 계열의 문제에 효과가 있다고 적었다. 또한 예로부터 자궁 강장제로 사용되어왔다고도 썼다. 임신을 돕는 기능도 있다고 한다. 반면, 너무 강한 자궁 강장 효과 때문에 임신 초기에 사용하면 유산을 일으킬 가능성도 있다고 한다.

관리자는 '유산(=중절)'이라는 또 하나의 숨겨진 효과를 암시하기 위해 자기 사이트에 로즈 오토라는 이름을 붙였는지도 모른다. 문득 그런 생각이 떠올라 마음이 무거워졌다.

마키코의 메일 수신함에 남아 있던 메일 중에 열여섯 통이 로즈 오토 관리인이 보낸 메일이었다. 그 가운데 비밀 사이트 주소가 적힌 메일이 있었다.

접속해보았지만 로그인 화면에 막혔다. 캐시가 남아 있지 않나 주소에 의지해 찾아보았지만 그 사이트는 보안이 철저한 소셜 네트워킹을 이용했기 때문에 찾아내지 못했다. 소셜 네트워킹이란 인터넷을 이용한 비밀 회의실 같은 것으로 등록된 멤버만 접속할 수 있는 그룹 공유 사이트다. 단순하게 비밀번호를 설정하는 사이트보다 보안성이 높다.

결국 비밀 회의실에 침입하지는 못했지만 마키코의 메일을 보자 어떤 방식인지 대강 상상이 갔다.

관리자에게 메일로 RU486을 주문하면 일주일 안에 물품이 도착한다.

여기서 의문이 생긴다. RU486은 주로 중국에서 수입되는데, 주문한 지 일주일 만에 배달되다니 기간이 너무 짧다. 관리자가 어느 정도 재고를 쌓아놓고 판매한 것은 아닐까.

이 약은 임신한 지 칠 주가 지나기 전에 복용해야 하지만, 임신했다는 사실을 알아차리는 데 대개 사 주쯤 걸린다. 즉, 이 약을 이용할 때 가장 필요한 것은 속도다. 한시라도 빨리 약을 주문한 사람에게 보내야 한다. 그러므로 관리자가 늘 일정량의 재고를 가지고 있었다고 보는 편이 자연스럽다.

로즈 오토의 관리자가 주문을 얼마나 많이 받았는지는 모르지만, 마키코가 주문한 횟수는 수신함의 메일로 알아낼 수 있었다. 수신함에는 약 이 년 치의 메일이 남아 있었는데 로즈 오토의 관리자와는 2004년부터 2005년까지 약 일 년간 메일을 주고받았으며, 그 일 년 동안 마키코는 약을 세 번 주문했다.

중절한 후 약 한 달이 지나면 생리가 시작된다. 즉 중절한 후에 바로 임신하는 것도 불가능하지는 않다. 그렇다고는 하나 일 년에 세 번.

나는 현기증이 났다. 마키코는 성매매를 하면서 임신과 중절을 되풀이한 것이다. 뿐만 아니라 마키코가 임신을 빌미로 손님에게서 돈을 갈취한 흔적이 남아 있었다. 수신함에는 답장도 남아 있었고, 송신함에는 마키코가 보낸 메일이 고스란히 남아 있었다.

***님

번번이 신세를 지고 있습니다. 요시자키 마키코입니다. 요전에는 바쁘신 와중에도 와주셔서 정말로 감사했습니다.

그건 그렇고 이번에는 상의하고 싶은 일이 있어서 연락드렸습니다.

실은 저, 임신했습니다. 그러하니 아래에 적은 금액을 부담해주시기 바랍니다.

중절 비용 십오만 엔

입원 비용 오만 엔

합계 이십만 엔

계좌번호

×××은행 R지점 *******

※6월 13일까지 보내주십시오. 6월 14일에 수술할 예정입니다.

부담해주시지 않으면 ***님의 가족과 상의하겠습니다. 직장 동료와 상의할 수도 있사오니 제 뜻을 잘 헤아려주시기 바랍니다.

요시자키 마키코 드림

협박 메일은 RU486 주문 메일보다 몇 배 많았다. 즉, 마키코는 여러 남성에게 임신을 빌미로 협박문을 보낸 후에 중절하기 위한 약을 주문했다. RU486은 전술한 대로 1회분 가격이 약 칠천 엔에서 만 엔 미만, 요컨대 마키코는 인공중절 수술비를 요구해놓고 수술보다 싸게 먹히는 RU486을 주문한 것이다. 그런 수법을 마키코는 아홉 번이나 썼다.

여기서 또 의문이 떠오른다. 어째서 마키코는 이렇게 몇 번이나 임신을 해야 했을까. 콘돔을 끼지 않고…… 관계하게 해주는 것이 마키코의 장사 수단이었을까. 아니면.

마키코의 임신 시기가 마음에 걸렸다. 마키코가 임신을 빌미로 돈을 갈취하는 시기는 극단 J의 표 발매일과 거의 겹친다. 마키코는 표를 대량으로 구매하기 위해 표 발매일에 맞추어 임신한 걸까. 그렇다면…… 마키코의 임신은 협박이 목적이었다는 뜻이다. 그럼 실제로 임신할 필요 없이 임신했다고 거짓말을 해서 돈만 갈취하면 되지 않았을까.

아니, 어쩌면 고지식한 성격 때문에 그러지 못했는지도 모른다. 임신을 빌미로 공갈하는 이상, 진짜로 임신해야 한다고 마음먹었던 것 아닐까. 만약 그렇다면 참으로 답답하기 그지없다.

마키코가 겪은 불행은 전부 오기로 느껴질 만큼 고지식한 그 성격 때문에 비롯된 것 같은 기분이 든다. 어떤 일이든 온 힘을 다해 성실하게 대처하지 않으면 성에 차지 않는 성격이 마키코 인생의 톱니바퀴를 하나하나 망가뜨린 느낌이다.

사건이 발생하기 열흘 전인 2005년 9월 17일에도 로즈 오토의 관리인으로부터 'RU486 발송이 완료되었다'는 취지의 메일이 왔다. 적어도 사건이 발생하기 열흘 전까지 마키코는 임신한 상태였다는 뜻이다. 또한 이날은 여행사로부터 예약 확인 메일도 왔다. '극단 J의 주연배우 T 퇴단 기획, T와 함께하는 육 일간의 파리 여행'이라는 투어의 입금을 재촉하는 내용으로, 9월 28일(수)까지 입금하지 않으면 취소한 것으로 간주하겠다는 취지의 글이 적혀 있었다. 금액은 삼십오만 엔.

입금을 했는지는 알 수 없다. 다만 9월 28일까지 마키코에게 삼십오만 엔이 필요했다는 것은 확실하다. 그리고 그 전날인 27일, 마키코는 몸 상태가 좋지 않다는 이유로 결근했고 다음 날 귀적에 들고 말았다.

마지막 메일

마키코가 살해당한 2005년 9월 27일에 메일이 여섯 통 왔다. 모두 I.S라는 이름의 인물이 보냈다. 메일을 보니 I.S는,

"아직 입금이 안 됐네요. 내일까지 입금하시지 않으면 직장에도 메일을 보내겠습니다. ***씨는 일상적으로 성매매를 했을 뿐만 아니라 피임 도구도 사용하지 않고 관계를 맺겠다고 집요하게 요구해서 임신했다, 어떻게 해야 할지 모르겠다고 ***씨의 직장 상사와 상담하겠습니다. 부디 잘 검토해주시기 바랍니다."

이러한 마키코의 메일을 그대로 인용하고 나서,

"저는 아내입니다. 남편 대신 메일 보냅니다. 당신이 요구하는 돈을 낼 의무는 없어. 남편 아이라는 증거를 내놔."

라고 답신했다.

다른 다섯 통도 이것과 비슷한 내용이었다.

마키코가 협박하며 입금을 재촉하면 I.S는 단호하게 거절한다. I.S가 보낸 여섯 번째 메일은 '창녀, 짐승, 음란한 년, 뒈져라, 뒈져라, 뒈져라, 죽일 거야, 죽일 거야, 죽일 거야, 죽일 거야, 죽일 거야'라는 내용이었다.

'창녀, 짐승, 음란한 년, 뒈져라, 뒈져라, 뒈져라, 죽일 거야, 죽일 거야, 죽일 거야, 죽일 거야, 죽일 거야'

이것이 마키코가 마지막으로 읽었을 메일이다. 보낸 날짜는 2005년 9월 27일 3시 56분.

그때까지의 흐름으로 보건대 마키코는 이 메일이 도착하자

마자 읽었을 것이라 추측된다. 마키코는 그날 컴퓨터에 들러붙어 I.S와 메일로 격투했다.

즉, 9월 28일 자정 무렵까지 마키코는 살아 있었다.

나는 여기서 검찰의 엉터리 수사와 편의주의적인 자세에 다시 한번 놀라움을 금치 못했다.

검찰은 검시 결과와 현장 상황으로 보아 마키코의 사망 추정 시각은 2005년 9월 27일 오후 9시부터 오후 11시경이라고 단정했다. 피고인 야마구치가 타임카드를 찍은 시각부터 연립주택의 이웃사람에게 목격될 때까지 공백이었던 시간을 거의 그대로 갖다붙였을 뿐이다.

하지만 이 시간대에 마키코는 I.S와 메일로 싸우고 있었다.

마키코는 살아 있었다.

(계속)

* * *

"이번 달 호 기사, 좋네." 무라오카 여사는 표정을 누그러뜨리며 담배를 물었다. "그런데 나라모토 씨, 담배는?"

"괜찮습니다."

"안 피우는구나. 흡연석, 괜찮겠어?"

"예, 상관없어요."

노에는 담뱃진으로 더러워진 벽을 등지고 홍차를 한 모금 마셨다. 담배 연기가 자욱하여 홍차 향을 거의 맡을 수 없었다. 목이 깔깔했다. 하지만 지금은 전혀 신경쓰이지 않았다. 원고가 무사히 통과되었다. 노에의 가슴속은 안도감으로 가득했다.

"마키코의 임신, 경구 중절약, 그리고 협박 메일. 이것만으로도 굉장한데 검찰이 제시한 범행 시각에 마키코는 살아 있었다니. 이거, 끝내준다." 무라오카 여사는 신이 나서 말을 이었다. "검찰의 주장이 우르르 무너지겠네."

"예."

"이렇게 된 이상, 검찰을 좀더 무너뜨려보자."

"예?"

"다음에는 검찰을 닦아세우는 거야, 철저하게. 적은 무고한 사람에게 누명을 씌우려고 하잖아. 그런 작태를 공격하는 게 저널리스트의 역할이지."

"저널리스트의……."

"그래. 그 여자 검사, 평판이 제법 안 좋아. 그 여검사를 믿지 말라는 투서도 몇 번 날아들었지. 관심이 생겨서 나도 좀 조사해봤지. 그랬더니 그 검사, 얼마전까지는 부검사였는데, 악랄한 뺑소니 사고 같은 걸 업무상 과실치사로 처리했더라고.

대부분이 벌금형. 그래서 피해자 유족이 무능한 검사라며 이를 바득바득 갈고 있어."

노에는 허둥대며 정신없이 서류를 읽는 검사의 모습을 떠올렸다. 확실히 그 사람은 미덥지 못하다. 그뿐이라면 다행이지만 느닷없이 성질을 부리며 신경질적으로 나오고는 한다. 아무리 봐도 우수함과는 거리가 먼 인상이다.

"그런 무능한 검사가 담당했으니까 이 사건은 원죄冤罪가 틀림없다는 목소리가 많아. 나도 동감이고. 그러니까 다음에는 그쪽을 파고들자. 원죄를 만들려는 검사를 철저하게 때려눕히자고. 평판이 좋을 거야."

무라오카 여사는 담배를 한 개비 더 꺼내 물고 불을 붙였다가 재떨이에 내려놓았다. 그리고 수첩을 펄럭펄럭 넘겼다.

"마감 날짜 말인데, 다다음주 화요일까지 괜찮겠어?"

블러디 타워 살인 사건의 진상 3

《월간 글로브》 10월호

06

밤의 비상계단

나는 올여름에 블러디 타워, 즉 미쓰하라 초고층 맨션을 두 번 찾아갔다.

미쓰하라 초고층 맨션은 미쓰하라 역에서 걸어서 이십 분 정도 걸린다. 미쓰하라 역에서 이어지는 상점가를 빠져나와 행정 도로를 건너고 교차로를 오른쪽으로 꺾어 백 미터쯤 걸으면, 갑자기 풍경이 싹 바뀌어 정원 형태의 공개 녹지가 나타난다. 이것이 미쓰하라 초고층 맨션이다. 전국적으로 보면 이십 층짜리 맨션은 고층이라고 할 만큼 거창한 높이가 아니지만, 완공되었을 때는 미쓰하라 시에서 제일 키가 큰 맨션이었다.

미쓰하라 시는 원래 직물 도매 도시로서 발전한 곳으로, 지금도 직물을 보관하는 창고가 여기저기 남아 있다.

그런데 제2차세계대전이 끝난 후 도시 개발이 어중간하게 이루어져 가건물이 늘어선 지역을 박살내듯이 행정도로 하나가 생겼다. 도쿄와 히가시타마가와를 연결하는 중요한 간선도로로 건설될 예정이었지만, 토지 매수가 원활하게 진행되지 못한데다 직물 조합의 반대에 부딪혀 미쓰하라 시를 통과하는 부분만 도로 폭을 충분하게 넓히지 못해 트럭 두 대가 간신히 통과할 정도의 볼품없는 도로가 되고 말았다. 마치 콜레스테롤이 쌓여 좁아진 혈관 같다.

그 후로 방치되어 미쓰하라 시의 행정도로를 따라 러브호텔과 윤락업소가 무질서하게 들어섰다. 1960년대 중반부터 1970년대 중반 재개발되어 그러한 건물들은 규제되었지만 이때도 좁은 도로 폭만은 개선하지 못하고 계획이 좌절됐다. 그리고 거품경제가 찾아왔다. 또다시 행정의 지도 아래 재개발이 시행됐다. 미쓰하라 초고층 맨션은 그때 계획됐다. 미쓰하라 초고층 맨션을 시작으로 널찍한 공원형 뉴타운 미쓰하라 시 서쪽 지구 파크시티가 건설될 예정이었지만 앞날이 보이지 않는 대불황이 시작되어 주춤했다. 그리고 미쓰하라 초고층 맨션이 완공되자 그 계획도 중단됐다.

결국 미쓰하라 초고층 맨션만이 남았다. 미쓰하라 시 서쪽 지구 파크시티의 완성 예상도를 믿고 이곳을 구입한 사람들은 얼마나 속이 끓었을까. 게다가 삼 년 후에 빅벤이라고 불리는 사십 층짜리 고층 맨션 R 스카이 가든이 미쓰하라 역 맞은편에 탄생하여 미쓰하라 초고층 맨션보다 약간 낮은 가격으로 분양됐다. 그것이 계기인지, 그 후로 다양한 기업이 앞다투어 끼어들어 무계획적인 초고층 맨션 건설은 지금도 진행중이다.

"정말이지 지금도 빅벤을 보면 화가 치민다니까요. 우리 맨션에도 툭하면 광고지를 집어넣는데, 그 광고지를 볼 때마다 심란해요. 누가 봐도 빅벤이 더 좋잖아요. 설비도, 넓이도, 디자인도, 생활환경도. 그리고 가격은 더 싸죠. 어쩐지 속은 느낌이에요."

W는 내가 질문하기도 전에 창문으로 보이는 고층 맨션을 가리키며 말했다.

"분통이 터지니까 이렇게 커튼을 쳐놔요." 그렇게 말하며 눈앞에 펼쳐진 풍경을 베이지색 커튼으로 가렸다.

W의 집은 2LDK로, 살해당한 요시자키 마키코와 다미야 요코의 집과 구조가 같다. 미쓰하라 초고층 맨션은 위에서 보면 凸 모양인데, 튀어나온 부분만 2LDK형이라 다른 집과는 약간 형태가 달랐다.

"이 맨션은 원래 가족을 대상으로 지은 주택이라 3LDK랑

4LDK가 중심이에요. 부엌과 식당 및 거실을 카운터로 구분하고 거실 옆에는 일본식 방 하나랑 서양식 방이 두 개, 그리고 헛방이 하나, 흔한 형태죠. 그리고 凸의 돌기에 해당하는 이 집만 혼자 사는 사람을 대상으로 한 2LDK예요. 보시다시피 부엌, 식당, 거실, 그리고 서양식 방이 죽 이어져 있어요. 원룸이죠. 그리고 침실로 쓰는 서양식 방만 문으로 구분되는 구조예요."

"이 2LDK에는 역시 독신자만 살고 있나요?"

"글쎄요. 다른 집이 어떤지는 잘 모르지만 지금은 아마 그렇지 않을까요. 가족형에 사는 사람이 '2LDK에 혼자 사는 것들'이라고 하는 말을 쓰레기장에서 들은 적이 있거든요. 결혼한 여편네들은 정말로 입방아 찧기를 좋아한다니까요."

결혼은, 하고 질문하려다가 그만뒀다. 때가 좋지 않았다. 내 마음을 알아차렸는지 W가 먼저 이야기를 꺼냈다.

"저는 부모님이 제 명의로 모아두신 결혼 자금을 계약금으로 썼어요. 아마 결혼은 안 하겠죠. 불효다 싶기는 하지만 혼자 사는 게 익숙해져서 이제 남이랑 같이 못 살 것 같은데……. 사흘이 한계예요. 아, 이거, 절대 센 척하는 거 아니에요."

환하게 웃는 W는 간호사로, 지금은 이웃 시의 종합병원에서 일한다.

안정적인 직업이 있고, 거기에다 생활의 기반을 쌓고 나면 결혼의 의미를 찾지 못하는 경우가 많다. 연애라는 열에 들뜨는 욕정기를 지나고 나면 특히 더 그런 법이다. 그 후에 사람에 따라 병이 도지는 것처럼 다시 연애라는 열이 오르기도 하는데, 아무튼 마음을 갉아먹을 뿐인 시기를 넘어서고 나면 혼자 살아가는 삶이 얼마나 윤택한지 깨닫는다.

그런데 2001호실의 다미야 요코 씨하고는? 그렇게 질문하자 W는 "실은 본 적 없어요. 사건이 일어난 후에 사진으로 본 게 처음이죠. 제 머리 위에 사는데 말이에요" 하고 어깨를 으쓱했다.

그렇다면 요코가 이 맨션을 싼값에 샀다는 사실은? 이어서 질문하자 W는 입술을 삐죽했다.

"광고지가 우편함에 들어 있었어요. 정말이지, 부동산 회사도 진짜 생각이 없다니까요. 맨션 일반 매매 광고지를 맨션 입주자에게 돌리다니. 분명 아르바이트생이 아무 생각도 없이 우편함에 넣었겠지만. 그걸 보고 꽥꽥 소리를 질렀어요. 꼭대기층 2LDK가 신축 분양 당시의 반값이더라고요. 거기는 분명 삼천삼백만 엔이었을 텐데, 고작 삼 년 만에 천칠백만 엔에 팔렸어요. 어안이 벙벙하더라고요. 우리집도 삼천만 엔이었어요. 다달이 약 십이만 엔을 상환해야 하죠. 결코 싼값이 아니에요. 그런데 2001호실은……." W는 뺨을 떨었다.

W가 더이상 흥분하지 않도록 나는 화제를 바꾸었다. 요코가

이사 오기 전에는 어떤 사람이 살았는지 물어보자 W의 표정이 다시 부드러워졌다.

"어떤 사람이었는지는 잘 몰라요. 가족이었던 건 기억나네요. 여기에 이사 온 지 얼마 되지 않아서 남편과 함께 있는 모습을 엘리베이터에서 봤거든요. 그쪽이 먼저 2001호실에 이사 왔으니 잘 부탁드린다고 인사했어요. 그래서 기억에 남아 있죠. 그런데 삼 년 만에……. 이사한 줄은 전혀 몰랐어요. 그 광고지를 볼 때까지는."

"그런데……." 나는 여기서 드디어 본론으로 들어갔다. "거실 동쪽 창문은 저건가요?" 나는 손가락으로 가리켰다.

"예, 그런데요?" W는 왜 그러느냐는 듯한 표정으로 고개를 끄덕였다. 공판을 방청하지 않은 W는 저 창문이 2층의 마키코와 20층의 요코를 연결시킨다는 사실을 알 턱이 없다.

나는 W의 양해를 얻어 그 창문 앞까지 가보았다. 위아래로 길쭉한 창문은 가슴 아래쪽 언저리부터 시작되어 천장 바로 밑까지 다다르는 크기였다. 풍경을 즐기기 위한 창문이라기보다 채광창에 가까웠다.

"열어봐도 될까요?"

"상관없지만…… 조심하세요."

나는 자물쇠를 풀고 창문을 밀어 올렸다. 묵직한 바람이 불어들었다. 무수히 많은 손이 내 몸으로 뻗어오는 기분이 들어 나는 바로 난간을 잡았다.

"괜찮으세요?"

"예." 나는 마음을 다잡고 조심조심 창문 아래를 내려다보았다.

과연, 비상계단과 녹지가 보였다. 나는 W를 돌아다보고 말했다.

"죄송하지만 부탁이 있는데요. 괜찮으실까요?"

취재를 마친 후 나는 엘리베이터를 타지 않고 비상계단으로 내려갔다. 미쓰하라 초고층 맨션의 비상계단은 서쪽의 A, 동쪽의 B, 그리고 중앙의 C 이렇게 세 곳이다. 2LDK의 거실 동쪽 창문에서 보인 것은 비상계단 C였다. 이 계단은 2LDK 입주자를 위해서 설치된 것이리라. 집을 나서자 오른쪽에 비상계단 C로 통하는 비상문이 있었다. 문에는 도어록이 달려 있어 안에서는 언제든지 열 수 있지만 밖에서는 열 수 없다.

나는 아래로 내려와서 맨션 부지를 탐색했다. 탐색이라고 해봤자 부지는 그다지 넓지 않았다. 주차장을 포함해도 동네의 어린이 공원 정도 크기였다.

맨션 정면 입구 부분은 공개 녹지로, 말 그대로 입주자 이외의 사람에게도 개방되어 있어 몸을 움츠리고 좁은 행정도로를 걸어온 통행인에게 한숨 돌릴 휴게소 같은 역할을 했다. 이 밖에도 맨션 뒤편에 凸 모양의 움푹 들어간 부분을 메꾸는 형태로 마련된 녹지가 있는데, 여기는 맨션 입주자 전용 정원이었다. 금잔디를 깐 땅을 상록관목이 둘러싸고 있다. 맨션을 상징하는 나무는 꽃산딸나무로, 사오월이면 흐드러지게 핀 멋진 꽃을 구경할 수 있을 것이다. 하기야 우리가 꽃잎이라고 믿는 부분은 포엽苞葉(잎이 변형된 것)이고 진짜 꽃은 한가운데 뭉쳐 있는 녹색 부분이지만. 과연, 진실은 이렇게 숨겨져 있는 법인지도 모른다.

나는 다시 비상계단 C로 갔다.

피고인 야마구치는 이 비상계단을 이용하여 달아난 것으로 되어 있다. 확실히 비상계단에 방범 카메라는 설치되어 있지 않았다. 야마구치가 방범 카메라도 있고 입주자와 마주칠 가능성도 높은 맨션 입구를 피해 비상계단을 이용했다는 주장은 잘못된 추리가 아니다. 그렇다면 야마구치는 어떻게 마키코 집에 갈 수 있었을까.

사건 당일 밤 입구 방범 카메라에 야마구치의 모습은 찍혀 있지 않았다. 그렇다면 비상계단을 이용하는 수밖에 없다. 하지만 다시 한번 말하는데 이 맨션에는 도어록이 달려 있다. 도어록을 정해진 방식으로 해제하지 않는 한 외부인이 쉽사리 침입할 수 없도록 설계됐다.

나는 시험 삼아 검찰이 주장하는 경로인 비상계단 C로 마키코의 집이 있는 2층에 올라가보았다. 튼튼한 비상문이 나를 막았다. 문손잡이를 돌려보았지만 문은 꿈쩍도 하지 않았다.

역시 비상문으로 마키코의 집에 가기는 불가능하다. 마키코가 살해당했다고 추정되는 시간에 입구 방범 카메라에 야마구치의 모습이 찍혀 있지 않는 한 야마구치가 사건 당일 밤 마키코를 살해했다는 사실은 입증할 수 없다.

이 얼마나 단순한 결론인가. 아마추어인 나도 간단하게 이러한 결론을 이끌어냈다. 그런데 검찰은 이 부분을 적당히 얼버무리고 '비상계단으로 피해자 집을 방문해'라는 한마디로 넘어갔다.

나는 검찰이 엉터리로 수사한 또 하나의 사실을 증명하고자 다른 볼일을 하나 마치고 그날 밤 다시 미쓰하라 초고층 맨션을 방문했다. 오후 11시경. 마키코가 살해당했다고 추정되는 시간이다. 검찰에 따르면 야마구치는 마키코를 살해하고 비상계단 C를 내려와서 맨션을 나섰다. 남의 눈에 띌지도 모르는 입구를 피해 쓰레기장 뒤편의 주차 공간(야마구치가 택배를 배달할 때 주차에 이용한 긴급 차량용 주차장)을 지나쳐 아이카와 강을 건

너 구 제면 공장(당시 폐쇄) 부지를 빠져나가려고 하다가 맨션을 돌아다보았을 때 20층 창문 앞에 있는 사람이 눈에 들어왔다고 한다.

이사이에 야마구치를 목격한 사람은 없다. 전부 검찰의 추측이다. 이렇듯 검찰이 추측한 경로를 따라 비상계단 C에서 달아나보는 것이 이날 내 목적이었다. 밤 11시라서 그런지 인기척은 없었다. 맨션 비상등과 정원등 불빛이 어슴푸레하게 주변을 밝히고 있을 뿐이었다.

나는 2층까지 비상계단 C를 올라간 다음 "시작" 하고 자기 자신에게 출발 신호를 내리고 달아나듯이 조금 빠른 걸음으로 계단을 내려왔다. 나도 야마구치가 신었다고 추정되는 운동화를 신었는데, 일단 발소리는 울려 퍼지지 않았다.

나는 금잔디밭으로 나섰다. 푹신한 발밑이 부드럽게 꺼졌다. 검찰은 여기서 야마구치의 발자국을 찾아냈고 계단에서도 희미한 발자국을 발견해 그러한 증거를 바탕으로 전술한 추리를 펼쳤지만, 변호 측은 "사건이 발생한 후 다른 집에 택배를 배달하러 가는 길에 엘리베이터가 좀처럼 오지 않아 부득이하게 비상계단을 이용해 돌아갔을 때 찍힌 것이므로 사건과는 상관없다"라고 주장했다. 실제로 사건이 일어난 후에 내린 비 때문에 모양을 확인하기 힘들 만큼 발자국이 지워져서 확실한 증거로 보기는 힘들다.

아무튼 나는 잔디밭으로 내려와서 맨션을 돌아다보았다. 2LDK의 거실 창문, 예의 위아래로 길쭉한 창문이 보였다. 하지만 이 거리에서는 20층이 보이지 않는다. 각도가 모자란다. 이 시점에서는 '20층에 사는 요코에게 들켰다고 생각했다'는 추측이 성립되지 않는다.

나는 도주 경로를 따라가며 요소요소에서 맨션을 돌아다보았다. 맨션에서 멀어지면 멀어질수록 창문이 점점 더 많이 보였고, 구 제면 공장 부지로 들어서자 20층의 창문도 보였다. 그래도 고개를 무리하게 젖혀서 올려다보아야 했다. 나는 낮에 취재에 협력해준 W에게 휴대전화로 연락했다. W는 "예, 알겠어요"라고 대답하고 "지금 창문 열었어요. 어떤가요?"라고 물었다. 사람이 보였다. W다. 내가 W에게 취재를 요청한 것도 이 실험을 하기 위해서였다. 요코의 집과 별 차이가 없는 층에 있는 사람의 모습은 과연 어떻게 보일 것인가.

창문을 연 사람이 보이기는 했다. 하지만 상당히 무리한 자세를 취해야 알아볼 수 있는 정도였고 크기도 아주 작아 보였다.

맨션을 완전히 빠져나온 야마구치가 이 제면 공장까지 와서 맨션을 돌아다보았다니 아무래도 부자연스럽다는 느낌이 들었다. 게다가 목덜미에 무리하게 힘을 주면서까지 올려다보려고 한 이유는? 여기까지 왔으니 단숨에 달아나는 것이 자연스러운 행동 아닐까. 그런데도 검찰은 주장한다. 여기서 야마구치가 맨션을 돌아다보았고, 20층에 사람이 있다는 것을 알고 되돌아갔다고.

이 정도면 망상이나 다름없다. 왜 제면 공장이냐 하면 여기서만 20층 창문이 보이기 때문이다. 제면 공장 부지를 빠져나와 공장 옆길로 나서면 각도 때문에 창문은 더이상 보이지 않는다. 길을 따라 백 미터쯤 나아가면 다시 창문이 보이지만, 거기서 20층 창문 앞에 서 있는 사람을 보았다고 해서 그 사람이 자신을 알아보았다고 믿는 것이 더 이상하다.

검찰은 거리상으로도 각도상으로도 구 제면 공장이 제일 적합하다고 판단하여 거기를 도주 경로에 포함시킨 것이다. 하지만 이다음 과정에는 커다란 구멍이 있다. 가령 구 제면 공장에서 20층에 사람이 있음을 알아차렸고, 그 사람이 자신의 모습을 보았다고 믿고서 맨션으로 돌아갔다고 치자. 야마구치는 어떻게 요코 집에 침입했을까.

되풀이해 말하지만 미쓰하라 초고층 맨션에는 도어록이 설치되어 있다. 전술한 대로 입구에서 정식 절차를 밟지 않으면 맨션에 못 들어간다. 비상계단 문은 안에서는 열리지만 밖에서는 열리지 않는다. 검찰 측의 망상도 이 구멍을 메우지는 못

한다.

변호 측도 그 점을 집중 공격했고 검찰관은 몇 번이나 고개를 숙였다. 칠월 초에 열린 제6차 공판에서 변호인은 맨션 입주자와 맨션 관리를 맡은 관리 회사 사원을 증인으로 요청해 그 점에 대해 세 시간이나 주신문主訊問을 행했다. 반면 검찰 측의 반대신문은 어설프고 예리하지 못하여 야마구치가 범행을 저질렀다는 의혹은 더욱 흐려졌다.

나는 확인하고 싶은 사항이 있어 팔월 초에 재차 미쓰하라 초고층 맨션을 방문했다. 더운 날이었다. 모든 풍경이 신기루 속에 빠진 것 같았다. 아침 일기예보에서 최고기온은 34도라고 했다. 실제로는 더 높을 것이다. 나는 열기를 뿜어내는 아스팔트를 피해 길 가장자리를 덤덤하게 걸었다.

상점가를 빠져나와 행정도로로 나섰을 때 횡단보도 건너편에 본 적 있는 여성이 서 있었다. 야마구치를 범인으로 몰고자 기를 쓰고 있는 여검사였다. 다음 공판은 구월 하순에 열릴 예정이다. 다음 공판을 위한 증거를 찾으러 온 걸까, 아니면 증인을 찾으러 온 걸까.

여검사는 이 더위에 반물색 양복을 입고 오른손에는 묵직해 보이는 꾸러미를 들고 있었다. 염색과도 파마와도 인연이 없는 새카만 머리는 한데 모아 질끈 묶었고, 얼굴은 이렇다 할 특징도 없이 그저 눈, 코, 입이 달려 있다는 인상이었다. 옅은 분홍색 립스틱을 바른 입술만이 그나마 눈에 띄었다. 비유하자면 채색하기 전의 밑그림 같았다. 하지만 이렇게 길거리에 서 있자 빨간 동그라미를 치고 화살표로 표시한 것처럼 존재가 강조됐다. 실수로 무늬가 있는 치마의 일부를 표백한 것처럼.

신호가 파란불로 바뀌었다. 여검사는 생각에 잠겼는지 길을 건너려는 낌새가 없었다. 먼저 걸음을 옮겼다. 내가 횡단보도 한복판에 다다랐을 때 여검사는 정신이 든 것처럼 드디어 바쁘게 발을 떼어놓았다. 그 모습도 여전했다. 여검사는 법정에서도 언제나 뭔가에 재촉당하듯이 혼자 땀을 줄줄 흘리며 앞서나간다. 그 때문인지 혀가 꼬여서 횡설수설한다. 검사는 적성에 맞지 않을지도 모르겠다 싶었지만, 검사 말고 무슨 직업이 어울릴지는 짐작이 가지 않았다.

우리는 횡단보도가 삼분의 일 정도 남았을 때 마주쳤다. 여검사가 한순간 깜짝 놀란 표정으로 나를 봤다. 어쩌면 나를 알아봤는지도 모른다. 매번 제일 앞줄에서 방청한 나를. 하지만 여검사는 금세 내게 흥미를 잃고 바쁘게 상점가 방향으로 걸어갔다. 나는 그 뒷모습에 대고,

"검사님, 마키코가 RU486으로 자기집에서 낙태했다는 사실

은 아시나요? I.S라는 여자와 죽기 직전까지 메일로 말다툼을 한 건요?"

라고 물어보고 싶었다. 이 사실을 말해주면 여검사의 망상은 완전히 무너져 내릴 것이다. 아니, 이미 여검사의 발밑은 불안하게 흔들리고 있다.

칠월 초에 열린 공판에서도 여검사는 흔들렸다. 이 공판에서는 맨션 입주자와 관리 회사 사원이 변호 측 증인으로 증언대에 섰다.

이 두 명의 증인은 쟁점 중 하나인 '피고인이 비상계단을 이용하여 맨션에 침입할 수 있었느냐 없었느냐'라는 부분을 입증하는 중요한 역할을 맡았다.

"맨션 비상문은 늘 잠겨 있습니다." 맨션 입주자는 대답했다.

"2층이나 3층 입주자들은 엘리베이터를 타는 것보다 계단으로 올라가는 게 더 빠를 것 같은데요. 그런 사람들을 위해 밖에서 언제든지 들어올 수 있도록 비상문 도어록을 해제해두지는 않습니까?" 검사의 종잡을 수 없는 반대신문이 이어졌다.

"아니요, 그럴 리가요." 검사와 정반대로 확신으로 가득찬 입주자의 목소리가 법정에 울려 퍼졌다. "밖에서 언제든지 들어올 수 있도록 도어록을 해제해놓다니 그런 일은 없습니다. 엘리베이터를 타지 않을 때는 맨션 안의 계단을 이용합니다."

"비상계단을 이용해 밖에서 직접 맨션으로 들어오는 입주자는 없습니까?"

"없지는 않겠죠."

"그때 비상문 도어록은 어떻게 해제합니까?"

"보안카드를 사용해서 비상문을 엽니다."

"입구 문을 열 때도 같은 보안카드를 사용합니까?"

"예, 그렇습니다."

"보안카드는 쉽게 복제할 수 있습니까?"

"그건 모르겠습니다. 저는 전문가가 아니라서요."

"보안카드는 한 세대에 몇 장이나 지급됩니까?"

"한 세대에 석 장입니다. 하지만 가족 수가 많으면 요청해서 여분의 카드를 지급받을 수 있습니다."

"맨션 입주자 가운데 보안카드를 분실하거나 남에게 빌려준 사람이 있다는 소문을 들어본 적은 없습니까?"

"소문은 못 들었지만 어쩌면 그런 사람이 있었을지도 모르겠네요."

"잃어버렸을 때는 어떻게 대처합니까?"

"관리 조합을 통해 관리 회사에 신고합니다."

그 후 관리 회사 사원이 증언대에 서서 검사의 질문에,

"그 분야의 전문가라면 복제 못 할 것도 없을 겁니다. 또한 잃어버렸을 때는 재발행 수속을 밟는데, 육 년 동안 분실했다는 신고가 들어온 적은 없습니다."

라고 증언했다.

또한 "맨션을 매각한 사람이 있는 모양인데, 그 사람이 가지고 있던 카드는 어떻게 됐습니까?"라는 질문에 "확실하게 돌려받았습니다"라고 대답했다.

피고인 야마구치가 비상계단으로 맨션에 침입했다는 검찰 측 주장이 근본부터 무너진 것이다. 보안카드가 없으면 비상계단으로 맨션에 들어올 수 없다.

비상계단을 이용하지 않는다면 입구의 인터폰을 눌러 입주자에게 도어록을 해제해달라고 부탁해서 들어가는 수밖에 없다. 하지만 사건 당일 밤에 야마구치가 맨션에 들어오도록 도어록을 해제했다는 사람은 나타나지 않았다. 가령 피해자 마키코가 도어록을 해제했다고 치자. 그래도 이치에 맞지 않는다. 입구로 들어갔다면 방범 카메라에 찍혔을 텐데도 야마구치는 배달하기 위해 저녁에 방문한 후로는 방범 카메라 영상에 나오지 않는다. 그렇다면 마키코가 비상문을 열었을 가능성은? 마

키코가 비상문을 안에서 열었다면 야마구치가 왔다는 것을 마키코가 어떻게 알았는지 입증해야 한다. 과연 검찰은 다음 공판 때까지 입증할 수 있을까? 어려울 것이다.

어쨌든 야마구치가 마키코를 살해한 범인일 가능성이 더욱 낮아진 것은 확실하다. 동시에 다미야 요코를 살해했다는 의혹도 약해졌다. 검찰은 야마구치가 도주하다가 다미야 요코에게 들켰다고 생각하여 맨션으로 되돌아가서 비상계단으로 20층까지 올라갔다고 주장했지만, 비상계단을 이용할 수 없다는 사실이 밝혀진 지금은 그 주장도 허황되게 들릴 뿐이다.

갈팡질팡하는 검사

검찰 측 검사는 두 사람이 팀을 이루어 피고인 야마구치 게이타로를 담당한다. 그중 한쪽은 내가 아는 것만 해도 두 번 바뀌어 칠월 공판 때는 세 번째 검사였다. 나머지 한쪽은 사십 대 중반으로 추정되는 여성으로, 이 검사는 첫 공판 때부터 한 번도 바뀌지 않았다.

이 여검사는 무슨 생각을 하는지 전혀 짐작이 가지 않는다. 나는 '여교사'나 '여변호사'라는 식의 호칭을 좋아하지 않지만

이 사람만은 굳이 '여검사'로 부르고 싶다. 그도 그럴 것이 이 여검사, 모두진술 마지막 부분에서 "같은 여성으로서 피고인의 범행에는 필설로 다하기 힘든 분노를 느낍니다" 하고 자신의 성을 끄집어내어 감정적으로 마무리지었기 때문이다. 그때까지 고개를 숙이고 나직하여 거의 알아듣지도 못할 만한 목소리로 모두진술서를 낭독하다가 마지막 한 줄만 연극의 대미를 장식하듯이 과장된 몸짓을 곁들여 큰 목소리로 읽었다. 히스테리와 다를 바 없는 감정의 토로다.

이 사람은 검사가 적성에 맞지 않는 것 아닐까. 공판이 거듭될 때마다 점점 더 그런 생각이 들었다.

무엇보다 울렁증이 너무 심하다. 증인신문 하나도 제대로 못해낸다. 암기해온 사항을 책 읽듯이 더듬더듬 질문하는데, 자세히 보면 온몸을 바르르 떨고 있다. 이마에서 끊임없이 땀이 흘러 떨어지고 블라우스 겨드랑이 부분에 땀자국이 번져 있다. 그러다 마치 스위치가 켜진 것처럼 예고도 없이 갑작스레 감정적인 발언을 한다. 참으로 중대한 재판인데 이 검사 때문에 심리의 방향성을 잃어버릴 뻔한 적도 한두 번이 아니다. 혹시 재판을 연기시키기 위해 일종의 작전을 펼치는 것이 아닐까, 그런 억측을 할 정도였다. 아무튼 허술하다.

생각해보면 모두진술 때부터 검찰의 주장은 허술했다. 대부분이 상황증거에 근거했고, 빈틈을 메우기 위해 망상이라 해도 과언이 아닐 추측을 꾸역꾸역 밀어넣은 인상이었다. 그러다 보니 추측을 밀어넣기 위한 구멍이 여기저기 남아 있다. 그 사실을 지적하면 허둥지둥하며 또 신통치 않은 추측을 늘어세운다. 요령이라고는 없는 모습에 변호인뿐만 아니라 판사들도 노골적으로 얼굴을 찡그렸다.

여검사 사쿠라 다마키의 경력을 조사하는 동안 왜 그렇게 미숙한지 그 이유가 눈에 들어왔다. 이 여검사, 사법시험을 치지 않았다. 사법시험에 합격하지 않은 검사가 어디 있느냐고 생각할지도 모르지만, 법률에 따르면 어떤 특례가 인정된다. 특임검사다.

이참에 검사에 대해 잠시 설명하겠다. 우리가 드라마나 소설에서 보는 검사는 사법시험에 합격해 사법 연수를 받고 검찰청에 검사로 채용된 사람으로, 정검사라고 불린다. 하지만 정검사만으로는 날마다 발생하는 대량의 사건을 처리하기 힘들다. 그래서 만들어진 것이 부검사다. 이는 검찰사무관(검사의 직무를 보좌하는 사무관) 등으로 일정 기간 일하다가 검찰청 내부 시험에 합격해 승격한 사람으로, 업무는 원칙적으로 구 검찰청이 담당하는(간이 법원 수준) 사건으로 한정된다. 우리가 교통사고에 말려들었을 때 신세를 지는 사람이 바로 부검사다. 악질적인 뺑소니 사건 등이 가볍게 취급되어 속으로 끙끙 앓는 피해자가 늘어났는데, 그 원인은 기소를 꺼리는 부검사가 많기 때문이라는 견해도 있다. 기소하면 법정에 서야 한다. 그러면 사법시험을 쳐서 법조계에 들어온 판사와 변호사를 상대해야 한다. 그러면 사법시험을 치지 않은 자신이 열세다. 이것이 꽁무니를 빼는 이유다. 이 부검사 직무를 삼 년 이상 경험하고, 검찰청 내부 시험에 다시 합격하면 특임검사로 임명된다. 직권은 정검사와 동등하며 지방법원 수준의 사건을 맡는다. 전국에 사십여 명 있는데, 이른바 잔다리밟아 올라간 검사다.

1978년, 사쿠라 다마키는 고등학교를 졸업한 해에 국가 공무원 3종 시험에 합격해 우라와 지방검찰청(당시)의 사무관으로 임명된다. 그 후 내부 시험에 순조롭게 합격해 부검사를 거쳐 2004년에 특임검사로 승격했다. 특임검사 경력은 아직 이 년이지만, 아무리 그래도 번갈아 엿보이는 소극성과 강한 의욕이 너무나 불균형적이다. 역시 사법시험 합격자들에게 콤플렉스를 느끼는 것일까.

"하지만 이렇게 주목받는 중대 사건을 맡다니, 좀 불쌍하기는 하네요."

검사에 대해 잘 아는 편집자의 말이다.

"소문으로는 정검사가 모두 이 사건을 꺼려서 담당하려는 사람이 없었대요. 그래서 사쿠라 다마키가 담당으로 뽑혔을 거랍니다. 같은 팀 정검사는 벌써 두 번이나 바뀐 것 보세요."

유능한 검사들은 잘 알고 있다. 이 재판에 승산이 없다는 것을.

그렇다, 야마구치 게이타로는 무고하다.

그렇다면 진범은……. 나는 이번에야말로 진범을 찾아낼 수 있을 듯하다.

당초 이 르포는 다음에 소개할 문장으로 시작할 계획이었다. 하지만 생각한 바가 있어 그 부분은 모조리 지웠다. 그것을 언급하는 것은 시기상조다 싶었기 때문이다. 하지만 르포가 정식으로 연재된 지금, 봉인한 문장을 백일하에 드러내기로 결심했다. 이 문장이 어떤 의미인지 현명한 독자인 여러분은 곧 깨달을 것이다. 자, 이제 봉인을 풀겠다.

처음 인상은 몹시 평면적이고 평범했다. 나는 문득 긴장을 풀었다. 그러자 풍경은 압도적인 깊이를 품고 눈앞에 다가섰다. 나는 몸을 비틀었다. 온몸의 감각이 노출된 듯한 공포도 느꼈다.

하지만 공포는 바로 동경으로 변했다. 향기 때문이다. 바닐라 밀크티의 달콤한 향기가 순식간에 내 몸을 녹였다. 그 뒤를 쫓듯이 해방감이 몸을 휩쓸었다.

긴장, 공포, 동경, 그리고 해방감. 그러한 감정들이 아주 잠깐 내 몸속에서 교차했다. 시간으로 따지자면 일 초도 되지 않을 것이다. 나는 그 짧은 시간에 일어난 감정의 기복 때문에 잠시 멍청한 표정을 짓고 있었다.

"멋지네요."

나는 그렇게 말했다. 스스로 생각하기에도 센스 없는 말이다 싶지만 그때는 그런 말을 하는 것이 고작이었다.

"감사합니다." 여주인은 자랑스럽게 말했다. "향기가 근사하죠?"

여주인은 향기의 근원을 하나 꺾어서 내 코에 갖다 댔다.

나는 거의 실신할 지경이었다. 바람이 빠지는 풍선처럼 온몸의 힘이 무릎으로 빠져나가는 것 같았다. 비슷한 감각을 느낀 적이 있다. 그래, 충치 치료를 받으려고 마취 주사를 맞았을 때의 감각이다.

"정말로 멋지네요."

나는 바보처럼 되풀이해 말했다. 뭔가 말로 표현해야 할 것 같아서 애가 탔다. 가슴속에서 영문 모를 초조감이 자꾸자꾸 부풀어올랐다. 초조감에 빠져 죽을 것 같았다. 뭔가에 매달리듯이 오른손으로 가볍게 공기를 더듬었다. 파문이 퍼져나가는 기분이 들었다. 한없이 투명한 호수에 또 다른 작은 호수가 생긴 듯한 기분이었다. 나는 작은 호수를 들여다보는 것처럼 그 방향에 시선을 고정했다.

특별한 뭔가가 보인 듯한 느낌이 들었다.

하지만 파문은 바로 사라졌다. 그와 동시에 나도 여주인 쪽으로 시선을 되돌렸다.

돌이켜보면 그때 나는 '죽음의 냄새'를 맡았는지도 모른다. 죽음에 대한 공포와 동경 때문에 그처럼 어수선한 감각을 느꼈는지도 모른다.

피해자, 다미야 요코 38세

이제 또 한 명의 피해자, 다미야 요코에 관해 언급하고자 한다. 다미야 요코의 시신은 2005년 10월 4일, 마키코의 시신이 발견된 다음날에 발견됐다. 당시 요코는 뒤늦은 여름휴가로 9월 26일부터 10월 3일까지 회사를 쉬었다. 그런데 10월 4일에 출근해야 할 요코가 회사에 나오지 않았다. 연락도 없거니와 연락을 받지도 않았다. 전날 같은 맨션에서 마키코의 시신이 발견된 것도 있고 하여 상사가 바로 경찰에 신고했다. 그리고 그날 오후, 경찰이 요코의 시신을 발견했다. 문은 요시자키 마키코 때와 마찬가지로 잠겨 있지 않았다.

다미야 요코는 1967년 8월, 가나가와 현 가와사키 시에서 R의 장녀로 태어났다. 인근의 공립 중학교를 졸업한 후 스루가 여학원 고등학교를 거쳐 무사시 예술 대학교 무대미술과에 진학했고, 그때부터 자취를 시작했다. 1990년 3월, 대학교를 졸업한 후 방송 제작 회사 도요 필름에 입사해 제작 진행을 담당하다가 1994년에 퇴직했다. 그 후로 몇몇 제작 회사를 거쳐 2000년 4월에 하즈키 출판에 입사하여 고등학교와 대학교 수험 참고서를 제작하는 부서에서 편집과 제작 진행을 담당했다.

또한 2003년 9월, 서른여섯 살 때 미쓰하라 초고층 맨션 2001호실을 구입했다.

요코는 마키코와 나이가 비슷한 독신녀지만 성격과 평판은 완전히 달랐다. 사람들의 망상을 자극할 만한 일탈 행위를 한 적도 없고 뭔가에 병적으로 빠져 있었다는 사실도 확인되지 않았다.

이직을 몇 번 하기는 했지만 상식적인 범위에 속하며, 오히려 경력을 쌓기 위한 이직이라고 할 수 있을 것이다. 근무 태도도 양호하고 인품도 좋아서 지금까지 요코를 나쁘게 말하는 사람은 나오지 않았다.

모두진술에 따르면 인터넷상에서 또 다른 세상을 만든 흔적도 발견되지 않았다. 업무상 컴퓨터와 인터넷을 많이 사용했기 때문에 사생활에서는 컴퓨터와 인터넷을 멀리하고 싶었는지도 모른다. 요코의 집에서는 컴퓨터조차 발견되지 않았다.

휴대전화도 없었다. 그 점은 조금 별나다고 할 수도 있겠지만 '언제 어디서나 남에게 감시당하는 것 같으므로 휴대전화는 필요 없다'라고 말하는 사람도 적지 않다. 내가 그렇다. 물론 일 때문에 하는 수 없이 가지고 다니기는 하지만.

요코는 피해자가 될 만한 인물이 아니었다. 그렇다면 왜 살해당했을까.

미쓰하라 초고층 맨션 2001호실을 샀기 때문이라고밖에 할 말이 없다. 다른 사람들보다 싸게 산 집, 이것이 예상치 못한 질투를 불러일으켰다. 하지만 그것이 직접적인 원인은 아니다.

그렇다, 요코는 어떤 것을 목격한 탓에 살해당했다. 이 점은 검찰과 완전히 같은 생각이다. 하지만 범인은 다르다. 그 사람은 비상계단을 이용하여 맨션으로 들어올 수 있는 인물이다. 그렇다, 보안카드를 복제할 수 있었던 인물. 하지만 그 인물이 누구인지는 아직 말할 때가 아니다. 일단 그 사람을 직접 만나

이야기를 들어보아야 한다.

지금 내가 쓰고 있는 긴 졸문은 잡지 발매일인 9월 27일에 세상 사람들에게 공개된다. 신기하게도 마키코와 요코의 기일이다. 이 졸문을 두 피해자와 사건의 진상을 쥐고 있는 한 인물에게 바친다.

(계속)

이자와 시오리

2006년 9월

07

그러니까 껌 좀 그만 씹어.

"금연하라고 성화를 하니까 껌으로 참는 거잖아."

그런 건 알아.

시오리는 입술을 깨물고 들고 있던 마요네즈를 힘껏 쥐어짰다. 오렌지색 호박 위에 유백색 마요네즈가 빙글빙글 원을 그렸다.

"너무 많이 뿌렸잖아. 이거 칼로리가…….."

지난달 건강검진에서 혈당치가 조금 위험했다. 요 한 달 "칼로리……"가 남편의 입버릇이었다.

"제로 칼로리니까 걱정 마."

시오리는 마요네즈를 더 짜냈다.

나도 신경 많이 쓴단 말이야. 칼로리를 계산하면서 밥 차리는 게 얼마나 힘든지 알아?

시오리는 이것 보라는 듯이 냉장고에 붙인 식단표를 턱으로 가리켰다. 주부 잡지 부록으로 딸려 온 냉장고 정리 표를 고쳐서 만든 이번 주 식단표다. 그 옆에는 최저가 표와 칼로리 표를 붙여놓았다.

"아. 고정자산세 내는 거 깜빡했다."

칼로리 표 위에는 납세 통지서.

"정신을 어디 빼놓은 거야." 남편이 텔레비전으로 반쯤 의식을 옮기면서 말했다. "그런데 고정자산세, 얼마나 내야 하더라?"

시오리는 내용물을 오 센티미터쯤 더 짜낸 다음에야 마요네즈를 카운터 테이블에 내려놓았다.

"한 해에…… 대충 십오만 엔쯤 될걸."

"이야."

자기가 물어놓고 남편은 영 관심 없는 투로 대꾸했다. 시오리는 요란하게 한숨을 내쉬었다.

"십오만 엔이라고 십오만."

육 년 전, '지금이 살 때!'라는 광고 전단지에 홀려 도심에서 전철로 사십 분 걸리는 동네에 맨션을 샀다. 다달이 갚아야 할 융자금은 십이만 엔, 확실히 광고지 문구대로 집세와 비슷한 수준, 아니 그 이하다. 한 달에 집세 이하의 돈을 내고 내 집을 마련할 수 있는데 사지 않으면 손해라는 생각에 반쯤 충동적으로 샀다. 하지만 실제로는 융자금 변제 외에도 고정자산세, 관리비, 주차 요금, 수선 적립금……. 그러한 비용을 포함하면 다달이 십칠만 엔보다 조금 더 나간다. 전에 살았던 임대 주택보다 사만 엔이나 비싸다. 게다가 관리비와 수선 적립금은 분양할 때는 싸게 책정된다는 사실을 나중에 알았다. 당초 금액으로는 도저히 부족해서 입주 후 몇 년 지나면 인상할 수밖에 없다고 한다. 입주 후 첫 관리 조합 총회가 열렸을 때 제일 먼저 '필요한 수선과 수선에 드는 비용'을 정확하게 가늠했다. 그러자 달마다 내는 수선 적립금을 지금의 두 배로 올리지 않으면 수선 계획을 실행할 수 없다는 결론이 나왔다. 무조건 인상. '인상 반대'라고 부르짖고 싶어도 부르짖을 상대가 없다. 수선은 집주인 각각의 책임이자 의무다. 집주인이란 물론 자신들을 가리킨다. 사용자 습성이 몸에 밴 입장에서는 막중한 현실적인 책임이다. 그러한 사실을 절감했을 때 시오리는 세상 돌아가는 이치에 새삼 감탄했다. 세상은 정말로 잘 만들어졌다.

남편 36세, 아내 39세. 아이 없음. 인터넷의 무료 가계 진단에 따르면 이대로는 융자금 상환에 실패하여 남편이 마흔한 살 때 파탄날 것이라고 했다. 앞으로 오 년. 파탄이란 어떤 형태로 찾아올까? 종이 박스. 역 앞의 노숙자가 눈앞에 떠올랐다.

애당초 이렇게 연 수입이 낮아질 줄이야 생각도 못 했다. 결혼하기 전에는 봄철 황금연휴, 여름, 정월, 이렇게 한 해에 세 번은 당연하게 해외여행을 갔는데. 그런데 지금은 어떻지? 재작년에 뉴질랜드에 다녀온 것이 끝이다. 게다가 초저가 여행. 비행기는 아시아 쪽의 듣도 보도 못한 항공사 비행기를 탔다. 도착하니 현지 담당자도 없을뿐더러 호텔까지 태워주는 차량도 없었다. 호텔도 이성급 대중 호텔이었다. 그런 싸구려에 최악인 여행은 처음이었다. 아아, 다시 생각해도 화가 난다. 뉴질랜드의 하늘이 푸르렀던 만큼 정말로 부아가 치밀었다.

"그러고 보니 재판 어떻게 했어? 왜, 어제 이야기했잖아?"

위성 방송 리모컨을 바쁘게 누르며 남편이 오이절임을 집어 먹었다.

재판? ……아아, 재판. 천장에 그려진 푸른 하늘이 순식간에 회색 구름에 가려졌다. 그리고 결국에는 검은 법복으로 뒤덮였다. 짜증나는 현실. 정말로 끔찍한 사건. 하지만…….

"응, 다녀왔어."

"정말로 갔었어?"

"응, ……흥미가 있었거든."

"어땠어?"

"이상한 느낌……이었어." 시오리는 카운터 너머로 남편을 봤다. "울타리가 이런 느낌으로 우리를 갈라놨어."

"이런 느낌이라니?"

"이 카운터 같은 느낌. 저쪽에 당신. 이쪽에 나."

"뭐야 그게."

"카운터는 울타리야."

"허어. 그래서?"

"울타리를 경계선으로 저쪽과 이쪽은 다른 세상이야. 같은 공기를 마시고, 가볍게 넘을 수 있는 울타리가 쳐져 있을 뿐인데 방청인인 우리는 이쪽 세상에서 저쪽 세상을 느긋하게 구경하고 있어. 절대적으로 안심하면서 말이야. 하지만 이런 생각도 들더라. 실은 이쪽이 법이라는 울타리에 둘러싸인 세상 아닐까. 저쪽이 진짜 세상 아닐까. 저쪽에서는 장대한 초원에서 양들이 아담한 울타리에 둘러싸여 있는 것처럼 보이지 않을까. 어쩌면 우리가 구경거리 아닐까. 어쩌면 저쪽 세상이 진짜 세상 아닐까. 이쪽은 비호 없이는 살아가지 못하는 겁쟁이 아닐까. 여보, 울타리를 넘을 용기 있어? 딱 한 걸음 내디뎌서 넘을 용기."

"없는데."

남편은 변함없이 껌을 질겅거렸다. 남편의 관자놀이만 별개의 생물 같았다.

"아, 이거 봐. 옛날 생각나네."

텔레비전 화면에 옛날에 인기 있었던 드라마가 나왔다.

"이거, 언제 했었지? 십 년쯤 전?"

십삼 년 전이지.

시오리는 냉장고에서 얇게 썬 소고기 안심을 꺼냈다. 밑간은 해두었다. 소금, 후추, 그리고 채 썬 샐비어 잎과 바질. 이제 올리브기름을 넉넉히 두르고 볶으면 오늘 저녁은 완성이다. 놀라지 마, 소고기 안심이 백 그램에 육백 엔이었는데 문 닫기 직전에 반값 특가로 샀어. 굉장하지, 살림 잘하지? 하지만 실은 예산을 조금 초과했어. 반값으로 샀는데도 예산 초과라니 비참해.

"파트타임 근무, 늘릴까."

갑자기 말이 튀어나왔다. 남편이 시오리를 흘끔 보았다. 남편을 불쾌하게 만들고 싶어서 이런 말을 하는 것은 아니다. 무심코 나온다. 파트타임을 늘려야 해. 재촉이라도 받는 것처럼 말이 나온다. 하루에 몇 번이나 입 밖에 내는 걸까. 그때마다 남편이 언짢아한다는 것도 안다. 하지만 가만히 입 다물고 있을 수가 없다. 왜냐하면 가계가 심각한 적자니까!

"파트타임 근무 시간 늘려달라고 할까."

하지만 실제로는 늘릴 수 없다. 주부에게는 연간 근무 제한이라는 것이 있다. 한 해에 수입이 백만 엔을 넘지 않도록 직장에서 멋대로 일정을 짠다. '주부는 백만 엔 이상 벌어서는 안 된다'고 정해져 있는 것이 아니라 주부에게 주어지는 세금상의 특전을 고려하여 직장이 배려하는 뜻에서 백만 엔을 넘지 않도록 조정하는 것이다.

회사원 남편의 부양가족이자 배우자인 전업주부에게는 다양한 혜택이 있다. 전업주부는 주민세를 내지 않아도 된다. 물론 소득세도 부과되지 않고, 보험도 남편의 사회보험이면 충분하고 남편의 세금도 '배우자 공제'에 의해 낮아진다. 하지만 주부의 연 수입이 백만 엔을 넘으면 아내에게 주민세가 부과되며 백삼만 엔을 넘으면 아내에게 소득세가 부과되는 것도 모자라 배우자 공제도 적용되지 않는다. 대신에 '배우자 특별 공제'를 받을 수 있지만 아무런 도움도 되지 못한다. 변함없이 '백삼만 엔의 벽'이 버티고 있다. 그리고 백삼십만 엔을 넘으면 건강보험료와 연금보험료도 아내가 따로 내야 한다. 즉, 연 수입 백만 엔의 주부보다 연 수입 백삼십만 엔의 주부가 결과적으로 손해를 본다. 이런 제도 때문에 파트타임으로 일하는 전업주부에게는 '연간 백만 엔'이라는 암묵의 규칙이 적용된다.

백만 엔. 일찍이 시오리가 받던 연봉의 오분의 일에 해당하는 금액이다. 그때는 시오리의 안색이 변했다 하면 주위가 우왕좌왕했고, 시오리의 말과 몸짓 하나만으로 이것저것 일을 해주었다. 시오리는 자신이 세상의 정점에 선 듯한 기분마저 들었다.

하지만 부질없었다. 그것들은 전부 착각이었다. 직장을 그만두고 일개 주부가 된 지금은 역 앞 슈퍼에서 기껏 계산대 업무를 보는 것이 시오리의 능력이다. 지금까지 다양한 곳에서 파트타임으로 일해왔지만 전부 죽을 쒔다. 반년도 버티지 못했다. 남은 것은 계산대 업무뿐. 아니, 시오리는 계산대 업무조차 여태 애를 먹고 있었다. 열두 살도 넘게 어린 정사원에게 매일같이 지도를 받는다. 손님들에게도 대응이 엉성하며 실수가 많다고 불평을 듣는 지경이다. 컴퓨터에 관한 지식은 충분하다고 자부했는데 습득한 것은 일부분에 지나지 않았다. 밖에서는 초심자나 마찬가지였다.

"하지만", "그게", "죄송합니다"가 어느 틈엔가 입버릇이 되었고, 울적한 기분이 늘 머리를 짓눌렀다.

남편이 말하기를 우울증의 입구에 서 있는 증거라고 한다. 어디서 주워들은 지식인지 모르지만 우울증이라면 이렇게 식사를 준비하지도 못할 것이다. 그러고 보니 일터 동료에게도 같은 말을 들었다. "나날이 말수가 줄어들어. 삼십 대에 갱년기 장애가 오는 사람도 있다니까 갱년기 우울증일지도 모르지. 조심해." 최근에는 뭐든지 우울증과 갱년기 장애로 정리하는 게 유행일까.

프라이팬에 펼쳐 넣은 얇은 고기가 적당하게 육즙을 내어놓으며 지글지글 익어갔다.

샐비어 잎과 바질 향기가 특히나 향긋하게 코에 와 닿았다. 오늘 저녁도 분명 성공이다. 칼로리가 어쩌고저쩌고하면서도 남편은 게눈 감추듯이 먹어치울 것이다.

시오리는 2인용 회녹색 소파에 다리를 쭉 펴고 드러눕는 남편의 옆얼굴을 카운터 너머로 보았다.

"애당초 당신 탓이야. 당신이 그런 짓을……."

하지만 남편은 열심히 텔레비전을 보는 척하며 다른 곳을 보고 있는 것 같았다.

자신도 저렇게 막연하고 얼빠진 시선을 어딘가에 던지고 있는 걸까. 시오리는 프라이팬의 고기를 힘껏 뒤집었다.

그것이 신호인 양 지금까지 가두어두었던 불안이 단숨에 흘러넘쳤다.

하지만, 하지만, 난 아니야.

"어? 뭐라고? 뭐라고 했어?"

남편은 몸을 비틀어 상체만 이쪽으로 일으켰다.

고기를 누르고 있는 젓가락을 따라 올리브기름이 확 튀어올랐다. 오른손 손등이 뜨끔했다.

"좀, 데었어."

시오리는 책 읽듯이 미리 준비해둔 말을 했다. 그 순간 지금까지의 리듬이 멈췄다. 전지가 다 된 자명종 같다고 또 다른 자신이 야유했다.

"여기 좀 봐봐. 이 배우, 좀 유명했나? 그러고 보니 최근에 안 보이던데."

남편의 말소리가 멀리서 윙윙거리며 들리다 말았다 했다.

시오리는 제자리에 주저앉았다.

—아니야, 아니야, 난, 아니야.

시오리는 바닥에 문질러 바르듯이 말을 내뱉었다. 뱉어낸 말은 대번에 시커먼 물웅덩이처럼 고였다. 거기에 비치는 그날의 말. 죽일 거야, 죽일 거야, 죽일 거야.

—하지만, 하지만, 아니야, 아니야, 난, 아니야.

보이지 않는 협박자를 내쫓듯이 손을 마구 내젓자 카운터 선반에서 잡지가 떨어졌다.

오늘 아침 시오리 앞으로 배달된 잡지였다. 봉투에 출판사 로고가 인쇄되어 있었지만 짐작 가는 구석은 없었다. 하지만 분명 받는 사람에는 자신의 이름이 적혀 있었다.

뜯어보니 월간 종합 잡지가 들어 있었다. 비교적 유명한 월간지지만 굳이 따지자면 남성 회사원을 대상으로 하는 잡지로, 시오리 같은 주부가 즐겨 볼 만한 잡지는 아니었다. 뭔가 착오가 있었나 생각했지만 표지에 붉은색으로 인쇄된 '블러디 타워 살인 사건의 진상'이라는 글자를 보고 시오리는 단순한 착오가 아니라는 사실을 깨달았다.

시오리는 제자리에 웅크렸다. 전지가 다 된 자명종 같다고 다시 생각했다. 그리고 내뱉었다.

"나 아니야, 나 아니야, 난 관계없어."

시오리는 포스트잇으로 표시된 페이지를 양손으로 찢었다.

* * *

"《월간 글로브》가 어제쯤에 배달됐을 텐데 읽어보셨어요?"

선물로 들고 온 과자를 탁자에 내려놓고 나라모토 노에는 도발하듯이 물었다.

"《월간 글로브》의 발매일은 내일 9월 27일이에요. 신기하게도 마키코 씨와 요코 씨의 기일이죠. 한발 먼저 읽으신 소감은 어떠신가요?"

"소감이라고 해도, 뭐."

이자와 시오리는 별다른 표정 변화 없이 티 포트에 뜨거운 물을 부었다.

"그때도 허브티를 끓여주셨죠. 마리골드, 캐모마일, 그리고 레몬밤. 맛있었어요." 노에의 목소리가 뜨거운 물을 붓는 소리에 섞여 들었다. "그게 전부 집에서 기르신 거였죠? 화분 정원, 지금도 여전한가요? 자랑하시던 장미 화분은 어떤가요? 지금쯤이면 가을 장미가 절정일 텐데."

"장미는 전부 처분했어요." 시오리는 모래시계를 뒤집어놓고 나서야 대답했다.

"어째서요? 그렇게 근사했는데. 저, 아직도 기억이 생생해요. 아니지, 그렇게 멋진 장미는 잊어버리려고 해도 못 잊어버리죠. 지상 20층에 떠 있는 조그마한 비밀 정원이라는 느낌이라 정말 환상적이었어요. 향기도 좋았고요."

"벌레가."

"벌레?"

"올해 벌레가 끓어서요."

"목초산을 사용하셨죠? 그때는 그걸로 대개의 벌레는 퇴치할 수 있다고 말씀하셨는데요."

"그거로는 부족하더라고요. 그렇다고 집에서 독한 살충제를 뿌릴 수도 없고. 그래서 전부 시들었어요."

"아깝네요. 그렇게 멋졌는데. 처음 봤을 때는 할말을 잃었어요. 감동에 취해 있었을 뿐이죠. 독자들 반응도 뜨거웠고요."

"다 지난 일이에요."

"토질이 안 좋았다던가?"

"무슨 말씀이신지?"

"예를 들어 평소와는 다른 뭔가를 섞었다던가요. 분명 매년 흙을 바꾸셨죠?"

"평소와 같은 흙이었는데요?" 이번에는 시오리가 덤벼보라는 듯이 말했다.

"그런가요." 노에는 일단 물러났다. 그리고 잠시 탁자 위의 모래시계를 가만히 바라보았다.

"그런데……." 하지만 다른 돌파구를 바로 찾았다. "야마구치의 재판, 가끔 방청하러 오셨죠? 요전 공판 때도 봤어요. 역시 신경쓰이시나요?"

"근처에서 일어난 사건이니까요."

"어떻게 생각하시나요. 야마구치가 유죄라고 생각하시나요? 아니면 무죄?"

모래시계의 모래가 다 떨어졌다. 시오리는 나란히 늘어놓은 유리컵 두 개에 허브티를 따랐다.

"……무죄? 죄를 지었으니까 재판받는 거 아닌가요?"

"공판을 방청하셨으니 검찰 측 주장이 얼마나 애매모호한지 아실 것 같아서요."

"재판은 어려워서 잘 몰라요. 전문용어도 많고."

"하지만 제가 보낸 《월간 글로브》 읽으셨죠?" 노에는 거실 구석구석을 살펴보았다. 그리고 부엌 카운터에서 그것을 발견했다. 자신이 보낸 봉투였다.

"그런 잡지 별로 안 좋아해요. 보내주셔도 쓰레기만 늘어요."

시오리가 유리컵을 밀어주었다. 허브의 풍부한 향기가 거침없이 노에의 콧속을 파고들었다. 노에는 왼손을 살짝 흔들어 향기를 흩어내고 다시 말했다.

"그래서 기사는 읽으셨나요?"

"무슨 기사요?" 시오리는 컵을 천천히 입에 댔다.

"미쓰하라 초고층 맨션에서 일어난 살인 사건 기사 말이에요."

"아아, 그거." 그리고 시오리가 입술로 컵 가장자리를 물었다. 유리컵의 노란 액체가 시오리의 입속으로 후루룩 빨려 들어갔다.

노란 액체가 삼분의 일 정도 줄었을 때 시오리는 유리컵을 내

동댕이치듯이 탁자에 내려놓았다.

"읽었어요. 예, 읽었다고요. 읽으라는 듯이 일부러 포스트잇까지 붙여서 보냈으니 당연히 읽었죠."

"그래서 어떠셨나요?"

"문장이 지루하게 늘어져서 의도가 전혀 전달되지 않았어요. 한자 실수랑 오자도 있었고요."

"그건 죄송합니다."

"뭐, 하지만. 하나는 알겠더군요. 당신은……." 시오리는 노에가 가져온 과자 상자 포장지를 뜯었다. "어머나. 고디바의 한정 컬렉션. 그것도 하나, 둘, 셋…… 스물여덟 개들이잖아요. 못 잡아도 오천 엔은 할 텐데, 이렇게 비싼 걸 다 사 오시고. 글 쓰는 게 돈이 제법 되는 모양이네요."

"아니요, 그 정도는 아니에요."

"하지만 유명 월간지에 자기 이름으로 연재를 하게 됐으니 대단한 출세죠." 시오리는 《월간 글로브》의 로고가 들어간 명함을 탁자에서 집어 들었다. "예전에는 글만 실렸죠? 연 수입은 역시 천만 엔쯤 되나요?"

"설마요. 그렇게 많이 버는 사람은 진짜 일부예요. 대개는 평범하게 회사에 다니는 동년배와 비슷하거나 그 이하죠. 아니, 그 이하가 압도적으로 많아요. 취재 비용이나 사은품 등등

돈 들어갈 구석도 많고요."

"아, 그렇군요. 경비가 안 나오나요?"

"그야 물론, 확정 신고할 때는 경비로 산정하지만요."

"힘들겠네요. 그럼 평범하게 회사 다니는 편이 낫지 않겠어요? 사회보험도 회사에서 절반 부담해주고, 교통비랑 경비도 회사가 대주잖아요. 역시 보장은 중요해요. 글로 밥 벌어먹고 산다고 해도 결국은 반백수 같은 사람이 많죠? 그럼 장래가 불안하지 않아요? 병이라도 걸리면 어떻게 해요?"

"그건……."

어느 틈엔가 시오리에게 대화의 주도권을 빼앗겼다. 예전에 취재하러 왔을 때도 그랬다. 취재를 하다가 어느덧 입장이 바뀌어 이쪽이 여러 가지 질문을 받았다. 이것은 천성일 것이다. 부지불식간에 자리의 분위기를 장악하는 사람이 있다. 그런 사람은 목소리 또는 말투에 특징이 있을 때가 많다. 아직 회사에 다니던 시절의 동료가 떠올랐다. 그 동료는 목소리가 컸다. 크다고 할까 쨍쨍하다고 할까. 게다가 청산유수로 말을 술술 잘도 뽑아냈다. 말릴 길이 없었다. 순식간에 그 사람의 말로 홍수가 일어나서 그 자리가 침수됐다. 그 지경이니까 끼어들 틈도, 의견을 말할 여유도, 아니 의견을 생각할 짬조차 없었다. 오로지 그 사람의 말을 듣고 고개를 끄덕이며 동의하는 것이 다였다. 일종의 최면 상태였는지도 모른다. 최면에서 깨어난 후에야 아무것도 못한 자신에게 화가 났다.

노에는 그 동료와 절교할 수 없었다. 이야기가 맞물리지 않고 엇나가는 여자 친구. 그래도 대화가 성립된 것은 한쪽이 무조건 꺾여주었기 때문이다. 꺾여주는 쪽은 상대가 수긍하는 답을, 상대의 기분이 상하지 않을 답을 자전거 페달을 밟듯이 끊임없이 찾는다. 페달 밟기를 멈추는 순간 자전거는 넘어진다. 넘어지는 게 뭐 어때서, 라고 생각하면서도 넘어뜨릴 기회를 좀처럼 찾지 못한다. 인연을 끊을 수 없다. 이유는 간단하다. 미움받을까 봐 두렵기 때문이다. 이렇듯 어떤 어른이든 심약한 청소년이나 품을 듯한 공포를 마음속에 숨겨놓고 있다.

하지만 지금은 미움받는 것이 두렵지 않다. 아니, 오히려 적극적으로 미움받겠다. 노에는 입술에 힘을 주었다.

"자, 기사를 읽은 감상을 들려주세요."

"아……." 자전거가 넘어졌다. 시오리는 잠시 눈을 깜빡거리다가 말했다. "당신은 야마구치가 범인이 아니라고 생각하시는 것 같더군요."

"예."

"그 사람 말고 범인이 있다는 뜻인가요?"

"예."

"하지만 어제 재판에서 비상문의 트릭이 밝혀졌잖아요. 그런 방식을 쓰면 야마구치도 맨션에 침입할 수 있을 텐데요?"

"그렇죠. 한 방 먹었습니다. 그 여검사, 그걸 입증하려고 지난달에 그 맨션에 간 거였어요. 정말 가슴이 철렁했죠. 어제 재판에서는 저도 모르게 소리를 질렀어요. 《월간 글로브》에서 그렇게 강하게 '야마구치는 비상계단을 이용하여 맨션에 침입할 수 없었다'라고 주장했으니 정말로 눈앞이 캄캄했죠. 할 수만 있다면 원고를 다시 쓰고 싶을 정도였어요."

"비상문에 그런 꼼수를 부릴 수 있다는 사실이 밝혀진 이상, 역시 야마구치가 범인 아니겠어요? 당신이 쓴 기사는 말이 안 된다는 뜻이죠?"

"뭐, 창피를 좀 당하기는 하겠죠. 하지만 기사 자체가 말이 안 되는 것은 아닙니다."

"그럼 여전히 야마구치가 무죄라고 생각하나요?"

"그렇습니다."

"범인도 알고 있고요?"

"예."

"어이가 없네." 시오리는 초콜릿을 하나 집었다. "그런데 오늘은 왜 우리집에? 그건 그렇고 우리집 주소는 어떻게 안 거야?"

시오리가 갑작스레 적대감을 드러내 노에도 자세를 가다듬었다.

"예전에 사셨던 맨션의 입주자한테 들었어요."

"사생활 침해도 이만저만이 아니네. 누가 가르쳐줬지?"

"그건 좀."

"말 못 해? 왜? 남의 주소를 캐내놓고 그런 건 비밀이야? 그거 이상하지 않아? 뭐, 당신 같은 사람을 집에 들여놓은 나도 나지만. 잠깐 정신이 나갔었나. 지금은 신원도 확실하지 않은 당신을 집에 들여놓은 걸 몹시 반성하고 있어. 바빠죽겠는데, 일하러 나가야 하는데, 왜 당신 상대를 하고 있는 거야, 도대체."

"양심에 켕기는 게 있어서 그런 것 아닐까요?"

"뭐야 그게."

"당신이 사건과 아예 무관하지는 않다는 뜻입니다."

"무슨 뜻인지 모를 소리는 집어치워."

"뭐, 그건 그렇다 치고." 노에도 초콜릿을 집었다. 초콜릿을 입에 넣고 시간을 들여 맛본 후에 말했다.

"이자와 씨의 이전 성은……."

"그건 왜, 그런 것까지 알고 싶어?"

"아키요시……. 아키요시였죠?"

"뭐야, 벌써 조사해 왔네."

"아니요, 예전에 취재했을 때 그런 이야기가 나왔지 않습니까. 결혼 전에 대해서요. 그리고 아키요시 시오리하면 유명인이잖아요."

"어머, 그래? 그렇지도 않아, 뭘 옛날이야기를 가지고." 시오리의 적의가 조금 누그러졌다. 그러고 나서야 시오리는 들고 있던 초콜릿을 입에 넣었다. 그리고 바로 또 하나를 집었다.

"본론을 말씀드릴게요." 하지만 노에는 변함없이 긴장을 풀지 않고 시오리의 시선을 잡아끌었다. "오늘은 원고 교정 아르바이트를 해주셨으면 해서 찾아왔어요. 다음 호에 실릴 예정인 원고예요. 오늘 아침에 완성한 거라서 오탈자와 한자 실수가 제법 많을 겁니다. 힘드시겠지만 한 장에 천 엔 드릴게요. 쉰 장쯤 되니까 제법 괜찮은 아르바이트일 텐데요. 전철을 타고 세 정거장 떨어진 동네까지 가서 시급 칠백십 엔을 받으며 파트타임 일을 하는 것보다는 수입이 훨씬 쏠쏠할걸요? 어떠세요? I.S씨."

시오리가 들고 있던 초콜릿 가장자리가 뭉그러져서 떨어졌다.

"만약 뭔가 모르는 게 있으면 이쪽으로 직접 연락 주세요."

노에는 자택 전화번호가 적힌 다른 명함을 탁자에 내려놓았다.

블러디 타워 살인 사건의 진상 4

〈1고〉

08

제7차 공판

지난 호가 발매되기 이틀 전에 제7차 공판이 열렸다. 이 공판에서는 검찰 측의 중요한 증인이 증언대에 섰다. 이때의 증언은 지난 호 기사 내용의 일부를 뒤집어엎었다. 공판 내용과 기사 내용의 불일치를 지적하는 독자들도 많을 것이다. 그러나 종이 매체는 시시각각 변화하는 현실 사회에서 앞장서 나가려고 애쓰지만 언제나 추월당하는 운명이다. 그 시차를 이해해주었으면 한다.

자, 이제 제7차 공판에서 새로이 입증된 사항을 간단하게 설명하겠다.

제7차 공판에서는 미쓰하라 초고층 맨션의 비상문에 대한 증언이 있었다. 지금까지는 도어록이 달린 비상문이 있는 한 피고인 야마구치가 비상계단으로 맨션에 침입하기는 불가능하다는 맨션 입주자와 관리 회사 사원의 증언이 정설로 받아들여졌다.

그런데 검찰 측이 데려온 방문 판매원 남성이 이 증언을 뒤집었다. 방문 판매원과 검사의 대화를 충실하게 재현해보겠다.

검사 당신의 직업은 무엇입니까?

증인 방문 판매원입니다. 대걸레나 환풍기 필터 등을 정기 교환하며 신규 고객을 유치하고 있습니다.

검사 미쓰하라 초고층 맨션에는 현재 고객이 얼마나 있습니까?

증인 열두 세대입니다.

검사 전부 당신이 담당하는 고객입니까?

증인 아니요, 담당은 특별히 정해져 있지 않습니다. 저희 회사 고객이 전부 합쳐서 열두 세대라는 뜻입니다.

검사 미쓰하라 초고층 맨션에는 얼마나 자주 갑니까?

증인 저 말고 다른 사원도 방문하니까 회사 전체로 따지면 거의 매일 갑니다.

검사 열두 세대라면 교환 작업도 그렇게 많지는 않을 텐데요.

증인 새 고객을 유치하려고 가는 거죠.

검사 맨션에는 도어록이 달려 있는데 어떻게 들어갑니까?

증인 교환 작업 때는 해당 고객에게 열어달라고 합니다.

검사 교환 작업이 없을 때는 어떻게 합니까?

증인 고객으로 유치될 가능성이 있는 입주자에게 인터폰으로 연락합니다.

검사 가능성이 있는지 없는지는 어떻게 압니까?

증인 저희 회사 사원이 남긴 표시로 파악합니다.

검사 자세하게 설명 바랍니다.

증인 저희는 몇몇 사원이 분담하여 롤러 작전으로 고객을 유치합니다. 몇 명이 시간 차를 두고 방문하는 방법인데, 효율적으로 일을 진행하기 위해서 전에 방문한 사원이 '가능성 없음', '가능성 있음', '가능성 조금 있음'이라고 입구 구석에 표시해놓습니다. 그걸 보고 '가능성 있음'으로 표시된 입주자를 방문합니다.

검사 표시는 어떤 방법으로 합니까?

증인 지우개 찌꺼기 정도로 작게 자른 컬러 점토를 사용합니다. 색깔별로 '가능성 없음', '가능성 있음', '가능성 조금 있음'이라는 의미를 정하고 해당하는 세대의 우편함 구석에 붙입니다. 물론 확인하고 나면 떼어냅니다.

검사 엘리베이터에 녹색 껌 같은 것이 붙어 있었다는 불만이 관리 회사에 몇 번인가 접수되었다는데, 그게 그 점토입니까?

증인 죄송합니다. 저희 회사 신입 사원이 장난삼아 붙인 것 같습니다. 입주자에게 거절당해서 장난을 친 모양입니다.

검사 점토는 표시를 할 때만 사용합니까?

증인 아니요, 비상문을 열어둘 때도 씁니다.

검사 그건 무슨 뜻입니까?

증인 저희는 맨션에 들어가면 안에서 비상문을 일 센티미터쯤 열고 점토를 끼워둡니다.

검사 어째서요?

증인 입주자가 아무도 입구 문을 열어주지 않을 때도 있거든요.

검사 아무도 문을 열어주지 않으면 맨션에 들어가도 소용없지 않습니까?

증인 입구 인터폰으로 불렀을 때는 차갑게 대응해도 현관문 인터폰을 누르면 대부분 문을 열어줍니다. 그래서 저희는 맨션 입구로 들어가지 못할 때는 비상문을 이용해 맨션으로 들어갑니다.

검사 점토를 끼워 비상문을 열어두었으므로 언제든지 들어갈 수 있다는 겁니까?

증인 예.

검사 그럼 평소에도 열려 있다는 뜻이로군요.

증인 예.

검사 비상문을 전부 열어놓습니까?

증인 아니요, 제일 사용 빈도가 낮고 사람 눈에 잘 띄지 않는 비상계단 C의 2층 비상문만 열어놓습니다.

검사 2LDK 세대가 있는 쪽의 비상문이로군요.

증인 예. 거기는 비상계단 세 군데 중에서 제일 인기척이 없는 곳이거든요. 처음에는 1층 비상문을 열어뒀었는데 뜻밖에 사용하는 입주자가 많아서 2층으로 바꿨습니다.

검사 2층 비상문만으로 충분합니까?

증인 예. 일단 들어가기만 하면 계단도 있고 엘리베이터도 있으니까, 그것들을 이용합니다.

검사 사건이 발생한 후 비상계단 C의 2층 비상문에는 아무 문제도 없었는데요.

증인 사건이 발생한 걸 알고 괜히 말려들면 큰일나겠다 싶어서 제가 점토를 떼어냈습니다. 그 후로 비상문에는 손을 대지 않았으니까 지금은 아무것도 없을 겁니다.

검사 비상계단 C의 2층 비상문이 평소에 열려 있었다는 사실을 피고인은 알고 있었을까요?

증인 알고 있었을 겁니다. 2층 비상문으로 들어가는 모습을 두 번쯤 봤습니다.

방청석이 땅이 울리는 것처럼 술렁거렸다. 변호석도 마찬가지였다.

그런 가운데 여검사 혼자 얼굴을 밝게 펴고 "질문 끝났습니다" 하고 자리로 되돌아갔다.

하지만 이것으로 전부 다 뒤집어진 것은 아니다.

비상문의 비밀이 풀렸다고 해서 사건이 전부 해결된 것은 아니다.

천국에 이르는 비밀의 장미 정원

"향기가 근사하죠?"

여주인은 향기의 근원을 하나 꺾어서 내 코에 갖다 댔다.

'블러디 타워 연쇄 살인 사건'에 대해 알았을 때 나는 운명 같은 우연을 느꼈다. 그리고 뭔가 계시를 받은 것처럼 머릿속에 한 여성이 떠올랐다. 처음에는 흐릿한 윤곽뿐이었지만 시간이 지나면서 서서히 질감을 얻어 하나의 입체로 내 머릿속에 상을 맺었다.

내가 미쓰하라 타워 맨션을 처음 방문한 것은 2003년 6월이었다. 당시 나는 어느 출판사와 계약해 인테리어 잡지 한 꼭지를 맡고 있었다. 전국 집합주택의 화분 정원을 소개하는 기획이었는데, 매달 두 쪽에서 네 쪽이 주어졌다. 나는 당시 고정적인 일감이 별로 없어서 죽을 둥 살 둥 열심히 했다. 출장비 때문에 적자가 날 때도 가끔 있었지만 그래도 화원을 찾아서 꿀벌처럼 전국을 돌아다녔다.

그 기획은 호평을 얻어 약 이 년 계속되었는데, 이 년간 가장 반응이 좋았고 나 자신도 잊을 수 없는 기사는 '천국에 이르는 비밀의 장미 정원'이라는 제목을 붙인 기사였다.

장미 정원의 여주인은 미쓰하라 초고층 맨션 20층 2001호에 살고 있던 I.S였다.

I.S의 약력을 보면 "아, 그 사람" 하고 생각나는 사람이 있을

지도 모르겠다. 지금은 완전히 은퇴했지만 옛날에 남성용 서브컬처 잡지 《m》의 전속 모델로서 일부에서는 카리스마적인 존재였다. 원래는 기획물의 독자 모델에 지나지 않았지만 개성적이고 매력 있는 얼굴과 풍만한 몸매가 인기를 얻어 순식간에 청소년의 아이돌이 되었다.

그녀는 특정 소속사에 소속되어 있지 않았으므로 전국적인 유명인이 되기 전에 자연스럽게 업계에서 퇴출되었지만 1990년, K상사의 첫 여성 관리직으로서 다시 세간의 주목을 받는다. K상사에서도 처음으로 도전하는 '여성을 위한 신문/우먼 데이스' 출판 프로젝트의 리더로 뽑힌 것이다. 아르바이트 사무직이 하룻밤 만에 관리직. 말할 필요도 없이 이 신데렐라 이야기는 명백히 명색뿐인 인사로, '여성 등용'을 내세우기 위한 광고탑에 지나지 않았다. 실제로 프로젝트를 진행한 것은 광고 대행사였다. 마니아 잡지라고는 하나 한때 아이돌로서 활약한 경력이 있는 사무 아르바이트 직원이 간판으로 뽑힌 것이다.

《우먼 데이스》는 창간 첫해는 나름대로 화제에 올랐다. I도 '시대의 최첨단을 달리는 여성'으로서 매스컴에 빈번하게 얼굴을 내밀었고, 텔레비전 심야 방송과 아침 라디오 방송도 맡았다. 하지만 삼 년도 지나지 않아 허망하게 폐간됐다. 세상도 지독한 불경기 시대에 접어들어 새삼스레 여성 등용으로 소비자의 관심을 끌 필요도 없어졌다. I는 그 후에도 K상사에 남았지만 1998년에 결혼하여 매스컴에서 완전히 자취를 감추었다.

I가 매스컴에 모습을 드러낸 것은 아마도 '천국에 이르는 비밀의 장미 정원'이 지금으로서는 마지막일 것이다. I는 잡지에 실린 것을 기회 삼아 다시 한번 업계에 복귀할 작정 아니었을까. 하지만 이 업계는 생각 이상으로 냉혹하다. 막무가내로 느껴질 만큼 집요하게 밀어붙이지 않으면 아무도 발탁해주지 않는다. 소속사에 소속된 것도 아니고 스스로 기를 써서 영업하지도 않고, 고층 맨션 20층에서 귀부인인 양 기다리고만 있으면 기회는 물 건너간다. 향기가 풀풀 풍기는 십 대 무렵이라면 가만히 있어도 벌레가 날아들겠지만, 이십 대, 삼십 대는 달콤한 과실을 적극적으로 떨어뜨리지 않으면 아무도 존재를 알아주지 않는다.

이리하여 I를 꾸미던 '시대의 최첨단을 달리는 여성'의 이미지는 점차 의미를 잃고 화장을 지운 맨얼굴만이 남았다. 하지만 I에게 맨얼굴은 그렇게 낙담할 만큼 실망스럽지는 않았을 것이다. 남편은 대형 증권사 근무. 집은 고층 맨션 꼭대기 층. 비교적 부유층이다. 세상 사람들에게는 잊혔는지도 모르지만 근처에서는 어느 정도 유명인이다. 한 주에 몇 번은 주부 친구들과 모여 프랑스식 점심을 즐기고 주말에는 취미인 정원을 가꾸고

쇼핑을 한다. 어쩌면 이것이야말로 인생의 행복인지도 모른다. I는 그렇게 생각했을 것이 틀림없다.

하지만 여기에서도 갑작스레 균열이 생겼다.

R 스카이 가든, 통칭 빅벤이 완공된 것이다. 미쓰하라 초고층 맨션이 완공된 지 고작 삼 년 후의 일이었다. 2001호실에 사는 I의 마음속에 작은 파문이 일었다.

"I씨는 2001호실, 즉 2LDK가 성에 차지 않았어요." I를 잘 아는 맨션 입주자의 이야기다.

"역시 가족형이 탐났었나 봐요. 그러면서도 꼭대기 층과 모서리 위치에 집착했죠. 하지만 꼭대기 층의 모서리에 위치한 가족형은 당시 오천만 엔대였거든요. 한다하는 I씨도 살 엄두가 안 났을걸요."

하지만 남편은 일류 기업 증권맨이다. 증권맨의 급료라면 어떻게든 할 수 있지 않았을까.

"증권맨이라고 해도 N증권이에요, 알죠, 파산한."

N증권, 일본 4대 증권 회사의 하나로 꼽히던 대형 증권사지만 몇 년 전부터 적자가 심하고 분식결산을 한다는 소문이 돌다가 마침내 재작년에 외자계 회사에 매수됐다.

"그것도 알고 보니 N증권의 자회사였더라고요. 그래도 급료는 우리보다 훨씬 많이 받았겠지만. 증권맨이라고 해봤자 외판원 같은 거잖아요? 급료는 많이 받지만 그런 만큼 손님한테 손해를 입히면 자기 돈으로 메우기 때문에 실제로는 상당히 힘겹다고 텔레비전에서 본 적 있어요. 그 집 바깥양반도 그렇지 않을까요. 아니면 마누라를 일하러 내보낼 리 없잖아요. 그렇죠?"

이때 나는 I가 파트타임 일을 하러 다닌다는 사실을 처음으로 알았다.

"전철로 세 정거장 떨어진 곳의 슈퍼에 다녀요."

파트타임인데 전철을 타고 통근? 파트타임은 근처에 일하러 다닌다는 이미지가 있다. 아니면 특수한 기능을 필요로 하는 일을 하는 걸까.

"슈퍼 계산대 업무요. 흔히들 하는 일이죠."

슈퍼라면 자기 동네에도 많지 않은가. I는 왜 굳이 전철로 통근해야 하는 직장을 골랐을까. 근처에는 사람을 모집하는 곳이 없었던 걸까.

"요즘 같은 세상이라도 파트타임이라면 일할 곳은 얼마든지 있죠."

그렇다면 왜?

"물론 다른 사람에게 비밀로 하기 위해서죠. 깔끔하게 차려 입고 '잠깐 백화점에 쇼핑하러' 같은 느낌으로 나가지만 실은 전철을 타고 슈퍼에 일하러 가는 거예요."

허영을 부리는 걸까.

"역시 허영이려나……. 아니면 과거의 영광에 얽매여 있는 건가? 그것도 아니면 도피? 잘 모르겠네요. 지기 싫어한다고 할까, 남에게 약한 모습을 보여주기 싫었던 것 아니겠어요? 득될 것 없는 성격이죠. 세상 물정이라고는 모르고 자랐다죠? 어딘가의 유서 있는 집안 출생이라고 하더라고요. 모모노셋쿠■에는 조상 대대로 내려오는 히나 인형을 장식한다고 한 걸 들은 적 있어요."

그것은 사실이다. I의 친정은 오래된 요정이다. 땅도 어느 정도 가지고 있었다고 한다. 하지만 아버지가 시장 선거에 세 번 연속 출마하여 그때마다 선거 자금을 마련하느라 땅을 팔았다. 지금은 역 앞에 있는 땅 오십 평에서 거두어들이는 임대료와 남에게 맡긴 요정 매상의 일부로 근근이 생활하는 모양이다. 그래도 일하지 않고 먹고살 수 있으니 서민 입장에서 보면 괜찮은 처지다. 덧붙여 시장 선거는 세 번 모두 낙선했다.

"친정 자랑도 자주 했어요. 본인은 의식하지 못하는 모양이

■ 삼월 삼짇날에 인형을 장식하여 여자아이들의 성장을 축하하는 행사.

지만 이야기만 했다 하면 여기저기서 자랑이 튀어나와요. 히나 인형 이야기도 그래요. 친정의 단골손님 중에 작가 선생님이 있다는 둥, 아무개 배우에게는 귀여움을 받았다는 둥, 유명 화백에게 모델 의뢰를 받았다는 둥……. 차례차례 이야기가 나와요. 어휴, 무슨 만담을 듣는 것 같았어요. 왜, 자기 자랑을 개그 소재로 삼는 개그맨이 있잖아요. 그런 느낌이에요. 하지만 I씨는 허세도, 개그도, 연기도 아니라 진지해요. 그게, 정말이지 웃기다고요. 아. 그리고 깊이 생각하지 않고 원하는 게 있으면 앞뒤 가리지 않고 일단 사고 보고, 방문 판매원의 입담에 홀랑 넘어가기도 해요."

쇼핑 중독증이 있었던 걸까.

"쇼핑 중독증이라. 그건 아닌 것 같은데요. 금전 감각은 보통이었거든요. 누가 절약법 책을 사 오잖아요? 그럼 자기도 나서서 절약을 시작해요. '나의 절약법' 같은 데도 열심히 글을 써서 보냈어요. 역시 지기 싫어하는 성격 때문인가? 언제나 남을 이기고 싶으니까 절약도 남들보다 열심히 한 건가? 그런 게 아니면 I씨의 묘한 낭비벽은 설명이 안 돼요. 한편으로는 절약에 힘쓰면서 한편으로는 돈을 펑펑 쓴다고요. 의존증이라면 '이러면 안 된다'고 의식하면서도 자제하지 못하고 나중에 후회하잖아요. 그게 죄악감으로 발전해서 스트레스가 쌓이는 바람에 또 쇼핑을 반복하죠. 텔레비전에서 본 거지만. I씨는 그런 게 아닌 것 같았어요. 일단 후회하기는 하지만 심각하지 않다고 할까. 가지고 싶으니까 어쩔 수 없지 않느냐며 도리어 적반하장으로 나온다고 할까. 정말 특이한 성격이에요, 그 사람. 매스컴 관련이나 예능계 일을 하면 제법 성공하지 않을까요."

실제로 한번은 그 분야에서 성공을 손에 넣었다. 하지만 좌절도 빨랐다.

그런데 근처에서 I의 평판은 어땠을까.

"우리는 그 사람을 몰래 여자 자이언▪이라고 불렀어요. 웬걸, 드레스를 입고 노래방을 간다고요. 게다가 마이크를 한번 잡으면 놓질 않아요. 정말이지 자이언 리사이틀이죠. 뿐만 아니라 남의 이야기에 불쑥 끼어들질 않나, 화제를 억지로 자기 이야기로 바꾸질 않나, 자기가 이야기의 중심이 아니면 홱 토라지거나 화를 내질 않나, 정말 피곤한 사람이에요."

그렇다면 미움받았나?

"그게, 그렇지도 않아요. 신기한 매력이 있어서요. 무슨 말과 행동을 해도 '저 사람이라면 어쩔 수 없지, 자이언이니까'라고 그냥 넘어가요. 그래서 우리 맨션에서도 인기가 있었죠. 주

▪ 만화 〈도라에몽〉의 등장인물 퉁퉁이의 별명. 고집이 세고 음치이지만 노래하기를 좋아한다.

부들끼리 자주 모이고는 했는데 그야말로 여왕님이었어요. 여왕님이라고 해도 교만하거나 제멋대로가 아니라 뭐라고 해야 할까……. 부추기면 아무리 높은 나무라도 올라가는 사람처럼 우쭐거리는 구석이 있어서 다들 재미있어했죠. 게다가 주도권을 쥐여주면 제법 일 처리를 잘해서 요긴하기도 했어요. 하지만 일단 주도권을 쥐면 사람을 험하게 다루더라고요. 남을 깔보고 의견은 듣지도 않아서 골치가 아팠죠. 분위기를 타면 독재자가 됐어요. 뭐, 어쩔 수 없으니까 우리도 그 사람 말을 따랐지만. 어휴, 일일이 불평을 하기도 귀찮잖아요."

그런 사람이 있다. 자연스럽게 모임의 중심에 서는 사람. 한편 그 외 다수에 속해 모임의 테두리를 이루는 사람도 있다. 명령을 내리는 사람, 명령에 따르는 사람. 누가 강제하는 것이 아니다. 아무렇게나 섞어놓아도 신호를 받고 스스로 법칙에 따라 형태를 완성하는 것과 비슷하다.

"사람들은 자연스럽게 멀어졌어요." 맨션 입주자는 말을 이었다.

"재미있다든가 어쩔 수 없다는 이유만으로 관계를 유지할 수는 없거든요. 사춘기 때라면 모를까 그런 폐쇄적인 인간관계를 유지하기에는 할 일이 너무 많아요. 살림, 아이, 남편, 지역 활동……. 그러니까 여유가 없어요. 그런 잡다한 일상을 우선하는 게 사춘기 아이와 어른의 차이일까요."

I에게도 그런 잡다한 일상이 있었을 것이다. 그녀는 어떻게 일상을 살아냈을까.

"뭘 해도 오래 가질 못하는 사람이었어요. 파트타임 일도 번번이 바꾼 모양이더군요. 슈퍼 계산대 업무 말고 제가 알고 있는 것만 해도 속옷 외판원, 화장품 외판원, 보험 영업 사원을 했었어요. 저는 그때마다 계약했다니까요. 아까 어떤 사람인지 말씀드렸죠? 말발이 좋다 보니 무심코 그럼 살까, 하는 기분이 들어요. 영업은 적성에 맞는 것 같더라고요. 실적도 그럭저럭 괜찮았던 모양이던데 바로 질린 모양인지 반년쯤 지나자 다른 일을 시작했어요."

질렸다기보다 단순히 일이 잘 안 풀렸던 게 아닐까?

"아아, 그럴지도 모르겠네요. 그 사람 '질렸으니까 내가 먼저 때려치웠어'라고 했지만 어쩌면 단순히 일이 잘 안 풀려서 그랬을지도 모르겠어요. 아아, 맞아요, 맞아. 그럴지도 모르겠네. 평소처럼 지기 싫어서 오기를 부렸는지도 몰라요. 지기 싫어하는 성격이 그 사람의 불행이었어요."

지기 싫어하는 성격이 불행?

"그럼요. 결국 그 성격 때문에 맨션도 금방 팔아버렸으니까요."

하지만 지기 싫다는 이유만으로 고작 삼 년 만에 집을 새로 살까.

"빅벤……. R 스카이 가든이 생기자 속이 부글부글 끓었겠죠. 광고지가 자주 들어왔는데 어쨌거나 미쓰하라 초고층 맨션보다 싼 걸 보니까 저도 마음이 편치는 않더라고요. I씨는 꽤 충격을 받았는지 지금 사는 집보다 조금 높은 가격으로 꼭대기 층 4LDK를 살 수 있다면서 흥분했어요. 너무 흥분해서 몸져누울 정도로요. 살기등등했어요.

하기야 뼈저리게 잘 알죠. 그 마음, 당신도 이해하죠? 삼만 엔으로 원피스를 산 후에 평소 같으면 손도 못 댈 명품 원피스를 삼만오천 엔에 할인 판매하는 걸 봤어요. 이거 속터지지 않아요?"

속터진다. 확실히 그렇다.

"당신이라면 그럴 때 어떻게 하겠어요?"

돈에 여유가 있다면 물론 사겠지만 없다면 포기할 것이다.

"그렇죠? 속터지지만 포기하겠죠? 하지만 I씨는 포기하지 못했어요. 그만두면 될 텐데 집까지 보고 왔다고요. 돌아와서 어찌나 떠들어대던지, 원. 하지만 보통 바로 결정을 내릴까요? 말도 안 되죠. 그 시점에서 집을 새로 사면 융자금을 이중으로 부담해야 해요. 하지만 당시 지은 지 삼 년밖에 되지 않았으니 I

씨는 그다지 손해를 보지 않고 매각할 수 있으리라고 여긴 모양이에요. 그래서 매각은 부동산 회사에 맡기고 냉큼 새집을 구입한 거죠."

남편도 아내의 초대형 쇼핑에 순순히 찬성했을까.

"그 집 바깥양반은 만사에 무관심한 면이 있었어요. 멍해서 증권맨이라는 느낌이 안 들었죠. 움직임도 둔하고 야무지지 못한 인상이었고. 늘 껌을 질겅질겅 씹고 다니는데 입을 벌리고 씹으니까 짝, 짝, 짝, 짝, 하는 소리가 시끄럽기 짝이 없어요. 몇 번인가 조합 모임에서 식사한 적이 있는데 그때도 짝, 짝, 짝, 짝. 과자를 굉장히 좋아하는지 통근길에도 걸으면서 자주 포테이토칩을 먹더라고요. 그 양반도 세상 물정 모르는 도련님이에요. 분명 어느 대학 교수의 아들일걸요. I씨가 몇 번 자랑했어요. 시아버지가 텔레비전에 나온 적이 있다고……. 음, 뭐라고 했더라. 이름은 잊어버렸지만 본인이 말한 만큼 유명한 사람은 아니었어요. 대학도 들어본 적 없는 지방 대학이었고."

대학 교수 아들이자 증권맨. 이상적인 명품을 손에 넣은 줄 알았는데 짝퉁이었다. 그런 셈일까.

"그래도 보통 사람들이 보기에는 명품이죠. 흔해빠진 회사원이었다면 은행 융자도 얻지 못했을걸요. 하지만 I씨의 바깥양반은 이름 있는 회사의 자회사에서 일했고, 보증인은 대학 교수잖아요. 그래서 융자 심사는 간단하게 통과했죠. 그런데 뚜껑을 열어보니 살던 집이 너무 싸게 팔렸어요. 조금 손해를 보는 정도가 아니었죠. 미쓰하라 초고층 맨션의 융자금은 그대로 남았고, 매각하여 얻은 돈은 그대로 새집 계약금으로 사라졌어요. 즉, I씨는 융자금을 이중으로 부담하게 되고 말았죠.

부동산업자의 달콤한 말에 혹해서 미쓰하라 초고층 맨션의 다른 입주자들도 빅벤 매입을 검토하고 있었는데, 이자와 씨의 사례를 보고 모두 그런 바보 같은 생각을 버렸어요."

즉, I는 새집을 사는 바람에 더 큰 고통을 맛본 셈이다. 금전적으로도 정신적으로도.

"많이 후회하지 않았을까요. 그러니까 살인 사건이 일어나고 '새집을 사길 잘했네, 거기 살지 않아서 다행이야' 정도의 생각은 했을지도 모르겠네요. 아, 이건 제 상상이에요. 그게, 자업자득이라고는 해도 자기는 융자금이 엎치고 덮친 격인데, 2001호실을 산 사람은 엄청 이득을 본 거잖아요. 신축 분양가의 약 반값이니까요……. 십만 엔을 주고 산 새 시계를 사정이 있어 전당포에 팔았더니 단돈 만 엔, 그 시계는 이만 엔에 팔렸어요. 자기는 구만 엔이나 손해를 봤는데 팔만 엔이나 싸게 시계를 산 사람이 있는 거예요. 이것도 열불 나는 이야기죠. ……죄송해요, 왠지 살림에 찌든 주부 같은 비유뿐이라서.

하지만 여자는 이런 손해를 제일 싫어하잖아요. 그렇다고 누구한테 불평을 할 수 있는 것도 아니고, 그렇지만 분하기는 하고. 그러니까 시계를 산 사람은 아무 잘못이 없는데도 괜히 원망하며 어디서 손해를 보기를 바란다고 할까……. 그런 적 없어요?"

그렇다면 I는 2001호를 산 사람에게 부조리한 감정을 품고 있었을까.

"그건 모르죠, 이건 어디까지나 비유니까. 하지만 저라면 조금은 원망할지도 모르겠어요……. 그렇지 않으면 정신이 이상해질지도 모르니까요."

다른 사람은 어떻게 생각할까. 2001호를 파격적인 가격으로 구입한 다미야 요코를 어떻게 생각할까.

"아아, 확실히 처음에는 짜증났죠. 우리는 융자금을 갚느라 허덕이는데 그 사람은 부담이 가벼우니까요. 게다가 독신 커리어우먼. 무사태평한 독신 귀족이라는 생각에 의미도 없이 거리를 뒀죠. 처음에는…… 이건 말하려니 좀 그런데, 심술궂게 굴기도 했어요. 눈이 마주쳐도 인사하지 않거나 분리수거를 제대로 하지 않았다고 쓰레기를 되돌려주기도 했어요."

정말로 분리수거를 제대로 하지 않았나?

"아니요, 그러니까 심술궂은 거죠. 플라스틱 쓰레기에 실보

무라지가 들어가 있는 정도로 돌려보냈어요. 다미야 씨는 분리수거를 완벽하게 했죠. 식품이 들어 있던 일회용기 같은 것도 깨끗하게 씻어서 플라스틱 쓰레기를 종류별로 더 깔끔하게 분류했어요. 이쪽이 인사하지 않아도 꼬박꼬박 인사를 하고, 조합 총회에도 독신 세대 중에서는 유일하게 참석했고요.

아무튼 착실하고 붙임성도 좋아서 우리도 반년쯤 지나고는 심술을 그만뒀어요. 다미야 씨는 정말로 느낌이 좋은 사람이었어요. 눈치도 있고 예뻐서 마음에 들었어요. 미안하지만 I씨보다 괜찮은 입주자였죠. I씨는 칠칠치 못한 구석이 있어서 쓰레기 분리수거도 엉망진창이었거든요."

빅벤으로 이사한 후에도 I는 미쓰하라 초고층 맨션 입주자와 관계를 유지했을까.

"글쎄요. 가까이 지낸 사람도 있기는 할 거예요. I씨는 홈페이지를 관리했거든요. 처음에는 홈페이지가 아니라 프로바이더의 서버 공간을 이용한, 맨션 주부들 한정의 비공개 웹사이트였지만 이듬해에 홈페이지로 재구성해서 외부에도 공개했어요. 그래도 처음 한동안은 맨션 입주자들만 접속해서 내부 사람들만 알아듣는 잡담이나 나누었지만, 서서히 콘텐츠가 충실해지자 접속자 수도 늘어서 지금은 꽤나 유명한 홈페이지예요.

I씨는 싫증을 잘 내는 사람이지만 홈페이지만은 오래 붙잡고

있더군요. 본인도 그랬어요. 홈페이지 운영이야말로 자신의 천명일지도 모른다고, 정말로 재미있다고. 일 년쯤 지나면 질릴 거라고 다들 예상했는데, 미쓰하라 초고층 맨션이 생기고 일 년 후에 홈페이지를 개설했으니 벌써 육 년째네요. 정말 믿기지 않아요. 그 사람이 육 년이나 버티다니. 게다가 미쓰하라 초고층 맨션에서 나간 후에도 관리를 맡고 있으니 의외죠."

그 홈페이지에 당신은?

"처음에는 적극적으로 글을 올렸지만 지금은 거의 눈팅만 하는 수준이죠. 다른 입주자들도 그렇지 않을까요? 몇 명은 아직도 자주 드나들 거예요. 익숙한 닉네임들의 글이 올라오더라고요. 그렇지, 살해당한 요시자키 마키코 씨는 아주 붙박이였어요. 뜻밖이었죠. 관리 조합 총회에는 한 번도 얼굴을 내밀지 않고, 맨션 안에서 얼굴을 마주쳐도 가볍게 고개만 숙이고 지나갈 만큼 붙임성 없는 사람이었는데 홈페이지에는 열심이었어요. 거의 매일 글을 올리더라고요. 예의 없는 사람에게 주의를 주는 등 관리자 같은 일도 했고요. 실제 이미지와 인터넷상의 이미지가 상당히 달라 보였어요.

아아, 그러고 보니 다미야 씨의 글을 봤어요. 다미야 요코 씨. 이 년쯤 전이던가……. 처음 뵙겠습니다, 다미야 요코입니다, 하고 본명으로 글을 올렸죠. 본명이라서 바로 삭제됐지만.

아, 그런데 다미야 씨 컴퓨터를 가지고 있지 않았다고 어디서 읽은 기억이 나는데. 회사에서 접속했을까요?"

요코가 글을? 마키코와 요코가 홈페이지를 통해 이어졌다. 그 홈페이지를 관리하던 사람이 I. 나는 묘한 흥분을 느꼈다. 나는 흥분을 감추듯이 질문을 계속했다.

……그렇다면 I와 마키코는 실제로……? 오프 모임이라든가?

"글쎄요. 그건 잘 모르겠네요."

당신은 이사 간 I와 만나기도 하나?

"아니요, 볼 일은 거의 없죠. 소문은 들려요. I씨, 빅벤으로 이사하고 나서 좋은 일이 별로 없대요. 모두 풍수가 나쁜 게 아니냐고 수군댔죠. 불행의 연속이었거든요. 바깥양반이 일하던 회사에서 명예퇴직했어요. 뭐, 바로 다른 증권사에 취직한 모양이지만 급료가 줄어든 모양이에요. 그리고 유산했다는 얘기도 들었어요, 그것도 두 번이나. 그게 원인인지 더이상 임신을 못 한대요. 그러고는 남편이 바람났죠. 미쓰하라 초고층 맨션에 살 때부터 그랬으니까 완전히 병이죠, 병. 여기서만 하는 이야기인데 미쓰하라 초고층 맨션 입주자와도 바람을 피운 모양이에요. 요시자키 씨와도 그랬다는 소문이…… 아, 이건 어디까지나 소문이지만요……. 혹시 이것도 기사로 나가나요?"

나는 상황에 따라서는, 하고 대답했다.

"곤란한데……. 꼭 익명으로 부탁해요. 그런데 왜 I씨를 취재하는 건가요? I씨가 뭔가……."

아니요. 흔한 기획입니다. '그 사람은 지금' 같은 기획요, 라고 나는 대답했다.

"아아, I씨, 그러고 보니 옛날에는 모델이었다면서요. 자주 자랑했어요. 그게 정말인가요?"

나는 옛날 잡지에서 잘라낸 사진을 보여주었다.

"응?"

입주자의 눈이 휘둥그레졌다.

예전에 남자 사이에서는 그럭저럭 인기가 있었던 잡지 모델이라고 나는 보충 설명했다.

"아니요, 모델이라는 말은 들었는데, 우와, 진짜 놀랐어요. 여자란 무섭네요. 이렇게까지 변하는구나. 나도 조심해야지."

오기 있는 여자들

나는 살해당한 마키코와 I.S가 몹시 비슷하다고 느꼈다. 거품경제 시대를 살며 어울리지 않는 무대에 세워져서 춤추다가,

본래 자신이 서 있어야 할 위치를 잃고 결국에는 주변 사람들의 실소를 사지만 그런 줄도 모른다. 아니, 모르는 척하고 있다.

키워드는 '오기'. 마키코는 억세고 뻣뻣한 성격 때문에 분기점이 나타날 때마다 일부러 고된 길을 선택했다. 그리고 I.S 또한 성격 때문에 스스로 자신의 목을 조르는 길만 선택해온 것 아닐까.

오기.

이 키워드가 두 사람을 서로 끌어당겨 마키코와 I.S는 최악의 국면을 공유하기에 이른 것 아닐까. 아니, 두 사람이 아니다, 한 사람 더 있다. 다미야 요코. I.S가 매각한 맨션을 반값의 가격으로 손에 넣은 운 좋은 제삼자. I.S는 이 제삼자에게도 오기를 부렸다. 그렇다, I.S의 오기가 무관하다고 추정된 마키코와 요코를 연결시킨 것이다.

* * *

"이 원고 뭔가요!"

철야를 하고 난 다음날 오전 10시, 졸음이 쏟아져 눈을 붙이려는데 갑자기 전화벨이 울렸다.

이자와 시오리였다. 좋아, 반응이 왔다.

“원고, 읽으셨어요?” 나라모토 노에는 유유히 대답했다.

“그러니까 이 원고, 도대체 뭐냐고!”

“전부 읽으셨어요?” 노에는 일부러 느긋하게 대답했다.

“전부 읽긴 뭘 전부 읽어! 뭐야, 그건, 왜 내가 그렇게 나오는 건데, 도대체 뭐냐고! 나랑 그 사건이 어떻게 얽혀 있다는 거야, 어떻게 된 거냐고, 똑바로 대답해. 고소할 거야, 고소할 거야, 고소할 거야, 고소할…….”

“알겠습니다. 아무튼 전부 읽어보세요.”

“이제 못 읽어. 벌써 버렸다고. 가슴이 벌렁벌렁해서, 한 글자도 못 읽을 만큼 가슴이 벌렁벌렁 뛰어서 버렸다고.” 목소리에 점점 울음이 섞였다. “어쩔 생각이야, 그걸 실을 거야? 고소할 테다, 고소할 테다, 고소할 테다, 고소…….”

“제가 나중에 연락할게요.”

노에는 그렇게 말하고 일방적으로 전화를 끊었다. 하지만 아니나 다를까 다시 전화벨이 울렸다. 노에는 콘센트에서 전화선을 뽑았다.

예상한 대로다. 아니, 예상 이상의 반응이었다. 이제 틀림없다. 여기까지 왔으니 틀릴 리 없다.

으랏차!

노에는 두 주먹을 불끈 쥐고 붕붕 휘둘렀다.

해냈다, 해냈다고. 잘했어, 훌륭해.

그러고 나서 노에는 "잘했어, 참 잘했어" 하고 말하며 머리를 쓰다듬었다. 머리에 쌓인 먼지가 일제히 날아올랐다. 블라인드 틈새로 비쳐든 오전 햇살을 받아 먼지가 반짝반짝 빛났다.

노에는 방안을 마구 돌아다녔다.

변함없이 낡아빠진 원룸, 시대에 뒤떨어진 원룸. 컬러 박스와 파이프 침대, 텔레비전 받침대는 벽돌, 최근에 백 엔 숍에서 사 온 파일 박스가 다섯 개, 어떻게 손도 못 댈 만큼 쑥쑥 자란 포토스■의 정글. 그런데도 평소와 달랐다. 문은 열렸다. 이제 빛을 향해 걸어가면 된다.

아니, 그전에 청소가 먼저인가. 아니, 아니지, 세탁.

세탁기에 세제를 쏟아붓고 시작 버튼을 눌렀다. 이제 좀 진정되었나 싶어 전화선을 콘센트에 꽂은 순간, 전화벨이 울렸다. 이자와 시오리? 아니, 어쩌면 편집부일지도 모른다. 오늘은 잡지 발매일이다. 독자들이 벌써 반응을 보였는지도 모른다. 노에는 수화기를 힘차게 집어 들었다.

하지만 전화를 건 사람은 뜻밖의 이름을 댔다.

■ 열대지방이 원산지인 상록 덩굴 다년초.

"여보세요, 사이타마 지방 검찰청의 사쿠라 다마키라고 하는데요……."

사쿠라 다마키? ……사쿠라 다마키!

노에는 수화기를 고쳐 들었다. 그 여검사다.

"월간 글로브 편집부에 문의해서 연락처 들었어요. 오늘 발매된 《월간 글로브》 기사 읽었습니다. 다음 호로 이어질 모양이던데요. 다음 호 기사는 다 쓰셨나요?" 여검사는 은근무례한 투로 말했다.

노에도 지지 않고 더욱 정중하게 대답했다. "예, 썼습니다. 이미 원고는 완성했어요. 지금 외주 교정을 내보냈습니다."

"당신은 범인이 따로 있다고 생각하시는군요."

"예."

"혹시 다음 호에 실릴 기사에는 범인에 관해 구체적으로?"

"그건 말씀드릴 수 없습니다."

"언급하셨군요."

"그렇다면 어쩌시려고요?"

"창작물로서는 재미있겠지만."

"창작이 아닙니다. 철저한 취재를 바탕으로 한……."

"망상이죠? 당신 말을 빌리자면."

"싸움을 걸 작정으로 전화하신 건가요?"

"아니요, 충고예요. 다음 호에 게재될 기사는 꽁꽁 숨겨두는 편이 좋을 겁니다."

"협박인가요?"

"아니요. 당신의 실수로 당신의 인생을 망치는 걸 미연에 방지하기 위해서죠. 그리고 당신의 얼토당토않은 오해로부터 한 시민의 명예를 지키기 위해서입니다."

"무슨 말씀이신지?"

"야마구치 게이타로가 범행을 시인했습니다."

노에는 그 말이 무슨 뜻인지 바로 이해가 되지 않았다. "잘못 들었는데요?"라고 하듯이 "예?" 하고 되묻는 것이 고작이었다.

"야마구치가 변호인에게 털어놓았다고 합니다. 비상문에 관한 방문 판매원의 증언을 듣고 더이상 거짓말은 할 수 없겠다고 생각했답니다. 어제 연락이 왔어요."

노에의 머리가 간신히 의미를 해독했다.

야마구치가 범행을 시인했다.

"지금 손을 쓰면 늦지 않죠? 다음 호 기사의 원고는 폐기하세요. 다른 사람이 아니라 당신 자신을 위해서."

폐기하세요.

명령조의 말을 듣고 나자 노에는 머리가 정상적으로 돌아갔다.

“잠깐만요. 그거, 억지로 자백시킨 거 아닌가요? 폭력적인 수단을 써서.”

스스로도 놀랄 만큼 차분하고 온화한 목소리였다. 인간은 어떤 한계를 넘으면 냉정해진다더니 진짜구나 싶었다.

“당신, 정말 상상력이 풍부하군요.” 여검사가 싸늘하게 말했다.

“하지만, 하지만…….” 그렇다, 메일은 어떻게 되지? I.S가 보낸 메일이야말로 야마구치가 무죄라는 가장 큰 증거 아닌가. 노에는 손에서 미끄러져 떨어질 것 같은 수화기를 움켜잡았다. 그리고 목소리를 쥐어짜냈다. “사건이 발생했다고 추정되는 시간대에 요시자키 마키코는 이자와 시오리와 메일을 주고받고 있었어요. 마키코는 시오리의 남편에게도 몸을 팔았고, 그 결과 임신해서…….”

“메일은 조사를 끝냈습니다. 그 무료 메일 계정, 사건이 발생하고 일주일 후에 이미 경찰이 찾아냈어요. 그리고 이자와 시오리 씨의 주변도 내밀하게 조사했고요. 물론 로즈 오토의 존재도 압니다. 하지만 전부 이번 사건과는 직접적인 관계가 없다고 판단하여 증거에서 제외했습니다.”

“증거에서 제외하다니……. 거기까지 조사해놓고.”

"저희는 당신과 다릅니다. 저희 일은 피해자의 사생활을 마구잡이로 파헤쳐서 공개하는 게 아니에요."

"검찰 측에 방해가 되는 증거라서 숨긴 건 아니고요? 당신들, 야마구치가 범인이라는 망상을 뒷받침해주는 증거만 필요한 거죠? 그것 말고는 없었던 셈 친다. 그거 이상하지 않나요? 실제로 이자와 시오리는 사건 당일 그 시간에……."

"아주 기본적인 사항인데, 그 무료 메일의 수신 시각은 메일을 보낸 컴퓨터의 시각으로 표시됩니다."

아.

"이자와 시오리 씨는 칠칠치 못한 사람이죠. 이자와 시오리 씨의 노트북에 표시된 시간, 세 시간이나 빨랐어요. 물어보니 사건이 일어나기 한 해 전에 뉴질랜드 여행을 갔을 때 노트북을 가지고 갔다고 하더군요. 그때 현지 시각에 맞추어 변경했는데 귀국한 후에는 그대로 놓아두었다고 합니다. 그러니까 이 년 동안 계속 시간이 틀려 있었던 거죠. 즉, 이자와 시오리 씨의 메일은 사실 세 시간 전에 보낸 메일입니다. 송신함은 제대로 확인하셨나요? 마키코 씨가 이자와 시오리 씨에게 보낸 메일은 시간이 정확했을 텐데요."

노에는 다음 말을 잇지 못했다. 그런 노에를 멀리 떼어놓듯이 여검사가 말을 이었다.

"다음 공판에서 야마구치와 변호인은 지금까지의 주장을 모조리 철회하고 죄상을 인정할 겁니다."

그 맨션에서 살인 사건이 일어났을 때 노에는 기회라고 생각했다. 이것으로 별 볼일 없는 무명작가에서 자기 이름으로 기사를 쓰는 논픽션 작가로 비약할 수 있으리라고 생각했다. 이 이상의 기회는 없을 것 같았다. 이 기회를 놓치면 다시는 떠오르지 못할 것 같았다. 이 기회를 놓치면 아르바이트로 적자를 메우며, 글쟁이라는 직업에 매달리는 비참한 나날을 되풀이하는 수밖에 없다. 그래도 괜찮다고 자신을 달래던 시절도 있었다. 납득이 가는 글을 쓸 수 있다면, 좋아하는 글을 쓸 수 있다면, 그래도 괜찮지 않은가.

납득이 가는 글? 좋아하는 글? 거짓말이다, 그런 글은 한 번도 써본 적 없지 않은가.

그러다 노에는 이 사건에 맞닥뜨렸다.

"분명 나 혼자 아는 진실이 있어."

노에의 온몸은 흥분으로 가득 차올랐다.

노에는 요 십 년 동안 모은 명함 주인에게 닥치는 대로 연락하고, 남의 호의를 이용하여 간신히 《월간 글로브》에 다다랐다. 그리고 연재를 따냈다. 결승선을 향해 달리는 단거리 주자라는 비유가 꼭 들어맞는 일 년이었다. 그런데 대단원을 앞에 두고 이런 전개가 앞을 막다니.

"맙소사."

노에는 큰대자로 쓰러졌다. 마룻바닥이었지만 아프지 않았다. 방치해둔 온갖 물건이 쿠션 역할을 했다. 벌써 청소를 안 한 지 얼마나 됐을까. 십 년 전에 이사 왔을 때는 세련된 원룸이었는데. 십 년 전에는 아직 회사원이었다. 하지만 남자에게 버림받았다. 스물여섯 살이었다. 스물일곱 살을 두 달 남겨둔 비참한 스물여섯 살. 가능하면 스물여섯 살 안에 결혼하고 싶었는데. 스물여섯 살과 스물일곱 살은 모든 것이 다르다. 스물일곱 살이 되면 이제 끝이라고 눈초리에 절망감을 가득 담아서 이렇게 천장을 올려다보았다.

바보 같다. 고작 스물여섯 살이었는데. 뭘 그리 서둘렀을까. 지금 스물여섯 살이라면 얼마나 좋을까. 그러면 전부 다시 할 것이다. 이런 시대라도 스물여섯 살이라면 구인 사이트에서 얼마든지 검색 결과가 쏟아져 나온다. 하지만 서른여섯 살이라고 입력하면 아무것도 검색되지 않는다. 하다못해 서른다섯 살이라면……. 그러면 다섯 건은 검색되는데.

아아, 스물여섯 살이라면 반드시 인생을 다시 살 테다. 글쟁이라는 길에는 절대로 발을 들여놓지 않겠다. 작가라는 그럴듯한 직업에는 절대로 속지 않는다. 다시 공부해서 자격증을 따는 것도 괜찮고 공무원 시험도 칠 수 있다. 장밋빛 아닌가, 다양한 가능성이 있다. 하지만 그로부터 십 년이 지나고 말았다.

노에는 천장을 올려다보았다.

새하얗던 천장에는 정체 모를 녹색과 갈색 얼룩으로 상상 속의 세계지도가 그려져 있었다. 그러고 보니 마음에 들던 셔츠는 어디로 갔을까. 그렇구나, 지난달에 카레가 튀어서 세탁기에 처박아두었다. 세탁기 제일 안쪽에는 뭐가 들어 있을까. 아아, 아까 세탁기 돌렸지. 이제 탈수도 끝났을 것이다. 하지만…….

빨래 널 기력이 없다. 이제 그런 여력은 안 남았어. 손가락 하나 까딱할 힘도 없다고. 졌다, 졌어, 끝내주게 졌습니다. 수건, 누가 수건을 던져줘. 기권했으니까, 예, 깨끗하게 인정할게요. 자, 숨통을 끊어주세요.

하지만. 내가 지금. 여기서 죽으면…….

경찰은 이 방을 보고 뭐라고 생각할까. 매스컴도 재미있어하며 요란하게 써대겠지. '더러운 방에서 숨진 망상 르포 작가', 그런 느낌일까. 나라면 틀림없이 그렇게 쓰겠지. 역시 '더러운 방'이 키워드야. 그걸 축으로 여러 가지 이야기를 전개하는 거야.

더러운 방이라. 그러고 보니 이 년 전에 집을 더러운 채로 내버려두는 주부 몇 명을 취재했었지. 전부 엄청났어. 정리를 못하는 여자들. 쇼핑 의존증에 걸린 여자들이라는 기사도 썼던가. 아이를 학대하는 여자들이라는 기사도 썼고. 또 뭘 썼더라. ……서른 살 여자들, 운명의 갈림길에 선 여자들, 성형수술하는 여자들, 점에 빠진 여자들, 여성을 대상으로 한 18금 만화를 사는 여자들, BL에 미친 여자들, 발리 섬에 남자를 사러 가는 여자들, 거품경제 시절에서 벗어나지 못하는 여자들, 휴대전화에 빠진 여자들……. 무슨 까닭인지 전부 칙칙한 내용뿐이었네. 멍청한 여자들이 사회에서 밀려나고 어처구니없는 함정에 빠져서 비참한 생활을 강요당한다. 그런 내용뿐이었다. 아니, 아니다. 자신이 그런 방향으로 각색했다. 그러는 편이 잘 팔리니까. 독자들은 그런 기사를 기대하니까. 그래, 독자는 교훈을 필요로 한다. 조금이라도 길에서 벗어나면 놀림감이 된다. 현재 걸어가는 길은 즐겁지도 않고 재미도 없지만, 그래도 비참하게 놀림감이 된 여자들보다는 낫다. 그래, 저렇게 돼서는 안 된다.

하지만 교훈감이 된 여자들도 원래는 밧줄 위를 신중하게 걷고 있었다.

하얗고 청결한, 가느다란 밧줄 위를 균형을 잡으며 조심조심 걷는 일상. 하지만 뭔가를 계기로 문득 밧줄 아래를 보고 만다.

그곳은 참으로 역겨운 분뇨 구덩이다.

"떨어지면 안 돼, 떨어지면 안 돼"라고 생각한 순간부터 의식은 점점 더 분뇨 구덩이에 집중된다. 일단 신발이 떨어진다. 신발을 빠뜨려서 튀어 오른 오물이 여자들의 치마를 더럽힌다. 작은 얼룩일 뿐이지만 여자들에게는 커다란 타격이라서 균형을 잃는다.

"위험해." 여자들은 필사적으로 몸을 기우뚱거리며 자세를 가다듬지만 치마에 묻은 얼룩이 신경쓰인다. 얼룩에 온 신경을 집중하는 동안에도 몸이 흔들리고 심장이 쿵쿵 뛰어 졸도할 것만 같다.

이런 치마는 보고 싶지 않아, 입고 싶지도 않아, 하고 여자들은 치마를 벗어버리려고 한다. 이번에는 한쪽 발이 분뇨 구덩이에 빠진다.

만사 끝이다. 충격이 너무 심해서 몸이 감당하지 못한다. 분출되는 감정에 휘둘린 끝에 여자들은 충동적으로 분뇨 구덩이에 뛰어든다. 그리하여 여자들은 스스로 안전한 밧줄에서 아래로 뛰어내리는 것이다.

……비슷한 경험이 있다. 그것은 평범한 일상에 생긴 작은 균열이다. 마음에 드는 물건에 조금이라도 흠집이 나거나 얼룩이 묻으면 신경이 쓰여 이러지도 저러지도 못하다가 결국에는

물건을 산산조각 내고 만다.

과거에 옷과 책, 식기 따위를 그런 적이 있었다. 그 행위는 순간적으로 개운한 해방감을 주지만 그러고 나면 몹시 지친다. 그러므로 최근에는 '마음에 드는 것' 자체를 만들지 않았다. 그 결과가 이 더러운 방이다. 여기서 나는 비참하게 죽어가는 것이다. 독자들에게 교훈을 주면서.

"여자가 사회현상을 깊이 파고들면 제대로 되는 일이 없어."

그런 조롱을 당하며 홀로.

"그러니까 말했잖아." 무라오카 여사가 담배 연기를 가늘고 길게 내뿜었다. 손에 든 원고 다발은 원고 매수를 웃도는 포스트잇 때문에 두 배로 두꺼워졌다. "이래서는 아직 약해." 원고를 펄럭펄럭 넘기자 자신의 문장은 연필과 빨간 펜 글씨에 거의 파묻혀 있었다. "좀더 노력해. 더 매섭게 몰아붙이란 말이야. 더, 더! 아니면 독자의 흥미를 못 끌어."

"그 말씀이 맞습니다!"

노에는 자신의 목소리에 놀라 상체를 일으켰다.

아아, 꿈인가. 요즘 계속 똑같은 꿈을 꾼다. 어디까지가 현실이고 어디까지가 꿈인지 모르겠다. 분명한 사실은 여검사의 전화는 꿈이 아니라는 것이다.

전화를 받은 지 만 하루가 지났다. 그동안 전화벨이 계속 울렸고, 휴대전화도 계속 불이 켜졌다 꺼졌다 했다.

대부분은《월간 글로브》의 편집부 전화였다.

받지 않아도 안다. 최후통첩이다. 나라모토 노에, 넌 이제 끝이야. 이 업계에서 네가 살아갈 곳은 없어. 아니, 사회도 널 원하지 않아. 이번에는 네가 제재를 당할 차례야. 올려라, 올려라, 저년을 단두대에 올려라.

좋아. 더이상 달아나지도 숨지도 않겠다. 떳떳하게 단두대에 올라가주지. 노에는 하루 만에야 수화기를 귀에 댔다.

'죽었어, 야마구치 게이타로가 구치소에서 자살했다고, 셔츠를 찢어서 목을 맸대, 여보세요, 듣고 있어? 나라모토 씨, 듣고 있어? 취소됐어, 공판이 취소됐다고.'

노에는 수화기에서 새어 나오는 쇳소리에 답변할 수가 없었다. 생각이 정리되지 않았다, 무슨 말인지 이해가 가지 않았다, 자신과 이야기하고 있는 사람이 누구인지 몰랐다, 자신이 어째서 수화기를 들고 있는지도 몰랐다, 들고 있는 것이 수화기라는 사실도 몰랐다. 자신이 누구인지도 몰랐다.

순간적인 실어증에서 벗어난 후에야 전화를 건 사람의 이름이 떠올랐다.

"아아, 무라오카 씨."

노에는 평소처럼 "늘 신세지고 있습니다"라는 마음을 담은 말투로 《월간 글로브》 편집자의 이름을 불렀다.

"나라모토 씨, 정신 똑바로 차려, 알겠지? 다시 말할게. 피고인 야마구치 게이타로가 공판을 남겨두고 어젯밤에 자살했어. 무슨 뜻인지 알겠어? 피고인이 사망해서 재판이 취소됐다는 뜻이야. 블러디 타워 살인 사건은 이제 봉인된다고."

노에는 땅딸막한 몸을 흔들며 몸짓과 손짓을 섞어 떠들고 있을 무라오카 여사의 새된 목소리를 듣고 사태가 얼마나 중대한지 서서히 실감했다.

"봉인된다고요?" 노에는 겨우 말을 꺼냈다.

"그래, 이대로 가면 봉인돼. 괜찮겠어, 이걸로 괜찮겠느냐고, 응?"

"하지만 야마구치는 범행을……."

"응? 뭐라고? 야마구치가 어쨌다고? 아무튼 오늘 여기로 올 수 없을까? 오후 3시 괜찮겠어? 기다릴게."

시계를 보자 오후 2시가 다 되었다. 그제야 노에는 잠이 덜 깨어 정신이 멍한 아이처럼 눈을 세게 비볐다.

노에는 지정된 시간을 오 분 정도 넘겨 출판사 안내데스크에 도착했다. 여직원에게 연락을 부탁하자 무라오카 여사는 삼 분도 지나기 전에 로비에 나타났다. 보통은 십 분 이상 기다려야 한다. 긴급사태가 발생했음을 노에는 새삼 실감했다.

땅딸막한 몸에 눈에 익은 민소매 니트와 바지를 제복처럼 입은 무라오카 여사는 의자에 앉자마자 담배에 불을 붙였다.

"사쿠라 다마키가 전화 걸었지?"

"예."

"전화번호를 가르쳐주는 건 아닌 것 같기도 했지만, 적도 상당히 심각한 느낌이었고 이걸 계기로 뭔가 새롭게 전개될지도 모르겠다 싶어서."

"……예."

"그래서, 뭐래?"

"그게……."

"불만 제기? 뭐 그런 기사를 썼느냐고…… 그랬어?"

노에는 그제야 깨달았다. 여검사는 야마구치가 범행을 인정했다는 사실을 아직 외부에 흘리지 않았다. 나를 제외하고는. 그렇다, 현실적으로 생각해도 검사가 스스로 매스컴에 공판이 진행중인 사건의 중요 사항을 누설할 리 없다. 혹시 그건 누군가의 장난이었나? 괴롭힘? 협박? 아니면?

"아무튼 기사 반응이 대단해. 전화통이랑 메일에 불이 났다고. 사쿠라 다마키에 관한 정보도 있어. 그 검사, 원망하는 사람이 많더라. 대부분 교통사고 피해자야. 부검사 시절에 쌓은 업보지. 그렇게 무능한 검사는 또 없다, 그 사람이 유죄라고 한다면 틀림없이 무죄라며 격려 메일이 왔어. 나중에 나라모토 씨한테도 보내줄까?"

"예? ……예, 부탁드립니다."

"어쨌거나 이대로 끝낼 수는 없어. 이대로 끝내면 세간이 잠자코 있지 않을 거야." 무라오카 여사는 눈을 반짝반짝 빛내며 연기를 뿜어냈다.

"유서." 노에는 혼잣말처럼 중얼거렸다. "유서는, 유서는 없나요?"

"바로 그거야, 그거. 분명 썼겠지. 있다면 확보하고 싶은데. 분명 자살의 진상이 적혀 있을 거야. 가능하면 다음 호의 포인트로 삼고 싶어. 유서를 첨부해서 기사에 무게를 주고 싶거든. 나라모토 씨의 기사는 아직 가벼워. 여기저기서 감정적인 기분이 묻어나고 독선적인 부분도 있어서 어쩐지 읽으면 때때로 낯이 뜨거워. 어설픈 소설 같아서 말이야. 하지만 유서가 있으면 조금은 그럴듯해지겠지."

"기사를 계속 써도 되나요?"

"당연하지." 무라오카 여사는 담배를 비벼 껐다. 그리고 담배를 또 한 개비 꺼냈다. "재판이 취소된 이상 사건의 전말을 끝까지 밝혀낼 사람은 우리밖에 없어. 일단 원고 마감은 최대한 미뤄줄게. 원고를 곧바로 인쇄소에 넘겨도 상관없어. 그러니까 끝까지 끈질기게 물고 늘어져봐."

일을 계속할 수 있구나.

지하철 플랫폼에 도착한 노에는 제자리에 웅크리고 앉고 싶다는 충동에 휩싸였다.

얇은 가죽 한 장으로 목이 붙어 있는 상황인데도 뭔가 찜찜한 감정 한줄기가 소용돌이쳤다. 노에는 정체를 알아내고자 그 감정을 잠시 바라보았다.

피고인 야마구치 게이타로의 유서는 예상도 못 한 경로로 노에 앞에 모습을 드러냈다.

야마구치 어머니가 직접 《월간 글로브》 편집부를 통해 노에 앞으로 보낸 것이다.

야마구치 어머니는 《월간 글로브》를 읽고 노에를 알았다고 한다. 아들이 무고하다는 사실을 믿어주어 고맙다, 그런 당신이 아들의 원통함을 꼭 알아주었으면 한다고 동봉된 편지에 씌어 있었다.

유서 자체는 편지지 열 장 정도의 길지도 짧지도 않은 내용으로 요점만 적혀 있어 실로 간결하고 읽기 편했다. 그런데도 노에는 유서를 읽는 데 꼬박 하룻밤이 걸렸다. 유서를 이해하기 위해서는 그만큼의 시간이 필요했다.

"그렇구나, 그런 거구나."

노에는 비로소 자신이 터무니없이 오해했다는 것을 깨달았다.

여검사 말처럼 자신이 지금까지 써온 기사는 대부분이 망상이었다.

마키코의 자궁은 틀림없이 그 장소에 묻혀 있다. 그 점을 고집한 나머지, 그 결론으로 밀고 가고 싶어서, 수많은 사실 가운데 유리한 것만 선택하고 불리한 것은 버렸고 자신이 모르는 공백이 있을 때는 상상을 채워 넣어 주관과 독단만으로 그 결론에 이어지는 한줄기 길을 만들어내려고 했다.

이래서야 그 여검사와 완전히 똑같지 않은가.

아아, 그렇다. 우리는 아예 틀린 것은 아니다. 하지만 출발할 때부터 커다란 오해를 하고 있었다.

고마쓰 가나에

2006년 10월

09

나라모토 노에는 신주쿠에서 오다큐선을 타고 오다와라까지 간 후 도카이도선으로 갈아타고 나카이즈의 현관에 해당하는 미시마로 향했다.

도카이도선의 쾌속 전철을 타면 도쿄에서 약 두 시간, 신칸센 고다마호를 타면 약 한 시간 만에 도착하는 거리지만 벌써 두 시간 삼십 분이 지났는데도 미시마는 아직 더 가야 한다. 긴 터널을 빠져나가야 미시마에 도착한다.

왜 이런 경로를 택했느냐 하면 다미야 요코가 십 대 때 이 경로를 즐겨 이용했기 때문이다. 혹시 다미야 요코와 같은 풍경을 보면 이 암흑에서 뭔가가 떠오를지도 모른다. 차창에 노에 자신의 모습이 비쳤다. 터널에 들어온 것 같았다. 암흑이 굉음을 내며 뒤쪽으로 뒤쪽으로 달아났다.

암흑에서 빠져나오고 있었다. 그래도 노에는 결론을 이끌어낼 때까지 원고지가 조금 더 필요하다는 것을 알고 있었다.

'그래, 좀더 취재할 필요가 있어. 이 사건은 하루, 아니, 단 몇 시간 만에 일어났지만 거기에 다다르기까지는 수십 년이라는 길고 긴 시간이 걸렸어. 이 터널처럼.'

늙어서 이 사건을 돌이켜볼 때 분명 바토리 에르제베트가 떠오를 것이라고 노에는 생각했다.

16세기, 헝가리의 명문가에 태어난 미모의 에르제베트는 열네 살 때 영웅 페렌츠 나더슈디에게 시집갔다. 하지만 기다리고 있던 것은 엄격한 시어머니와 남편 없는 외로운 생활뿐이었다. 에르제베트는 그러한 불만과 고민을 없애려는 듯이 자기 자신의 미모를 닦는 데 집착한다. 그 미모는 주변을 압도할 정도였지만, 어떤 미녀에게도 시간은 가차없이 흐른다. 처녀처럼 부드러웠던 피부도 점점 탄력을 잃었고, 눈초리에는 잔주름이 잡혔다. 에르제베트는 시간을 멈추고자 처녀의 피로 목욕하는 방법을 고안했다. 계기는 사소했다. 일솜씨가 어설픈 시녀가 있었다. 에르제베트는 시녀를 호되게 야단치며 마구 때렸다. 젊은 시녀가 피투성이가 되었는데도 에르제베트는 매를 거두지 않았다. 그리고 시녀의 피가 에르제베트의 살에 튀었을 때 운명은 악몽의 문을 열었다. 피를 닦아내자 그 아래 피부가 촉촉하고 매끈해진 것 같은 기분이 들었다. 불로의 영약을 발견한 순간이었다. 에르제베트는 처녀를 차례차례 죽여 피로 목욕을 했다. 죽은 처녀의 수는 육백여 명. 사람들은 에르제베트를 피의 백작부인이라고 불렀다. 하지만 악행은 오래가지 못했고, 에르제베트는 창문이 완전히 막힌 성에 유폐되어 거기서 죽었다. 몸이 미라처럼 말라붙어 과거의 미모는 한 조각도 찾아볼 수 없었다. 향년 54세. 하지만 에르제베트는 완전히 죽지 않았다. 성을 빠져나가 처녀의 피를 갈구하며 떠돈다는 전설 속에서 영원히 살아간다. 전설은 이윽고 흡혈귀를 탄생시킨다.

피의 백작부인. 그 애처로운 맨션에도 피의 탑(블러디 타워)이라는 이름이 붙었다. 단순한 우연일까, 아니면 운명일까.

사이타마 현과 도쿄 도 경계에 위치한, 인구 십만의 미쓰하라 시. 그 중앙 시가지에 지은 지 칠 년 된 이십 층짜리 분양 맨션이 있다. 민영 철도 S선에서도 보이는 은빛 자태는 젊은 여성이 연상될 만큼 늘씬하다. 그 맨션에서 두 여성이 살해당했다. 시신 두 구는 피투성이였고, 그중 한 구는 성기가 도려내어져 있었다.

희생된 요시자키 마키코와 다미야 요코는 둘 다 독신이었다.

범인 중 하나는 마키코와 육체관계를 맺은 택배 기사 야마구치 게이타로라고 한다.

그런데 하나 잊힌 사실이 있다. 자궁이 아직 발견되지 않았다. 자궁은 이 사건 그 자체다. 자궁을 가지고 있는 사람이야말로 이 사건의 진실을 알고 있다.

시야가 밝아졌다.

긴 터널을 드디어 빠져나온 것 같았다. 새파란 가을 하늘이 눈이 시릴 만큼 상쾌했다. 하지만 노에의 뱃속은 문진을 세 개쯤 삼키기라도 한 것처럼 무거웠다.

미시마 역 남쪽 출입구 개찰구는 생각보다 작았다.

고마쓰 가나에는 매점 앞에서 기다리고 있었다. 노에는 오다와라 역에서 연락하여 도착 시간을 알려주었다. 가나에는 "꽃을 들고 매점 앞에서 기다리고 있을 테니 찾아보세요" 하고 웃으며 농담인지 진담인지 모를 대답을 했다.

가나에는 약속한 대로 꽃을 들고 있었다. 새빨간 히비스커스. 찾아볼 필요도 없었다.

임부복 차림이었다. 노에는 가슴이 뜨끔했다. 처음에 연락했을 때 도쿄에 있던 가나에는 "그럼 미시마에서 만나시지 않겠어요? 저, 다음주에 잠깐 친정에 가거든요. 요코를 알고 싶다면 요코가 살던 곳이 낫지 않을까요?"라며 미시마에서 만나자고 제안했다. 이때 '친정에 간다'라는 말을 듣고 노에는 멋대로 부부싸움을 상상했는데, 그런 자신이 갑자기 부끄러워진 것이다. 이런 일을 계속해온 탓인지 남의 불행을 제일 먼저 떠올리는 버릇이 든 듯하다.

노에는 개찰구를 빠져나와 가나에를 향해 걸음을 옮겼다. 가나에도 노에에게 걸어왔다. 노에가 가나에 앞에서 걸음을 멈추자 가나에는 소꿉친구에게 '오랜만이야, 잘 지냈어?'라고 말을 걸듯이 친근하게 웃었다.

"나라모토 씨죠? 저도 바로 알아봤어요. 어쩐지 다른 사람과 느낌이 다르더라고요."

노에는 다른 사람과 어떻게 다르냐고 물었다.

"제일 눈에 띈 건 안경이에요. 고글을 축소시킨 것 같은 그 색안경요. 업계 사람이라는 느낌이잖아요. 뭔가 업계 사람을 그림으로 그린 것 같은 느낌. 유니섹스 스타일의 바지에 옅게 때가 탄 운동화, 맨얼굴과 꾸밈없이 아주 짧게 자른 머리. 실은 아주 여성다운데도 그걸 감추듯이 남자 같은 말투를 쓴다거나. 음, 닳고 닳은 업계 사람으로 가장한 것 같은 느낌인가. 아니면 열심히 허세를 부리는 느낌인가. 무리해서 위염을 달고 사는 느낌 같기도 하고요."

노에는 저도 모르게 말문이 막혔다.

후후후후후, 하고 가나에가 웃었다.

"그건 그렇고 이 히비스커스, 어떻게 하지. 친정 마당에서 가져온 건데. 지금쯤 어머니가 노발대발하고 있을 거예요. 이것 말고도 이런 걸 가져왔는데요." 가나에는 토트백에서 큼지막한 해바라기 조화를 꺼냈다. "오다가 백 엔 숍에서 샀어요."

재미있는 사람이다. 분명 반에서 인기인이었을 것이다. 노에는 만담을 듣는 듯한 기분이 들었다.

"점심은요? 일단 점심부터 먹죠. 그리고 학교에 갔다가 근처 패밀리 레스토랑에서 차라도 마셔요."

가나에가 완전히 주도권을 잡았다. 어느 쪽이 취재를 의뢰했는지 모르겠다. 어느 바닥이든 간사 체질의 사람이 있는데, 가나에가 딱 그랬다.

"아, 죄송해요. 제 마음대로 정해버렸네요. 따로 일정이 있으시면 말씀해주세요."

역 근처 양식집에 자리를 잡자 가나에는 한숨 돌렸다는 듯이 노에를 보았다. 가나가 추천한 점심 메뉴를 주문하고 요리가 나오기를 기다리고 있는 참이었다.

"그런데 가나에 씨는 시간 괜찮으세요? 자녀분이 있으시죠?"

노에는 취재를 요청했을 때 수화구로 아이 떠드는 소리가 들린 것을 떠올렸다.

"어머니한테 맡겨놓고 나왔으니까 걱정 안 하셔도 돼요. 어머니도 오랜만에 운동 좀 하시겠죠."

"하지만 배는……."

"그것도 걱정 마세요. 이 정도로 커지고 나면 오히려 여기저기 쏘다녀야 몸이 편해요."

"예정일은?"

"다음달요."

"기대되시겠군요."

"그렇죠, 기대는 되지만 아이 키울 생각을 하면……. 첫째만으로도 애를 먹는데."

하지만 가나에의 얼굴에는 불안한 그늘이 전혀 없었다.

"그런데 제멋대로 새우 도리아 세트를 시켰는데 괜찮으시겠어요?"

"예, 그거면 됩니다."

"이 가게 새우 도리아 맛있어요. 새우는 새우지만 이즈 명물 이세 새우거든요. 놀라실 거예요. 도쿄에서는 이런 새우 도리아 절대 못 보실걸요. 저도 친정에 올 때는 제일 먼저 여기 와요. 다음에 꼭 기사로 써주세요. 아, 외지 사람이 너무 몰려들면 그런가……. 아무래도 정말로 맛있는 가게는 숨겨놓는 편이 나을까요."

"아닙니다. 꼭 추천해주세요."

"텔레비전이나 잡지에 소개되는 가게를 가보면 실은 별로인 곳이 많잖아요. 이즈를 소재로 한 맛집 특집도 소개되는 가게를 보면 '엥, 왜 이런 집만?'이라는 생각이 드는 곳뿐이더라고요. 늘 '더 맛있는 집이 쌔고 쌨는데'라는 생각이 들어요. 취재를 제대로 하기는 하나? 일단 남이 소개했으니까 자기들도 소개해야겠다는 생각으로 언급하는 걸까요. 다른 방송에서 소개했으니까 분명 맛있을 거라는 생각으로. 아아, 분명 그럴 거야. 그럼 이해가 가네요. 하지만 아쉬워요. 이렇게 와서 제대로 취재하면 정말로 추천할 만한 곳이 눈에 띌 텐데."

"정말 그래요." 노에는 자조를 담아서 고개를 끄덕였다.

"아, 오늘은 맛집 취재가 아니었죠. 죄송해요, 저 혼자 신이 나서 떠들었네요. 남편도 자주 싫은 소리를 해요. 됐으니까 입 좀 다물라고요. 하지만 이건 유전이라서 어쩔 수 없다고요. 저희 어머니는 더 대단한걸요. 하루 종일 입을 다물질 않는다니까요."

주문한 세트가 나왔다. 확실히 시각과 후각만으로도 충분히 만족스러운 일품이었다. 이세 새우 껍데기로 만든 그릇, 걸쭉하게 녹은 치즈, 노릇하게 익은 부분에서 풍기는 구수한 냄새. 노에는 눈이 휘둥그레졌다. 맛도 아주 좋았다. 치즈의 진한 맛과 탱글탱글한 새우를 씹는 맛. 노에는 뜨거워서 입김을 후후 불면서도 저도 모르게 "맛있네요!"라고 외쳤다. 분명 지금까지 먹어본 도리아 가운데 최고였다. 아니, 지금까지 먹어본 모든 요리 중에서도 두 번째 가라면 서러울 맛이었다.

"그렇죠!" 가나에가 몸을 내밀었다. "이런 요리가 천이백 엔! 요코도 정말로 좋아하는 요리예요!"

여기서 잠시 요코 이야기가 이어졌다.

다미야 요코는 몸이 호리호리하고 단발이 잘 어울리는 중성적인 매력의 소유자였다. 예쁘다기보다 요염하게 생긴 편이었는데, 그것이 주변에 세련된 인상을 준 모양이다. 여고였던 까닭에 숙명적으로 하급생에게도 인기가 높았다고 한다.

"입학시험 때 일등 아니었던가. 담임도 기대했던 모양이에요. 하지만 그 뒤로는 반에서도 아래쪽을 맴돌았죠. 담임이 야단치고 부모님을 호출해도 본인은 전혀 개의치 않았어요. 공부는 제쳐놓고 늘 연극 잡지를 봤거든요. 그리고 혼자서 연극 연구회를 만들었죠. 연극부 창고의 일부를 빌려서 혼자 묵묵히 활동했어요."

"연극부하고는 다른가요?"

"예. 자기가 연기를 하는 게 아니라, 비평하거나 대본을 썼어요. 혼자 있을 때가 많았는데요. 요코는 오다와라에서 통학했으니까 같은 중학교 친구도 없었고, 통학로가 같은 사람도 없었어요. 그래서 특정한 그룹에도 끼지 않았죠. 저희는 요코를 스너프킨이라고 불렀어요. 그 왜, 무민 계곡의 음유시인 말이에요. 애니메이션에서는 기타를 쳤지만요. 고독과 자유를 사랑하는 과묵한 여행자, 요코한테는 그런 분위기가 있었어요. 그리고 그런 스너프킨에게 언제나 들러붙어 있던 저는 꼬마 미이라고 불렸고요. 보시다시피 저는 꼬맹이잖아요?"

가나에가 어깨를 움츠렸다. 확실히 몸집이 작은 사람이었다. 그 때문인지 실제 나이보다 꽤 어려 보였다.

"아참, 이거 아세요? 스너프킨과 미이는 아버지가 다른 '오누이'래요. 어머니는 밈블 부인이라고 해서 자식이, 어디 보자…… 서른네 명? 서른여섯 명? 어쨌거나 아주 많대요. 게다가 스너프킨은 밈블 부인이 불륜을 저질러서 낳은 자식이에요. 하기야 다른 아이들의 아버지도 누군지 잘은 모르지만. 꽤 뒤죽박죽 난장판이더라고요. 아니면 개방적인 자유연애를 암시하는 걸까요. 스너프킨이 그렇게나 고독을 사랑하는 것도, 특정한 가족을 가지지 않는 것도, 무민과 똑같이 어린아이이면서 파이프 담배 같은 걸 피우는 것도 이렇듯 복잡한 가족 관계가 원인인지도 모르겠어요."

가나에는 말을 끝맺고 웃었다.

스너프킨과 미이가 아버지가 다른 오누이. 처음 듣는 이야기였다. 아니, 그러고 보면 눈매가 닮았는지도 모르겠다. 노에는 오래전 애니메이션을 본 기억을 낑낑대며 머릿속에서 재현해보았다.

"그런데 어머니는 어떻게 지낼까요?"

"예?" 가나에는 디저트로 나온 녹차 푸딩을 입으로 옮기다가 스푼을 멈췄다.

"그러니까, 밈블 부인요."

"아아." 가나에는 푸딩을 입으로 가져갔다. "글쎄요. 애니메이션에는 나오지 않은 것 같은데……. 그런데." 그리고 입술에 묻은 생크림을 혀끝으로 날름 핥았다. "미이가 스너프킨의 누나라는 건 알고 계셨어요?"

예? 이번에는 노에가 스푼을 멈췄다.

"'오누이'라는 말을 듣고 영락없이 누이동생이라고 생각하셨죠? 아니에요. 스너프킨이 동생이죠. 만사는 겉보기만으로는 판단할 수가 없는 법이에요."

가나에는 물론 별다른 속뜻 없이 그런 말을 했을 것이다. 하지만 그때 노에의 가슴속에서는 정전기처럼 조그마한 불꽃이 파바박 튀었다. 그러나 노에는 아직 그 불꽃이 무엇을 의미하는지 몰랐다. 타닥타닥 터지는 무수한 작은 섬광이 한줄기 번개가 되려면 시간이 조금 더 필요했다.

요코와 가나에의 모교는 미시마 역 앞의 버스 터미널에서 누마즈 역행 버스를 타고 삼십 분쯤 걸리는 곳에 있었다.

학교 앞 정류장에서 내리자 지금까지 기운이 넘쳤던 모습이 거짓말이었던 것처럼 가나에는 침울하게 말했다.

"교칙이 참 느슨해졌어요. 저희가 다닐 때는 염색은 말도 안 되고, 눈썹만 정리해도 혼쭐이 났는데. 양말 색깔부터 머리핀까지, 그야말로 머리끝에서 발끝까지 교칙에 옭매여 있었는데 신기하게도 지금은 정말로 그립네요. 그때는 속박하는 교칙이 죽도록 싫었는데, 지금 돌이켜보면 왜 그렇게 짜증을 냈나 싶어요. 교칙이라고 해봤자 죄다 사소한 것들뿐이었는데. 교칙을 어기는 게 자유로 나아가는 발걸음이라면서 허세를 부렸지만, 잘 생각해보면 그렇게 해서 얻을 수 있는 자유라고 해봤자 별것 아니잖아요. 하지만 그 시기에는 어쩔 수 없죠. 어떻게든 이리저리 뻗어나가려고 안달하는 시기니까."

"교칙을 어긴 적도 있으세요?"

"예, 금지된 무늬가 있는 양말을 몰래 신고 오거나 머리끝에 살짝 웨이브를 넣는 정도였어요. 그것만으로도 어쩐지 세상의 승리자가 된 기분이 들었죠. 하지만 요코는 달랐어요. 요코만은 학생 수첩에 적힌 교칙을 엄수했죠."

"성실했군요."

"그거랑은 달라요. 요코는 교칙을 어기는 데 쓸데없는 에너지를 사용하지 않은 것뿐이에요. 저희가 학생 가방을 티 나지 않게 손보는 사이에 요코는 연극을 봤죠. 저희가 일요일에 디스코텍에 간 사이에 연극을 보러 도쿄에 갔어요."

"들었습니다. 요코 씨는 일요일이면 아침 일찍 오다큐선을 타고 신주쿠에 가서 소극장을 여기저기 돌아다녔다고요."

"어, 누구한테요?"

"두 분의 담임이셨던 기노시타 선생님께요. 전화로 잠깐 이야기를 들었습니다. 가나에 씨에 대해서도 기노시타 선생님께서 알려주셨어요."

"아아, 기노시타 선생님."

가나에는 허공을 잠시 바라보았다.

"저에 대해서라니요?"

"요코 씨와 제일 사이가 좋았으니 요코 씨에 관해서 제일 잘 알 거라고 하셨습니다."

"그 밖에는 뭐라고?"

"아니요, 그 밖에는 별달리……."

"아아, 그랬군요."

노에와 가나에는 학교를 한 바퀴 돌고 나서 학교 앞에 있는 패밀리 레스토랑에 들어갔다. 요코와 가나에의 모교에는 특별히 관심을 끌 만큼 별다른 것 없이 흔한 고등학교의 풍경이 여기저기 흩어져 있을 뿐이었다. 향수를 불러일으킬 풍경을 기대하고 있던 노에는 조금 낙담했다.

"이제 완전히 달라졌네요. 교복도 달라지고 학교 건물도 바뀌었고. 저는 무엇보다 남녀공학이 된 게 제일 섭섭해요."

가나에도 딸기 주스에 꽂은 빨대 끝을 앞니로 물더니 한숨을 쉬었다.

"벌써 이십 년이나 지났으니 어쩔 수 없지만요."

옆자리에서 소란스레 이야기를 나누는 소리가 들렸다. 아무래도 여학생들이 수업을 빼먹고 여기 모여 놀고 있는 모양이었다. 여학생은 세 명. 잠시 학생들의 대화에 귀를 기울이자 두 명만 즐겁게 수다를 떨고 있었고, 나머지 한 명은 셀프서비스 음료수 코너에 몇 번이나 왔다갔다했다.

"재, 심부름꾼일까요." 노에는 측은한 마음에 무심코 그런 말을 꺼냈다.

"분명 스스로 나서서 저러는 거예요." 가나에는 그렇게 답했다. "저도 중학생 때는 저런 느낌이었어요. 문득 정신이 들고 보니 어느덧 다른 아이들의 시중꾼이 되어 있었죠. 저는 좀 나대는 편이라서 그런지 누가 부탁하지 않아도 제가 해놓는 식이었어요. 뭐랄까, 자연스럽게 그런 캐릭터가 되더라고요. 고등학교에 입학하니까 그런 일이 없어졌어요. 아마도 상관관계가 바뀌었기 때문이겠죠."

"상관관계?"

"혈액형에 따른 상성이 있잖아요. A형은 O형의 뒤치다꺼리를 하고 O형은 B형의 뒤치다꺼리를 한다는 식의 상관관계. 혈액형을 맹신하는 건 아니지만 그런 상관관계는 있는 것 같아요. 자연스레 주종관계가 생긴다든가, 상하관계가 생기는 느낌. 그런 적 없었어요? 저는 있었는데. 이 사람에게는 뭐든지 말할 수 있고 우선권을 잡는데, 저 사람 앞에서는 위축되어 하고 싶은 말도 제대로 못 하죠. 나하고 잘 안 맞는 사람인데 어찌된 일인지 늘 행동을 함께한다거나. 또는 좋아하는데도 그만 멀리한다거나. 그런 사람 없었어요?"

"아아, 있죠. 지금도 있어요."

"역시 그렇죠? 그런 건 도대체 뭘까요."

"요코 씨와는 어떠셨나요?"

"요코와 함께 있으면 정말 즐거웠어요. 진짜로요. 안심돼서 마음을 터놓을 수 있었죠. 같은 핏줄인 친형제보다 편한 사람이었어요. 하지만 요코는 어땠을까 그런 생각이 요즘 들어요. 저만 즐겁고, 저만 하고 싶은 말을 하고. 요코는 늘 제 이야기를 들어줬고 상냥했지만 실은 저를 어떻게 생각했을까 싶어요.

저, 지금 남편이랑 사귀기 전에 남자친구가 있었는데요, 아주 착해서 제 투정을 다 받아줬어요. 저는 결혼한다면 이 남자밖에 없다고 생각했지만 그 사람이 먼저 떠나갔죠. 나중에 다른 사람한테 들었는데, 그 사람 저랑 있는 게 고통스러웠대요. 다정하게 대한 건 제가 화낼까 봐. 화내면 귀찮으니까 그랬대요. 저는 그렇게 귀찮은 여자일까요?"

가나에는 눈물을 글썽였다.

"그럼 왜 저랑 사귄 걸까요. 무려 오 년이나요, 오 년. 그러자 그랑 저를 둘 다 아는 친구가 그랬어요. 연인으로 사귄 게 아니었대요. 제가 불러내면 나가는 수밖에 없었대요. 무슨 하인처럼. 서글프더라고요. 시중꾼이었던 내가 어느 틈엔가 하인을 만들었다니. 그래서 생각해보니 저도 시중꾼 시절에는 똑같이 행동했더라고요. 누가 특별히 강요한 것도 아닌데 제멋대로 위축되고 조심하고 긴장했어요. 반론당하면 귀찮으니까 무조건 고개를 끄떡끄떡하며 이야기를 듣고 저자세로 나갔죠. 뭘까요, 그런 관계.

요코도 그런 식으로 저랑 사귄 게 아니었나, 최근에 그런 생각이 들더라고요. 그게, 요코가 제 꿈에 한 번도 안 나온단 말이에요. 저랑 떨어져서 속이 시원한 걸까요." 가나에의 눈에서 눈물이 떨어졌다. "인간이란 참 어려워요. 저는 유일무이한 사람이라고 여기지만 실은 그렇지 않은 경우가 많을지도 모르겠어요. 어쩐지 슬프네요."

"확실히 인간관계라는 건 복잡하죠." 노에는 그렇게 대답했다. "그렇게 치다꺼리하는 관계 말고도 주종관계, 대립관계 같은 것도 자연스레 생겨나는 법이에요. 그런데 요코 씨는 어땠나요. 요코 씨에게는 예를 들어…… 그렇지, 대립관계에 있던 사람은 없었나요?"

"글쎄요. 아까도 말씀드렸지만 요코는 스너프킨이라서 번거로운 인간관계는 일절 만들지 않았어요. 제가 일방적으로 붙어다닌 정도죠. 저 말고도 요코랑 친해지고 싶었던 애들 많았을 것 같은데."

"그럼 가나에 씨 말고 요코 씨와 친했던 사람은? 아……. 사이가 나빴던 사람도 상관없고요."

"사이가 나빴던 사람?" 가나에는 잠시 침묵을 지키며 생각을 정리하듯이 빨대 봉지를 만지작거렸다.

"사이가 나쁘다는 표현은 딱 들어맞지 않는군요. 뭐랄까, 요코 씨의 장래에 무슨 영향을 끼칠 법한, 또는 부지불식간에 요코 씨의 인생에 그림자를 드리울 법한 인간관계는 없었을까 싶어서요. 요코 씨는 돌발적으로 살해당한 게 아니라 과거의 인연 때문에 그리된 게 아닐까 싶어요."

"아니요, 짐작 가는 구석이 없네요."

가나에는 빨대를 다시 물었다. 빨간 딸기 주스가 순식간에 빨대를 물들였다.

"아, 개인가?"

돌아오는 버스 안에서 가나에가 느닷없이 말을 꺼냈다.

"후카와 아케미인가."

"어떤 분입니까?"

"예뻤지만 굳이 따지자면 눈에 띄지 않는 아이였어요. 저랑 같은 중학교 출신이라 처음에는 도시락도 같이 먹었지만 어느덧 사이가 멀어져서 2학년 때는……. 저희 반은 진학반이라서 삼 년간 반이 같았는데……. 거의 말도 나누지 않았어요. 글을 잘 써서 신문사가 주최하는 문학 신인상을 받았어요."

"문학 신인상을 받았을 때는 화제가 됐겠죠?"

"아아, 그랬죠. 학교가 시끌벅적했죠. 하지만 저희 반에서는 신기하게도 별로 화제가 되지 않았어요. 수험 공부하느라 바빠서 남의 일에 상관할 여유가 없었나……. 저도 2학년 때부터는 공부에 절어서 지냈거든요. 다른 일에 신경쓸 여유가 없었어요. 요코 정도였어요, 공부 말고 다른 일에 열중한 사람은. 요코는 연극부 일도 도와줬다니까요. 연극부가 창고를 빌려줘서 고마운 마음도 있어서 그랬겠지만. 그리고 3학년 문화제 때는 수험 공부도 팽개치고 대본을 쓰기도 했는데…….”

“‘성혈의 백작부인 에르제베트’ 말인가요?”

“예?”

“기노시타 선생님께 이야기를 들었어요.”

“뭐야. 조사를 제법 많이 하셨네요. 제가 나설 차례가 없겠는데요.”

“가나에 씨는 그 연극 보셨나요?”

“아, 예……. 요코가 대본을 담당했다고 해서…….” 가나에의 시선이 흔들렸다.

“왜 그러세요?”

“이 이야기, 기사로 쓰실 건가요?”

“왜요?”

“이건 좀…….”

“간단하게나마 들려주실 수 없을까요? 부탁드립니다.”

미시마 역으로 돌아오자 하늘은 노을로 물들어 있었다.

만났을 때와 같은 곳, 매점 앞에서 손을 흔드는 가나에를 보자 노에는 문진을 두어 개 더 삼킨 듯한 기분이 들었다.

가나에는 알까, 임부복 속의 가짜 배가 아래쪽으로 꽤 처졌다는 것을. 노에는 패밀리 레스토랑에 들어갔을 때 그 사실을 눈치챘다. 가나에의 임부복 자락에서 솜 부스러기가 나풀나풀 떨어졌다. 살펴보자 배가 아래로 처져 있었다.

노에는 이 구슬픈 거짓말을 알아차리고서야 가나에가 겉보기만 쌩쌩했다는 사실을 깨달았다.

다음날 가나에의 어머니에게 연락했다. 가나에가 없다는 것을 확인한 후에 노에는 가나에 어머니에게 단도직입적으로 물어보았다. 가나에 어머니는 울먹이는 목소리로 대답했다.

"가나에는 지금 이혼 조정중이에요. 원인요? ……그건 부탁이니 묻지 마세요. 가나에가 둘째를 임신한 것은 사실이에요. 틀림없이 남편 아이니까 낳겠다고 우겼지만, 결국은 중절했어요. 이런 상태에서는 키울 수 없을 거라고 저희가 설득했죠. 중절 후에 심한 우울증에 걸렸어요. 요코가 그리된 탓도 있고 해서 정신적인 피로가 쌓인 것 같아요.

지금은 병원에 다니며 약으로 겨우 증상을 억누르고 있지만 약이 너무 잘 듣는 걸까요. 툭하면 나가서 한도 끝도 없이 돌아다녀요. 말도 많아졌고요. 요즘은 임신중이라며 그런 짓을. 벌을 받은 걸까요, 요코가 내린…….”

그리고 가나에 어머니는 그것이 마치 공양이라도 된다는 듯이 요코와 가나에의 숨겨진 애증과 악연을 폭로했다.

블러디 타워 살인 사건의 진상 4

《월간 글로브》 11월호

10

나는 이미 이번 호 원고를 지난 호 발매일 전에 다 썼다. 하지만 그 후에 원고를 대폭 수정해야 할 처지에 놓였다. 이유는 말할 필요도 없이 피고인 야마구치 게이타로의 사망이다. 사인은 자살. 기묘하게도 사건이 일어난 지 딱 일 년 후였다. 피고인이 사망하여 공소는 취하됐고 법적으로 이 사건은 종결됐다.

하지만 진상은 무엇 하나 밝혀지지 않았다. 이런 상태로 사건이 봉인돼도 괜찮은 걸까.

솔직히 말하자면 나는 지난 호 르포를 다 쓰고 나서 큰 좌절을 맛보았다.

비상문의 트릭이 법정에서 해명된 것이 이유다. 방문 판매원들이 평소에 비상계단 C의 2층 비상문을 열어놓는다는 사실이 밝혀졌다. 이로써 누구나 비상계단을 이용해 밖에서 맨션에 침입할 수 있다는 것이 확인됐다. 지난 호에 '비상계단을 이용해 맨션에 침입하기는 불가능하다. 따라서 야마구치의 범행도 부정된다'는 취지의 글을 썼는데 이 주장이 뒤집어졌다.

또 다른 이유는 야마구치가 유서에 쓴 내용이다. 야마구치는 자신의 범행을 명확하게 시인했다. 이렇게 되면 내가 지난 호까지 쓴 르포는 모조리 뒤집어진다.

나는 야마구치가 범인이 아니라는 것을 전제로 르포를 써왔다. 원래 같으면 나는 이번 호에 내 실수를 순순히 인정하는 사과문을 게재한 후 조용히 막을 내려야 했을지도 모른다. 그리고 르포 작가로서 자신이 얼마나 무능하고 어리석었는지를 부끄러워하며 깊이 반성하고 절필을 선택해야 했는지도 모른다.

하지만 그러지 않고 스스로 세운 엉터리 가설을 다시 끄집어내어 꼭꼭 씹어서 어디가 옳고 어디가 그른지를 진지하게 추구하고, 다시 취재하여 사람들의 증언을 듣고, 그리하여 진상을 이끌어내고 싶다.

다름 아닌 야마구치 게이타로가 그렇게 하라고 내 등을 떠밀었기 때문이다. 유족의 허가를 얻어 아래에 야마구치 게이타로의 유서를 싣는다.

야마구치 게이타로의 유서(전문)

먼저 지금까지 제 거짓말을 믿고 저를 위해 힘써주신 분들의 노고에 감사드리고, 또한 진심으로 사죄드립니다.

부디 이렇게 마음 약한 저를 경멸해주십시오, 미워해주십시오, 비웃어주십시오, 그리고 저를 벌해주십시오.

어머니, 저는 법정에 나오시는 작디작은 당신을 볼 때마다 죄송함과 저 자신의 어리석음 때문에 가슴이 찢어지는 것 같았습니다. 당신은 제가 무고하다는 것만 믿고 전 재산을 제게 쏟아부었습니다. 재판을 위해 집도 이쪽으로 옮기셨다고 들었습니다. 낯선 땅에서 불안한 마음으로 얼마나 고생하고 계실지 생각하니 눈물을 금할 길이 없습니다. 증인으로 법정에 서서 검찰의 신문을 받으며 어깨를 작게 움츠리고 몸을 떠는 당신의 모습을 보자, 불행하게도 이런 아들을 낳은 당신이 딱하기 그지없었습니다.

변호사 여러분, 정말로 감사했습니다. 여러분이 저를 위해 준비하신 변론을 들을 때마다 제가 얼마나 깊은 죄를 지었는지 절감했습니다. 저는 여러분의 변호를 받을 가치가 없는 비열한 거짓말쟁이입니다. 그런 인간인데도 여러분은 늘 저를 격려하며 사식과 차입품을 많이 넣어주셨습니다.

어머니를 만날 수 없는 제게 늘 근황을 알려주신 것도 여러 분이었습니다.

어머니, 변호사 여러분, 당신들이 저를 믿고 최선을 다하면 다할수록 저는 덜어지지도 않고, 덜어낼 수도 없는 양심의 가책에 시달렸습니다. 그리고 '무죄를 얻어내는 것이 모두에게 은혜를 갚는 방법이다'라는 귀에 솔깃한 말을 핑계삼아 거짓말을 덧칠하게 되었습니다.

왜 저는 처음에 진실을 말하지 않았을까요.

왜 처음에 "제가 요시자키 마키코 씨를 죽였습니다"라고 진실을 밝히지 않았을까요. 후회스러울 따름입니다.

저는 검사님이 말씀하신 대로 2005년 9월 27일 화요일, 오후 10시쯤에 요시자키 씨네 집에 갔습니다. 평소 비상계단 C의 2층 비상문이 점토로 일 센티미터쯤 열려 있다는 것을 알고 있었으므로 그날도 2층 비상문으로 맨션에 들어갔습니다. 그때가 처음은 아닙니다. 배달할 물건 없이 요시자키 씨와 만날 때는 늘 2층 비상문을 이용했습니다. 입구 방범 카메라에 찍혀서 일할 시간에 게으름을 부렸다는 것을 들킬까 봐 겁났기 때문입니다. 스스로 생각하기에도 참 좀스런 인간이 된 것 같습니다. 옛날 같으면 약간 못된 짓을 하더라도 당당하게 했는데, 그 무렵은 직장을 잃을까 봐 늘

겁에 질려 있었습니다. 실 수령액은 십구만 엔에 지나지 않지만, 그래도 제게는 생활을 지탱해주는 단 하나의 소중한 버팀목이었습니다. 헤어진 아내에게 위자료도 보내야 합니다. 아내와는 제가 바람을 피우는 바람에 헤어졌습니다. 그 대가로 저는 다달이 오만 엔을 아내에게 보내야 합니다.

저는 부쩍 약해졌습니다. 아니, 처음부터 약하고 하잘것없는 인간이었겠죠. 그런데도 어리석은 저는 자신의 힘을 과대평가하여 자만에 빠졌습니다. 내게는 힘이 있다, 난 거리 하나를 만들 수도 있는 선택받은 인간이다, 라는 허황된 과대망상에 사로잡혀 있었습니다.

그런 제가 다다른 종착점은 살인이었습니다.

요시자키 마키코 씨하고는 2005년 5월경에 만났습니다. 저는 그 무렵부터 그 맨션을 포함한 서쪽 지구를 담당했습니다. 그리고 택배를 몇 번 배달한 것을 계기로 요시자키 씨와 대화를 나누게 됐습니다. 요시자키 씨는 제 말투에 약간 남은 사투리를 알아차리고 "규슈 남쪽 출신이세요?"라고 물었습니다. 제가 "예, 미야자키 출신입니다"라고 대답하자 요시자키 씨는 "저는 가고시마에 살았었어요"라고 말했습니다. 참 신나게 이야기했습니다. 들어왔다 가지 않겠느냐고 요시자키 씨가 권했을 정도였습니다. 하지만 그날은 그냥 돌아갔습니다. 저희가 육체관계를 가진 것은 그다음에 배달을 갔을 때였습니다. 대금상환택배를 배달했는데 마침 마키코 씨에게 돈이 없어서 제가 대신 내겠다고 했더니, 그러면 미안하다면서 집으로 들어오라고 했습니다. 그리고 저는 요시자키 씨의 몸을 샀습니다. 그날 대금상환 요금은 만 엔과 수수료였습니다. 아마도 무슨 티켓이었겠죠. 송장의 물품 종류를 적는 칸에 '표'라고 갈겨쓴 글자로 적혀 있던 것이 기억납니다. 그 후로 요시자키 씨하고는 한 달에 한 번꼴로 육체관계를 맺었습니다. 대금은 언제나 만 엔이었습니다.

요시자키 씨에게 특별한 감정은 없었습니다. 다만 지적 수준이 높은 사람이라 대화를 하면 즐거웠습니다. 저는 이야기를 나눌 목적으로 요시자키 씨의 몸을 샀는지도 모르겠습니다. 저희는 메일 주소를 교환하여 메일을 주고받으며 만나지 못하는 시간의 공백을 메웠습니다.

그런데도 저는 요시자키 씨를 죽이고 말았습니다.

2005년 9월 27일 저녁, 저는 요시자키 씨 집에 불려갔습니다. 그날 일을 쉰 요시자키 씨는 모처럼 쉬는 날인데 아무 할 일도 없어 심심하다고 했습니다. 그리고 여느 때와 같이 만 엔으로 관계를 가졌습니다. 여기까지는 재판에서 말씀드린 것과 같습니다.

하지만 그다음에 일어난 일을 저는 내내 감춰왔습니다. 지금부터 그때 있었던 일을, 이번에야말로 한 치의 거짓도 없이 자백하겠습니다.

요시자키 씨는 행위가 끝나자 뜻밖의 말을 꺼냈습니다.

임신했으니 삼십오만 엔을 마련해달라고 했습니다. 그리더니 임신 테스트기 결과를 제게 보여주었습니다. 틀림없이 임신이었습니다. 저는 정말로 제 아이냐고 물었습니다. 그러자 요시자키 씨는 저하고만 육체관계를 가졌다며 울었습니다. 저는 혼란스러운 나머지 생각할 시간을 달라고 하고 일단 집에서 물러나왔습니다. 그리고 다시 일을 했지만 임신이라는 말이 머릿속을 떠나지 않았고 마음도 싱숭생숭했습니다. 결국 저는 결단을 내렸습니다. 요시자키 씨에게 아이를 낳아달라고 하자, 그리고 결혼하여 처음부터 다시 시작하자. 그때까지는 특별한 감정이 없었지만 그런 생각을 하는 동안 요시자키 씨에게 애정이 느껴지면서 당장이라도 청혼하자는 기분까지 들었습니다.

저는 일을 마치자마자 요시자키 씨 집으로 향했습니다. 사무소에서 맨션까지는 버스로 가야 할 만한 거리였지만, 그 시간대에는 버스가 거의 없어서 저는 걸어가기로 했습니다. 걸어서는 삼십 분에서 사십 분쯤 걸리지만 요시자키 씨와 아기 생각으로 머릿속이 가득차서 그다지 멀게 느껴지지 않았습니다. 내일은 바로 고향에 계신 어머니에게도 알리자. 뒤늦게나마 손자를 얻게 됐다는 걸 알면 어머니는 분명 매우 기뻐해주시겠지. 저는 그런 몽상을 했습니다.

맨션에는 오후 9시 55분쯤에 도착했을 겁니다. 저는 평소와 마찬가지로 2층 비상문으로 맨션에 들어가서 현관문 인터폰을 눌렀습니다. 요시자키 씨는 아까 만났을 때와 똑같이 빨간 꽃무늬 원피스를 입고 있었습니다. 저를 만날 때 늘 입는 원피스입니다.

요시자키 씨는 어쩐지 안절부절못하는 모습이었습니다. 저를 집에 들이자마자 제게 안겨 들더니 성행위를 하자고 재촉했습니다. 저는 그 요구에 응해 옷을 입은 채로 관계를 맺었습니다. 행위가 끝나자 요시자키 씨는 "좀더 서비스해줄 테니 돈 줘요, 돈" 하고 졸랐습니다. 저는 "그런 것보다 아이는 낳자. 그리고 결혼해줘"라고 제 나름대로 내린 결론을 들려주었습니다. 그러자 요시자키 씨는 저를 힐난하기 시작했습니다. 아이는 필요 없다, 결혼도 싫다, 아무튼 돈이 필요하다, 돈을 달라며 날뛰었습니다. 평소의 요시자키 씨가 아니었습니다. 입가에 침을 질질 흘렸고, 눈은 초점이 맞지 않고, 얼굴 근육도 추하게 경련했습니다.

저는 날뛰는 요시자키 씨를 끌어안아 제압하고 어떻게든 달래려고 애썼습니다. 분명 갑작스런 임신 소식에 당황하여 평정심을 잃은 것이다, 뱃속의 아이를 위해서도 내가 어떻게든 해야 한다. 저는 완전히 아버지가 된 심정이었습니다. 하지만 흥분이 가라앉지 않은 요시자키 씨는 마침내 이런 말을 꺼냈습니다.

"이제 됐어. 당신은 포기할 테니까 이만 가봐. 다른 사람한테 내달라고 할 거야."

처음에는 무슨 뜻인지 몰랐습니다.

"이놈이고 저놈이고 전부 구두쇠라니까. 삼십오만 엔 정도는 그냥 좀 내놓으란 말이야."

저는 변함없이 요시자키 씨가 무슨 소리를 하는지 이해가 가지 않았습니다.

"당신도 돈 내놓을 생각 없지? 결혼? 아이를 낳아달라고? 아기는 벌써 지웠어."

"지웠다고?"

저는 되물었습니다.

"그래, 지웠어."

지웠다? 저는 더더욱 혼란스러워졌습니다.

"그럼, 아까는 왜 그랬어?"

그러자 요시자키 씨는 사후 보고였다고 했습니다. 지우기 전이든 후든 중절 비용이 드는 것은 마찬가지니까 관계없지 않느냐고 했습니다.

그 말을 듣고 저는 이성을 잃었습니다.

저는 뱃속 아이의 아버지가 되기로 결심했습니다. 요시자키 씨의 말을 듣고 나자 제 아이가 살해당한 듯한 기분이 들었습니다.

정신을 차리자 저는 스타킹으로 요시자키 씨의 목을 조르고 있었습니다. 소파에 벗어둔 요시자키 씨의 스타킹입니다. 저는 급히 손을 뗐습니다만 이미 늦었습니다. 저는 스타킹을 호주머니에 쑤셔넣고 그대로 비상계단을 내려와 달아났습니다. 도주 경로는 검사님이 말씀하신 경로와 거의 동일하지만 다른 점이 하나 있습니다. 저는 맨션을 한 번도 돌아보지 않고 그대로 집으로 돌아갔습니다. 자정쯤에 연립주택에 도착했을 때 저는 연립주택 입주자와 마주쳤습니다. 그때 제 얼굴은 분명 공포로 딱딱하게 굳어 있었겠죠. 사람을 죽였으니까요. 그날은 한숨도 자지 못하고 아침을 맞았습니다. 날이 새고 해가 뜨면 범행이 드러나서 경찰이 찾아오겠지. 저는 그때 이미 체포될 것을 각오한 상태였습니다. 하지만 그날 경찰은 오지 않았습니다. 편의점에 있는 모든 종류의 조간신문을 사서 봤지만 요시자키 씨에 관해서는 실려 있지 않았습니다. 미쓰하라 초고층 맨션에 가 봐도 평상시와 다를 바 없었고, 그날 석간신문에서도, 뉴스 방송에서도 요시자키 씨의 죽음은 보도되지 않았습니다.

그렇게 이틀이 지나고, 사흘이 지나고, 나흘이 지나도 요시자키 씨에 관해서는 보도되지 않았습니다. 어쩌면 꿈이었을지도 모른다, 요시자키 씨는 멀쩡하게 살아서 기운차게 생활하고 있을지도 모른다. 저는 그렇게 생각하기에 이르렀습니다.

하지만 엿새 후, 요시자키 씨의 죽음이 신문에 실렸습니다. 얼굴 사진을 석간에서 봤을 때 저는 이제 단념하고 자수하는 수밖에 없다고 생각했습니다. 하지만 머뭇거리는 사이에 하루가 지나갔고, 다음날 저는 신문을 보고 살인 사건이 한 건 더 일어났다는 것을 알았습니다. 게다가 요시자키 씨의 시신에서 자궁이 적출됐음을 알리는 특종 기사가 스포츠 신문에 실리자 사건은 연쇄 엽기 살인의 빛을 띠기 시작했습니다. 만약 이대로 자수하면 저지른 적도 없는 시체 손괴와 또 다른 살인의 범인으로 몰린다, 아무리 진실을 호소한들 누가 믿어주랴. 제 거짓말과 묵비는 이 순간부터 시작됐습니다.

두 달 후, 저는 체포됐습니다. 경찰은 아니나 다를까 요시자키 씨와 다미야 씨를 살해한 것은 동일범이라고 단정지었습니다. 이런 상황에서 진실을 말하면 내가 말한 '진실'은 확대해석되어 다른 한 건의 살인죄마저 내가 뒤집어쓸 것이 뻔하다, 그런 공포가 저를 지배했습니다. 그 공포 때문에 '나는 '아무도' 죽이지 않았다'라는 거짓말을 한 것입니다. 고맙게도 어머니가 제 거짓말을 믿어주셨습니다. 그리고 변호사 여러분이 믿어주셨습니다. 여러분의 두터운 신뢰와 도움을 받을 때마다 저는 돌아올 수 없는 길을 성큼성큼 걸어갔습니다.

하지만 결국 한계가 왔습니다. 비상문이 열려 있었다는 것이 입증됐습니다. 변호사 선생님은 '그게 입증됐다고 해서 당신 죄가 확정된 건 아닙니다. 중요한 건 당신이 '아무도' 죽이지 않았다는 사실이에요'라고 격려해주셨지만, 아니요, 아닙니다. 요시자키 씨'는' 제가 죽였습니다.

그렇습니다. 제가 요시자키 씨를 죽였습니다. 그것만으로도 저는 죽어 마땅합니다. 그런데도 저는 이중, 삼중으로 거짓말을 해서 제 죄를 더 무겁게 만들었습니다. 이 죗값을 치르려면 죽는 수밖에 없겠죠. 독단적인 선택인지도 모르겠지만, 제 목숨으로 죗값을 치르는 대신 여러분이 관대하게 용서해주셨으면 좋겠다는 달콤한 몽상에 빠져봅니다.

다만 이것만은 말씀드려야 하겠습니다. 저는 요시자키 씨의 목을 스타킹으로 졸라서 살해했습니다. 하지만 시신을 훼손하거나, 하물며 아무 상관도 없는 다미야 요코 씨를 죽이지는 않았습니다.

저는 이것과 완전히 똑같은 내용의 편지를 세 통 썼습니다. 각각 어머니, 변호사 선생님, 그리고 검사님께 드리고 싶습니다.

오랫동안 많은 폐를 끼쳐 정말 죄송합니다.

2006년 9월 27일 야마구치 게이타로

야마구치는 그 전날 면회를 온 변호인에게 편지와 거의 같은 내용의 경위를 고백했다. 그 후에 어머니, 변호단, 그리고 검찰 앞으로 편지를 세 통 남기고, 입고 있던 셔츠를 가늘게 찢어서 꼰 밧줄로 고리를 만든 다음 독방 변기에 밧줄을 묶었다. 모든 준비를 마친 야마구치는 등을 바닥에 댄 상태로 목을 맸다.

여기에 실은 유서는 야마구치가 어머니에게 남긴 것으로, 야마구치 어머니가 내게 보내주었다.

야마구치 어머니가 동봉한 편지에는 다음과 같이 적혀 있었다.

야마구치 게이타로 어머니의 편지(발췌)

《월간 글로브》 나라모토 노에 님께

(전략) 아들은 죗값을 갚기 위해 스스로 목숨을 내놓았습니다. 이것으로 재판은 중지되겠지만 저는 도저히 수긍이 가지 않습니다. 아들은 어리석게도 요시자키 마키코 씨를 살해했지만 시신을 그처럼 잔혹하게 모독하지 않았으며 다미야 요코 씨도 살해하지 않았다고 합니다.

이것은 결코 거짓말이 아닙니다. 제 목숨을 걸고 단언할 수 있습니다. 하지만 변호사 선생님께 상의해도 해당 부분의 결백을 증명하기는 아주 어려울 것이라며 거절하실 뿐이었습니다. 지당하신 말씀입니다. 하지만 그렇다면 저는 어떤 방법으로 아들의 결백을 증명해야 할까요.

저는 지푸라기라도 잡는 심정으로 나라모토 씨께 편지를 드리기로 했습니다.

《월간 글로브》를 읽었습니다. 나라모토 씨가 아들이 무고하다는 사실을 믿어주셔서 저는 정말로 눈물이 날 만큼 진심으로 고마웠습니다. 하지만 안타깝게도 돈아豚兒는 나라모토 씨의 후의를 일부 짓밟고 말았습니다. 이번 일이 앞으로 나라모토 씨의 경력에 악영향을 끼치지 않을까 참으로 걱정스럽습니다.

그러하나 나라모토 씨라면 반드시 아들의 결백을 증명해주시지 않을까 하는 기대를 품고 편지를 쓰고 있습니다. 제멋대로고 어리석은 어미라고 비웃으셔도 상관없습니다.

(후략)

커다란 실수

이제 내가 범한 실수를 토로하고자 한다.

나는 어떤 결론을 고집한 나머지 터무니없는 오해를 했다. 이 원고가 원래와는 다른 내용이라는 것은 이미 첫머리에 언급했다. 지금 독자 여러분이 읽고 있는 이 글은 대폭으로 수정한 제2고다. 물론 야마구치 게이타로의 죽음이 그 계기다. 하지만 이유는 또 있다. 나 자신의 교만함이 초래한 오해를 깨달았기 때문이다. 어떤 인물이 그 오해를 넌지시 지적하고 충고해주었다. 그 사람은 자신이 지켜야 할 직무의 범위를 넘어서 일부러 내게 충고해주었다.

제1고에서는 의도적으로 어떤 인물을 등장시켰다. 나는 그 인물이 이 사건의 중요한 요소, 아니, 공범이라고 믿었다. 나는 근거 없는 정의감으로 똘똘 뭉친, 신용할 수 없는 독재자처럼 그 사람을 슬며시 공격하고 그 사람의 인생을 부정하고 그 사람의 인격을 손상시키는 글을 썼다. 왜냐하면 그 사람에게는 동기가 있었기 때문이다. 두 사람을 살해할 동기가 있었다. 양쪽 다 질투가 원인이었다. 하나는 자신은 이루지 못한 임신에 대한 질투, 그리고 다른 하나는 맨션 매매에 관련된 불씨와도 같은 질투. 하지만 그것은 동기에 불과했으며, 어떤 인간에게나 내재된 살의의 씨앗에 지나지 않았다.

결국 그녀는 중요한 요소도, 공범도 아니라 '단순한 요소'에 불과했다. 그 사람이 없었어도 살인은 발생했을 것이고, 그 사람이 있었기 때문에 살인에 적극성이 부여된 것도 아니었다.

그런데 나는 그 부분을 완전히 잘못 이해했다. 엑스트라에 지나지 않는 통행인에게 실수로 스포트라이트를 비춘 셈이다. 엑스트라는 무대를 구성할 때 중요한 역할을 하지만 스포트라이트를 비추어 주목의 대상으로 만들면 안 된다. 그랬다가는 이야기의 중대한 줄기를 놓치고 만다.

다행하게도 나는 어리석은 실수를 몇만 명이나 되는 독자에게 공개하는 추태를 면했다. 내가 스포트라이트를 비춘 그 사람도 세간의 호기심 어린 시선을 피했다. 나는 1고는 없었던 셈 치고 천연덕스러운 얼굴로 2고만 발표할 수도 있었다. 하지만 나는 창피를 무릅쓰고 실수를 인정한다. 야마구치 게이타로의 유서가 내게 가르쳐주었기 때문이다. 자신의 어리석은 잘못을 숨김없이 털어놓아야 진실이 미소 지어준다는 사실을.

거꾸로 재생된 테이프

이 사건이 이렇게까지 복잡하게 뒤얽힌 것은, 쫓아도 쫓아도 달아나는 신기루처럼 정체가 애매모호했던 것은 출발점이 잘못되었기 때문이다. 경찰도, 검찰도, 그리고 매스컴도, 야마구치 게이타로조차 출발점을 잘못 짚었다.

사람들은 대부분 요시자키 마키코가 먼저 죽은 후에 다미야 요코가 죽었다고 생각한다. 그 생각은 틀리지 않았다.

하지만 출발점은 다미야 요코다.

세상 사람들은 지금까지 거꾸로 재생된 테이프를 듣고 있었다. 그래서 무슨 내용인지 알아듣기 어려워서 이해가 불가능했다. 그 때문에 갖가지 추리와 망상이 생겨났다. 하지만 별것 아니다. 테이프를 똑바로 재생시키기만 하면 된다.

나는 처음부터 이 점에 주목하여 사건을 추적해왔다. 그렇다. 나는 처음부터 이 테이프는 거꾸로 재생되고 있으므로 똑바로 재생하여 들을 필요가 있다고 확신했다. 그 확신은 틀림없었다. 하지만 나는 테이프가 중간에 꼬여 있다는 사실을 최근까지 눈치채지 못했다.

다미야 요코에 관해 다시 알아볼 필요가 있다.

다미야 요코는 1967년 8월, 가나가와 현 가와사키 시에서 R의 장녀로 태어났다. 나는 지난 호에 그렇게 적었다. 하지만 정확하게는 R의 장녀로 태어났지만 그 후에 오다와라에서 기념품 가게를 경영하는 외삼촌 부부에게 양녀로 거두어졌다. 1970년의 일이다.

나는 당시 그 사실에 별 관심을 두지 않았지만, 취재를 진행할수록 다미야 요코가 부모와 헤어진 경위가 다미야 요코의 이후 인생을 결정지었고 결국에는 그 사건에 다다른 것이 아닐까 하는 생각이 커졌다.

아니, 반대다. 사건을 조사한 결과 나는 다미야 요코가 부모와 헤어진 1970년에 다다른 것이다.

그런데 나의 출발점은 마키코의 자궁이 있는 장소였다. 그것은 직감에 지나지 않는다. 비과학적이라고 비웃음을 살 것을 각오하고 털어놓자면 나는 그 직감에만 의지하여 사건을 좇았다.

나는 몇 년 전에 미쓰하라 초고층 맨션을 취재한 적이 있다. 물론 사건과는 아무 관계없이, 인테리어 관련 잡지의 기획 때문에 미쓰하라 초고층 맨션을 방문했다. 그때 나는 지상 20층의 베란다에 흐드러지게 핀 장미에 압도됐고, 그 향기에 취했다.

황홀한 시간이라 불러도 될 것이다. 정신을 잃기 직전의 뭐라고도 형용하기 힘든 쾌감. 나는 그 쾌감을 맛보았다. 급성 고소공포증 때문에 그런 감각을 느꼈는지도 모른다. 그렇지 않다면 그런 환각을 볼 리 없다.

내 시각은 정체 모를 뭔가에 사로잡혀 있었다. 새파란 하늘, 쏟아져 내리는 은색 빛. 그것은 뭔가가 쩍 갈라진 것처럼 내 앞에 나타났다. 어쩌면 시공의 파문이었는지도 모르겠다. 나는 그 파문의 중심을 들여다보았다. 파문 안쪽에서는 웬 여자가 미끄덩한 피로 칠갑된 작은 덩어리를 파묻고 있었다.

그 후, 나는 심한 두통으로 며칠을 고생했다. 두통이 날 때마다 그 영상이 떠올랐다. 뻘건 종양 같은 '그것'과 그것을 파묻는 하얀 손. 악몽은 계속됐다. 악몽은 밝은 한낮에도 나타났다. 참을 수 없었다. 나는 전부 장미 꽃가루 탓으로 돌리고 악몽을 일상 속에 매장하려고 노력했다.

몇 년 후, 블러디 타워 연쇄 살인 사건이 발생했다. 빨갛고 미끈미끈한 덩어리와 하얀 손이 머릿속에 떠올랐다. 나는 마키코의 자궁이 20층 베란다에 묻혀 있다고 직감했다.

20층은 바로 다미야 요코가 살던 집이자 그녀가 죽은 곳이다.

나는 그 집에 들어가보고 싶어서 사건이 발생한 지 얼마 지나지 않아 행동을 개시했다. 세간은 피의자 야마구치 게이타로 이야기로 떠들썩했기 때문에 살해 현장은 관심의 대상에서 벗어난 뒤였다. 하지만 나 혼자 살해 현장에 집착했다. 내게 악몽을 선사했던 그곳에.

경찰이 손을 떼고 나자 주택금융공사가 요코 집의 소유권을 동결했다. 그 후에 단체 신용 생명보험에서 보험금이 지불되어 남아 있던 융자금은 전액 상환됐고, 집의 소유권은 법정상속인이 새로이 획득했다. 배우자도 자식도 없었던 요코의 법정상속인은 직계존속인 부모다. 나는 그 법정상속인을 만나러 오다와라로 향했다. 그들의 허락을 얻어 요코의 집을 취재하기 위해.

2005년 한 해가 다 저물어가는 12월 말이었다. 작년의 일이다.

겨울 사자

오다와라 역 동쪽 출입구로 나와서 주오 도리를 걸어 십오 분, 상점가 입구에 요코의 양부모가 경영하는 기념품 가게가 있다. 하지만 대부분이 카페 공간이고 기념품을 취급하는 공간은 거의 없다. 계산대 옆에 구색을 맞추듯이 키홀더와 어묵 따위가 놓여 있는 정도다.

"옛날에는 기념품만으로도 충분히 생활이 가능했는데. 세상 살기 참 힘들어졌어요. 아, 감사합니다. 이런 거 안 들고 오셔도 되는데."

요코의 양어머니는 영전에 놓으라고 사 온 과일바구니를 받아들고 나를 제일 안쪽 테이블로 안내했다. 우리는 마주앉았다. 나무 의자가 이따금 삐걱거렸다. 요코 양어머니는 내가 내려놓은 명함을 가져가지 않고 테이블 위에 내버려두었다.

"관광객을 상대로 한 장사는 이제 틀렸어요."

요코 양어머니는 싹싹하게 나를 상대해주었지만 우리를 갈라놓은 테이블이 몹시 크게 느껴졌다.

"오다와라도 완전히 변했네요."

나도 사근사근한 태도로 무탈한 이야기를 꺼냈다. 우리의 대화는 이런 식으로 이럭저럭 삼십 분쯤 계속됐다.

"오다와라에 와보신 적 있어요?"

"몇 년이나 전에, 아직 회사 다닐 때요. 십 년쯤 됐나. 오다와라 성을 구경하고 하코네에 묵었죠."

"그때도 불경기다 불경기다 말이 많았지만 이제 와서 돌이켜보니 그때가 좋았어요. 경기가 좋아졌다고는 하는데 정말일까요? 그런데 오늘 숙소는?"

"아, 역 앞 비즈니스호텔에 잡았어요."

"다행이네요. 우리집 양반 언제 돌아올지 모르거든요. 한번 나가면 집에 들어오지를 않아요. 순 독불장군이라 저한테는 아무 이야기도 안 해준다니까요. 기념품 가게를 시작하는 것도 혼자 결정했어요. 요코를 데려올 때도요. 그러니까 저는 아무것도 몰라요. 요코 집에 관한 일도 전부 남편한테 맡겨뒀어요."
요코 양어머니는 그만 물러가달라는 듯이 내 앞에 놓인 찻잔을 정리하기 시작했다.

"아, 그럼 여기에 방을 잡아놨으니까 부군이 돌아오시면 연락 주세요." 메모지에 호텔 이름을 갈겨써서 건네고, 쫓겨나듯이 가게를 나섰다.

사전에 연락을 하고 왔는데도 대화의 주도권을 쥔 양아버지는 자리에 없었다. 역시 나는 불청객이었던 모양이다. 영전에 인사를 올리지도 못하고 물러가라는 점잖은 명령을 받았다.

요코 양아버지는 만날 수 없을지도 모른다. 나는 반쯤 포기하고 오다와라 성터 공원을 향해 어슬렁어슬렁 걸었다. 요코도 이 길을 거닐었을까. 문득 그런 생각이 들었다. 해는 많이 저물었다. 즐겨 착용하는 지쇼크 손목시계를 보자 오후 4시 13분이었다.

오다와라 성터 공원에는 작은 동물원이 있다. 기운 없이 삐쩍 마른 아저씨 같은 사자는 아직도 있을까. 이 겨울 하늘 아래, 더 축 늘어진 것은 아닐까. 그렇지만 분명 두 눈만은 번쩍번쩍 빛나서 나는 겁을 먹을 것이다. 그러면 또 울고 싶어질까, 의미도 없이.

춥다. 따스한 겨울이 되리라는 예상이 오늘은 어긋났다.

나는 나목이 된 벚나무 가로수를 올려다보았다. 다음에는 꼭 벚꽃이 피는 계절에 오자.

공원 산책을 끝내고 역 앞 비즈니스호텔로 가자 뜻밖의 사람이 나를 기다리고 있었다. 프런트에서 체크인을 하고 있는데 기다란 막대기처럼 여위고 키가 큰 초로의 남자가 말을 걸었다. 언제 돌아올지 모른다던 요코 양아버지였다. 원래는 요코의 외삼촌에 해당하는 사람이다.

눈매가 닮았다. 사진으로 보았을 뿐이지만 나는 요코의 눈을 잘 기억하고 있었다. 시원스레 쭉 뻗은 눈매였다. 요코 어머니도 요코와 눈이 똑같이 생겼을까.

"아내가 실례를 범해 죄송합니다." 요코 양아버지는 허리를 깊숙이 숙였다. "조합에 일이 있어서 잠깐 나갔다 왔을 뿐입니다. 그렇게 전해달라고 부탁했는데."

요코 양아버지는 그렇게 말하고 로비 쪽을 눈짓했다. "저기서 이야기 나누실까요?"

길에 면한 로비에서는 저녁의 떠들썩한 거리가 잘 보였다. 거리가 크리스마스 조명 장식으로 가득하다는 사실을 새삼 깨달았다.

"요코 집 때문에 오신 거죠?"

요코 양아버지는 유리 테이블에 두 팔꿈치를 대고 천천히 깍지를 꼈다. 신부님에게 참회하는 나약한 신자처럼 요코 양아버지의 뺨 근육이 살짝 떨렸다.

"예, 집에 꼭 들어가보고 싶습니다." 나는 그렇게 대답했다.

"그러면 당신은 뭘 얻고, 우리는 뭘 잃을까요?"

지금까지의 상냥한 인상과는 대조적으로, 마치 아래에서 불빛을 비춘 것처럼 어두운 그늘이 요코 양아버지의 표정을 뒤덮었다.

"솔직히 말씀드리죠. 요코를 건드리지 말아주셨으면 합니다. 요코에 관한 기억이 이 세상에서 완전히 사라지는 것이 그 아이를 공양하는 길입니다. 그저 편안하게 잠들면 좋겠어요. 아내도 같은 생각입니다. 하기야 아내는 다른 의미에서 요코에 관한 기억을 지우고 싶은 모양입니다만."

"말씀중에 죄송합니다만, 고인을 기억하는 것이 공양 아닐까요? 기억을 지우다니, 그건 요코 씨가 살아온 삼십팔 년을 부정하는 것 아닙니까?"

나는 무심코 언성을 높였다. 하지만 요코 양아버지는 따라서 격앙하지 않고 변함없이 참회하듯이 조용히 말했다.

"오히려 그게 요코의 바람입니다."

"무슨 뜻인지 잘 모르겠는데요."

"요코는 편해지고 싶었을 겁니다." 요코 양아버지는 깍지 낀 손에 이마를 얹었다. 그는 자신의 가슴에 대고 내뱉듯이 말을 이었다. "아니면 전부 털어놓고 세간의 심판을 받는 게 그 아이의 바람이었을까."

주문이라고도 기도라고도 할 수 없는 요코 양아버지의 혼잣말에 나는 불안해졌다. 나는 조심스레 그에게 말을 걸었다.

"아버님, 요코 씨는 피해자입니다. 왜 심판을 받아야 하나요. 심판은 요코 씨를 살해한 범인이 받아야죠."

"예, 그렇죠, 그렇고말고요. 요코는 나쁜 짓이라고는 한 적이 없으니까요."

요코 양아버지는 그제야 고개를 들고 내 쪽으로 시선을 돌렸다.

"설령 그 아이가 뭔가 나쁜 짓을 했다고 해도 그건 그 아이가 자란 환경이 나빴던 탓입니다. 그 아이는 언제나 불쌍한 아이였어요."

요코 양아버지의 시선은 나를 향하고 있었지만, 그 눈동자에는 내가 비치지 않는 것 같았다. 그는 요코를 변호하는 정상증인■처럼 이야기하기 시작했다.

"요코 엄마는 저랑 아홉 살 터울이 나는 여동생인데 자유분방하다고 할까, 제멋대로라고 할까, 세상 물정에 어둡다고 할까, 아무튼 어떻게 손을 쓸 방도가 없는 말괄량이였습니다. 그래도 고등학교를 졸업하고 중학교 교사였던 제 친구 녀석이랑 결혼했죠. 열여덟 살 때였어요. 아이가 생겼거든요. 당시 저희는 가와사키에 살고 있었고, 저는 공무원이었습니다.

여동생 부부의 결혼 생활은 처음부터 엉망진창이었어요. 입덧이 심했던 동생은 남편이 젓가락질하는 모습만 보고도 웩웩 구역질을 하다가 이윽고 뱃속의 아이를 지우겠다고 했습니다. 저희가 말리는 것도 듣지 않고 병원에 갔지만 중절하기에는 아

■ 형사재판에서 판사가 양형할 때 참작해야 할 사정을 진술하기 위해 공판정에 출정하는 증인.

이가 너무 많이 자랐어요. 동생은 마지못해 낳기로 했고, 그렇게 태어난 것이 요코입니다. 요코는 몹시 까다로운 아이였는데 밤에 잘 때도 심하게 보채서 동생은 요코를 귀여워하지 않았습니다. 기저귀도 하루에 두 번밖에 갈아주지 않아서 요코의 엉덩이는 늘 자기 변으로 범벅이 되어 아이 피부라고는 생각지 못할 만큼 짓무른 상태였습니다. 저는 몇 번 여동생에게 주의를 주었습니다. 하지만 오기가 센 동생은 제가 주의를 주면 줄수록 자기 고집을 세우며 요코를 험하게 다뤘습니다.

시간이 흘러 요코는 돌을 맞이할 무렵 매제에게 전근 이야기가 나왔습니다. 가느냐 마느냐를 두고 동생 부부는 몇 번 다퉜습니다. 당시 동생에게는 따로 사귀던 남자가 있었는데 그 남자와 헤어지기 싫어서 떼를 쓴 겁니다. 매제는 중학교 교사라는 입장과 체면 때문에 그런 아내를 어르고 달래는 수밖에 없어서, 그렇다면 남자도 같이 데려가면 되지 않느냐고 제안했고 결국 전근지에는 그 샛서방도 따라갔죠. 그 무렵 저는 일이 너무 바빴고 가족을 건사하는 것만 해도 벅차서 동생 부부와 요코를 돌봐줄 여유가 없었습니다.

그로부터 반년이 지나 공사가 모두 안정되자 드디어 동생 부부를 찾아가볼 마음이 생겼습니다.

요코에게 줄 선물로 리카 인형과 남자친구인…… 음, 이름이 뭐였더라, 와타루? 그렇지, 와타루 인형을 사서 갔습니다. 그런데 집에 동생과 요코는 없고 매제는 다른 여자와 살고 있었어요. 저는 따져 물었습니다. 그러자 동생은 요코를 데리고 샛서방과 함께 석 달 전에 집을 나갔다고 하더군요. 그 여자를 생각하면 치가 떨린다. 나는 더 참한 여자와 다시 시작할 것이다. 매제는 그렇게 말했습니다. 저는 요코 걱정이 앞섰습니다. 나이 어린 어머니는 무책임하기 짝이 없는데 샛서방까지 있으니, 그런 상황에서 요코가 무사히 자랐을 것 같지가 않았습니다. 저는 동생과 요코의 행방을 수소문했습니다.

그로부터 일 년이 지나도록 동생의 행방은 오리무중이었습니다. 그사이에 저는 공무원을 그만두고 처삼촌이 운영하던 기념품 가게를 싸게 양도받았습니다. 건물을 개장하여 한편에 오랜 세월 꿈이었던 카페를 만들고 오다와라에서 새 인생을 걸어 나가고 있었죠.

그래도 요코가 마음에 걸렸습니다. 방송국의 사람 찾기 프로그램에라도 의뢰할까 하던 차에 동생에게 연락이 왔습니다.

도쓰카에 살고 있다. 출산이 임박했는데 출산 비용이 없으니 돈을 빌려달라고 울며 애원했습니다.

저는 바로 도쓰카로 향했습니다. 도쓰카라면 오다와라에서 도카이도선을 타고 한 시간쯤 걸리는 거리입니다. 이렇게 가까이에 살고 있었다니 또 동생의 놀림감이 된 것 같아서 분노로 온몸이 떨렸습니다. 도와주긴 누가 도와줘. 절대로 안 도와준다. 그런 기분이었죠.

동생이 사는 연립주택은 도쓰카 역에서 걸어서 삼십 분 거리에 있었습니다. 생각했던 것보다 멀끔해 보이는 2DK 연립주택이었지만, 집안은 예상대로 쓰레기 천지라서 눈살이 찌푸려지더군요. 동생은 거기에 요코와 둘이서 살고 있었습니다. 함께 있어야 할 남자는 없더군요. 물어보니 도쓰카에 오자마자 여자를 만들어 나갔다고 했습니다. 그 후로 동생은 도쓰카 역 앞의 싸구려 카바레에서 호스티스 일을 시작했답니다. 그리고 손님으로 온 대학생과 사귀다가 아이가 생겼다고 했습니다. 언젠가는 결혼하겠지만 남자가 대학을 졸업할 때까지는 돈이 없다, 그러니 도와달라고 하더군요. 전혀 달라지지 않은 동생을 보자 화도 안 나더군요. 기가 찰 뿐이었습니다.

저는 일단 가지고 온 돈 이십만 엔을 동생에게 주고, 도카이도선을 타고 돌아오는 길에 곰곰이 생각했습니다. 요코를 데려오자. 우리 부부에게는 자식이 없었고, 병원에서 앞으로도 임신은 불가능할 거라는 판정을 받았으니 아내도 찬성해주겠지. 오다와라에서 요코와 함께 새로운 가정을 꾸리자. 저는 그렇게 생각했습니다.

일은 생각만큼 원만하게 진행되지 않았습니다. 무엇보다 아내가 난색을 표명했고, 변함없이 완고한 동생도 제게 반항할 마음에서 요코를 보내지 않겠다고 거절했습니다. 곁에 끼고 있기는 했지만 동생은 어머니다운 모습을 전혀 보여주지 않았기 때문에 요코는 늘 더러웠고 머리에는 이까지 끓었습니다. 고작 세 살배기가 밖에도 나가지 못하고 갓 태어난 여동생까지 돌봐야 했죠. 그사이에 동생은 카바레 손님과 놀아났습니다.

심각했습니다. 아동상담소에 상담도 해봤지만 사정은 지금과 달라서 그렇게 적극적으로 나서주지는 않았습니다.

하지만 언제든지 결단의 때는 오는 법입니다. 제가 요코를 거두어야 할 시기가 왔습니다. 저는 아내를 설득해서 요코를 오다와라로 데려왔습니다. 요코가 세 살 때였죠. 요코는 형편없이 수척해진 상태였습니다. 몸도 상처투성이였고요. 학대 같은 것도 당했겠죠. 당시 생활이 몹시 고통스러웠는지 요코는 자란 후에도 도쿄에 갈 때는 도카이도선을 타지 않았습니다. 도쓰카의 풍경을 보기가 괴로웠겠죠. 도카이도선은 도쓰카를 지나가니까요. 어렸지만 그때 일을 똑똑히 기억하고 있었을 겁니다. 정말로 가엾은 아이예요."

벼락이 떨어지는 것 같은 기이한 소리가 로비 유리를 흔들었다. 겨울방학을 앞두고 기뻐서 어찌할 바를 모르는 학생들이 손뼉을 치고 발을 구르며 시끄럽게 돌아다녔다. 우리는 잠시 풋내가 물씬 풍기는 폭도들을 잠자코 바라보았다. 저렴한 인조 모피로 몸을 감싼 소년이 이쪽을 보았다. 그 눈을 보자 예전에 동물원에서 본 사자가 떠올랐다. 유일하게 남아 있는 야성의 빛. 하지만 소년을 막고 있는 유리는 아주 튼튼하므로 아무리 큰 의지가 담겨 있어도 유리를 깨뜨릴 수는 없으리라. 언젠가는 지쳐서 꼬리를 늘어뜨리고 우리 속에서 똑같은 장소를 빙글빙글 돌아다닐 수밖에 없을 것이다.

"요코 집 말인데요." 소년들의 목소리가 멀어질 즈음에 요코 양아버지가 입을 열었다.

"부디 이번에는 그냥 물러나주십시오. 관리는 제가 하고 있습니다만 저 혼자 멋대로 결정을 내릴 수는 없습니다. 그 집은 아직 정식으로 소유권이 이전되지 않은 상태라 법정상속인 전원의 인감이 있어야 처분 방법을 정할 수 있거든요."

"요코 씨에게는 배우자도 자녀도 없으니 양부모인 두 분이 상속받으시는 게 아닌가요?"

"친부모에게도 권리가 있습니다. 친부와는 연락이 닿아서 상속 포기 절차를 밟기로 했는데 친모, 그러니까 제 여동생의 행방을 모릅니다. 동생의 인감이 없으면 저희는 맨션에 손을 댈 수가 없습니다."

"친모는 건재하다는 말씀이로군요?"

"예, 아마도."

마스크를 쓴 소녀

그때 나는 다미야 요코에 관해서는 더이상 취재를 시도하지 않았다. 내 호기심은 야마구치 게이타로와 요시자키 마키코 쪽으로 기울었다. 그런데도 겨울 사자가 가슴속에서 느닷없이 되살아난다. 그럴 때마다 요코의 망령이 여기저기에서 나를 감시하고 있는 듯한 기분이 들어서 싱숭생숭했다. 이 중압감에서 달아나려면 요코에 관해 좀더 알아보는 수밖에 없다고 나는 체념했다. 원점으로 돌아가라. 야마구치 게이타로의 유서도 내게 그렇게 속삭였다.

그리고 올가을 나는 도카이도선을 탔다.

오다와라에서 내려 요코가 다니던 중학교로 향했다.

내가 취재를 요청하자 사람 좋아 보이는 교감은 "자, 자, 들어오시죠" 하고 흔쾌히 나를 맞이했다.

"다미야 요코 씨, 물론 알고말고요. 그 사건의 피해자죠. 저희도 범인을 알아내려고 머리를 굴려봤습니다. 그런데 택배 기사가 범인이라니. 사진으로 보니 소심하게 생겼던데요. 하지만 그런 사람일수록 엄청난 짓을 벌이는 법이죠. 자, 자, 이쪽 응접실로 가시죠."

교감은 학교의 어른이라는 입장에 어울리지 않게 들뜬 모습으로 나를 응접실 소파로 안내했다.

"피해자가 저희 학교 졸업생이라는 걸 알고 깜짝 놀랐습니다. 이야, 언제 매스컴에서 사람이 올까 교무실에서도 수군수군했어요."

"제가 처음인가요?"

"예, 당신이 처음입니다."

과연, 역시 세간은 요시자키 마키코에게 주목하고 있다. 세상 사람들이 보기에 요코는 어쩌다 보니 살해당한 불쌍한 피해자에 지나지 않는 것이다.

"그런데 다미야 요코 씨의 학창 시절 모습을 잘 아시는 분은 안 계십니까?"

"이야, 아무래도 그런 사람은. 벌써 이십 년도 넘게 지났으니까요. 아시다시피 저희 학교는 공립이라 이십 년이나 같은 학교에 근무하는 사람은 거의 없습니다."

"학생은 어떤가요, 요코 씨의 동급생이라든가."

"예, 그거라면야. 학교 앞 두붓집 장남이 다미야 요코 씨와 같은 반이었습니다. 사건이 발생한 후에 그런 말을 하더군요. 그 밖에도 있을 텐데. 아, 두붓집 장남한테 부탁해서 같은 반이었던 학생을 몇 명 모아볼까요?"

교감은 행동력을 발휘해 그날 바로 두붓집 장남을 비롯한 요코의 동급생 세 명을 응접실로 불러들였다.

초등학교, 중학교 시절의 요코를 아는 이 세 사람에게 다미야 요코란 어떤 존재였을까.

"다미야는 초등학생 때랑 중학생 때 이미지가 완전히 다르잖아. 초등학생 때는 어깨까지 내려오는 생머리를 고수했고, 얌전하고 의젓해서 무슨 고명한 집 따님 같은 느낌이었어." 초등학교 6학년 때 같은 반이었던 B가 말했다. "그래서 초등학생 때는 남자애들의 마돈나 같은 존재였지. 친위대 같은 게 있었을 정도야."

"나는 다미야가 좀 거북했어. 걔, 남자애들을 이용해서 여자애들을 괴롭혔잖아." 초등학교 5학년부터 중학교 2학년 때까지 같은 반이었던 C는 표정을 찡그렸다. "걔, 여자애들 생리 날짜를 알아뒀다가 남자애들한테 알려줬어. 게다가 남자애들을 시켜서 생리용품을 가방에서 훔쳐내서 칠판에 붙여놓기도 했고. 초등학교 6학년 때 나도 당했다고. 충격을 받아서 한때는 은둔형 외톨이나 다름없이 생활했지. 지금도 트라우마로 남았다니까. 이렇게 이야기할 수 있게 됐으니 다행이지만. 정말이지 남자애들도 너무해. 아무리 좋아하는 애가 명령했기로서니 그런 짓까지 하냐."

그때까지 여자 두 명의 이야기를 잠자코 듣고 있던 두붓집 장남이 변명하듯이 끼어들었다.

"아니, 생리의 의미를 잘 몰랐어. 배가 아픈 날이라는 정도의 지식밖에 없었거든."

혹시 요코는 초경이 늦었던 걸까. 그래서 그런 장난을?

"아마도." C는 조금 망설이다가 입을 열었다. "나, 중학교 2학년 때 같은 반이었는데 반에서 초경이 오지 않은 애는 걔 혼자였을 거야. 그게 원인인지 언젠가부터 머리를 싹둑 자르고 말씨도 거칠어졌지. 어쩐지 남자애처럼 행동했어."

"아니야." 하지만 두붓집 장남이 부정했다. "머리는 초등학교 6학년 여름쯤에 잘랐으니까 빨간 마스크랑 관계있는 거 아닐까 싶은데."

"빨간 마스크? 아아, 그러고 보니 한동안 마스크를 쓰고 다닌 적이 있었지." B가 추억을 되살려서 말했다.

빨간 마스크. 1979년경에 유행한 괴담이다. 성형수술에 실패한 여자가 병원에서 탈주해 긴 머리카락에 마스크를 쓴 차림으로 전국을 돌아다니며 길 가는 사람을 붙잡고 "나 예뻐?"라고

묻는다. 마스크를 벗으면 드러나는 귀까지 찢어진 입. 예, 라고 대답하든, 아니요, 라고 대답하든 낫으로 베어 죽인다.

"다미야는 자신이 빨간 마스크가 아닐까 믿는 구석이 있었어. 그래서 그걸 감추려고 머리카락을 자른 게 아닐까 해. 다미야는 뭐랄까, 아주 새하얀 사람이었어. 새하얀 티슈처럼 뭐든지 흡수해서 자신이 티슈라는 사실을 잊어버릴 만큼 흡수한 것에 감화됐지."

감정이입을 잘했다는 말일까. 어떤 대상에 과도하게 감정이입해서 자기 자신을 그 대상과 동일하게 여긴다……. 그런 경향이 강한 사람이었을까.

"그러고 보니 수업을 받다가 울음을 터뜨린 적이 있었어." 두붓집 장남이 말을 이었다. "……교과서에 제2차세계대전중에 있었던 일이 실려 있었거든. 오키나와가 무대였던가. 아무튼 결국 모두 죽는 이야기였어. 수업 시간에 살려줘, 살려줘, 하고 울면서 소리치다가 실신했지."

하지만 그렇다고 해서 자신이 빨간 마스크라고 믿을까. 빨간 마스크가 실제로 있을지도 모른다고 겁을 먹는 것은 이해가 가지만.

"예를 들어 반에서 뭔가 없어졌다고 쳐요. 그럼 아이들이 범인을 찾기 시작하죠. 누가 범인이냐고 떠드는 사이에 어쩌면 자기가 범인 아닐까 하는 생각이 문득 들 때 없어요? 훔친 기억은 없지만 무심코, 혹은 또 다른 자신이 훔쳐서 자기 가방에 감춘 것 아닐까 하는 생각.”

두붓집 장남의 비유에 두 여자가 고개를 끄덕였다.

“나도 암시에 잘 걸리는 편이라 범인이 누구냐고 소란을 떨다 보면 내가 범인 아닐까 하는 생각에 사로잡혀. 다미야는 특히나 더 그런 체질이었을 거야. 빨간 마스크 소문으로 반 전체가 술렁거렸을 때 다미야는 마침 감기에 걸려서 마스크를 쓰고 왔어. 분명 자신의 모습을 보자 빨간 마스크가 연상됐겠지. 아니면 누가 ‘빨간 마스크 같아’라고 했을지도 모르고. 아무튼 다미야는 입술이 부어서 몹시 걱정했어. 그렇게 심하지 않았는데. 자극적인 음식을 먹어서 입술이 살짝 부은 수준이었지. 하지만 본인은 정말로 입이 찢어졌다고 느꼈을 거야.”

자기암시가 심한 사람이 있다. 나도 그중 한 명일 것이다. 어쨌거나 나는 미쓰하라 초고층 맨션에서 본 환각을 사건과 연결시켜 여기까지 왔으니까.

거칠게 표현하자면 인간은 저마다 품고 있는 암시로 세상을 형성하고 있는지도 모른다. 운이 좋으면 암시는 바깥세상에도 영향을 끼치는 위대한 발명이나 공적을 남길 테고, 운이 나쁘면 광기라는 우리에 갇혀 옴짝달싹할 수도 없어질 것이다. 하지만 대다수는 자신의 은밀한 즐거움으로서 자기 내면에 간직하는 법이다. 그리고 기분 좋은 휴일 오후에 아무도 없는 방에서 몰래 끄집어내어 흡족할 때까지 향유한다. 대개의 자기암시는 그렇게, 프라모델이나 인형 컬렉션처럼 숨겨진 취미의 하나로서 기나긴 인생의 윤활유로 작용한다.

다미야 요코는 어땠을까. 나는 그녀에게 이런 인상을 품고 있다. 투명 인간. 인생의 장면, 장면에서 주변의 기대와 암시에 순응하듯이 색채를 띠는, 윤곽조차 애매한 투명 인간.

동급생들의 이야기는 그 인상을 뒷받침하듯이 계속됐다.

“그러고 보니 중학교에 올라간 무렵부터 어쩐지 다미야의 인상이 바뀌었어.” B의 말에 두붓집 장남이 한 가지 추측을 내놓았다.

“마스크 때문 아닐까? 나도 꽃가루 알레르기가 심해서 두 달쯤 마스크를 쓰고 다닌 적이 있거든. 그랬더니 어쩐지 남을 가까이하기가 귀찮아지더라고. 마스크를 하고 있으면 쓸데없이 떠들 필요가 없지. 주변 사람들도 그냥 내버려두고. 그거 편하더라. 자기한테 딱 맞는 크기의 캡슐에 틀어박혀 있는 느낌이라서. 자신이 내뱉은 숨을 그대로 들이마시면 어쩐지 중독돼, 그 미지근한 느낌에. 그래서 마스크를 벗으면 불안해져. 세상의 온갖 냄새가 단숨에 몰려들어서. 그래서 위축되지. 지금까지 자기 방에 있었는데, 어느덧 길거리에 서 있어. 여기는 어디지? 나는 누구지? 다미야도 그런 느낌이었던 것 아닐까? 중학교를 졸업할 때까지 마스크를 계속 쓰고 다녔잖아."

초등학생 때는 남자애들을 이용해 심술궂은 장난을 치던 여왕님이 중학교에 올라가자 마스크를 쓰고 현실도피? 혹시 반 아이들이 무시한 탓도 있지 않았을까.

"그야 어쩔 수 없죠. 초등학교 때 나쁜 짓 한 걸 생각하면." C가 목소리를 높였다.

"다미야 아버지는 딸이 왕따를 당하는 게 아닌가 싶어서 자주 학교에 오셨어요. 그리고 반 아이들한테 사이좋게 지내달라고 부탁하셨죠. 하지만 어디 그게 되나요."

"고등학교에 올라가자 갑자기 밝아졌던데? 마스크도 벗었고." B가 흥분한 C를 살살 달래듯이 끼어들어 화제를 바꾸었다. "역에서 몇 번 봤어. 교복 귀엽던데. 정말 잘 어울리더라. 스루가 여학원 고등학교 교복 나도 입고 싶었는데."

스루가 여학원 고등학교는 시즈오카에 있다. 왜 굳이 시즈오카의 고등학교에? 통학하는 것만 해도 이만저만 힘들지 않았을 텐데.

"재출발하고 싶었던 거 아니겠어요? 시즈오카에 가면 자기를 아는 사람이 없으니 처음부터 다시 시작할 수 있다는 생각이었겠죠."

요코는 자기암시가 심한 것이 아닐지도 모른다. 주변의 암시가 요코를 만들어낸 것 아닐까. 동급생들의 이야기를 듣다 보니 문득 그런 생각이 들었다.

양아버지가 말하는 박복한 소녀, 동급생들이 말하는 심술궂은 미소녀, 또는 존재감이 희박한 오컬트 소녀, 그리고 고등학교 시절에는 고독을 사랑하는 자유인. 각각의 색으로 칠해져서 생활하다가 자유인이 되자 '느낌이 좋은 사람'이라는 뚜렷하고 진한 색이 머리에서 발끝까지 일직선으로 칠해졌다.

다미야 요코에게는 그 밖에도 이런 일화가 있다.

고등학교 시절의 일화다. 요코는 연극부를 위해 딱 한 번 연극 대본을 썼다.

제목은 '성혈의 백작부인 에르제베트'다.

시간이 걸렸지만 나는 그 대본을 입수하는 데 성공했다.

악마의 신부

여자 흡혈귀 전설로 알려진 헝가리의 백작부인, 바토리 에르제베트. 육백 명에 달하는 처녀를 살해하고 그 피로 목욕을 하여 영원한 젊음과 미모를 손에 넣으려 한 광기의 귀부인. 요코는 전해져 내려오는 이 이야기를 바탕으로 대본을 완성했다.

대본은 요코가 손으로 직접 썼다. 오른쪽으로 약간 삐쳐 올라가기는 했지만 정자로 또박또박 쓴 글자는 요코의 신경질적인 일면을 나타내는 걸까.

총 2막 10장, 상연 시간 약 육십 분. 무대는 법정. 등장인물은 판사, 검사, 에르제베트의 공범들(집사, 하녀, 여자 마술사, 독일인 시계 기술자), 그리고 희생자 중 유일하게 성에서 달아난 소녀 리넷. 피고인인 에르제베트 백작부인은 등장하지 않고, 검사가 에르제베트의 잔혹하고도 성스러운 의식을 차례차례 재현하듯이 그녀의 일기를 낭독함으로써 이야기가 진행된다. 그리고 판결. 공범들은 그 자리에서 처형된다 태생이 고귀하다는 이유로 에르제베트는 처형을 면하지만 벌을 면하지는 못해 탑에 유폐된다. 그리고 결말. 소녀 리넷의 다음과 같은 대사로 막을 내린다.

"삼 년 후인 1614년, 백작부인은 쉰네 살의 나이로 세상을 떠났습니다. 저는 죽음을 눈앞에 둔 부인의 모습을 볼 기회를 얻었습니다. 부인은 고목처럼 바싹 말라붙어서 예전의 아름다운 모습은 어디에도 남아 있지 않았습니다. 지금까지 본 어떤 동물의 사체보다도 추했습니다.

그 후에 국왕 폐하의 명령으로 부인의 이름을 입에 담는 것은 엄하게 금지됐습니다. 하지만 부인이 저지른 수많은 악행은 '악마의 신부 이야기'로서 오래오래 전해졌습니다."

고등학교 연극부의 공연으로서는 무난한 결말일 것이다. 범죄자는 탑에 갇혀 무참한 모습으로 죽었다. 인과응보. 하지만 결말은 하나 더 준비되어 있었다. 대본 마지막 부분에 매직펜으로 큼지막하게 가위표를 친 페이지가 있다.

유폐된 에르제베트가 독백하는 장면이다.

"나는 무죄입니다. 왜냐하면 나는 죄를 저지르지 않았으니까요. 그 아가씨들을 죽인 게 어째서 죄인가요.

나는 아무 죄도 저지르지 않았습니다. 나는 백작부인이에요. 이런 대접을 받을 줄이야. 도저히 납득이 안 되네요.

알아요. 이건 국왕의 음모예요. 나는 그에게 돈을 빌려줬어요. 빚을 갚기 싫어서 나를 범죄자로 만든 거예요. 나는 무고합니다. 나야말로 세상 사람들의 동정을 받아야 할 불쌍한 여자라고요.

알았어요. 기꺼이 당신들의 희생양이 되어 탑에 갇히겠습니다. 원한다면 이 목숨을 내어드리죠. 피에 굶주린 은빛 칼로 내

심장을 푹 찌를게요. 내 시체를 본 사람은 신에게 용서를 구하고자 기도하는 모습이라고 생각하겠죠. 하지만 아니에요. 나는 나 이외의 모든 것을 저주하면서 죽을 겁니다. 그리고 무엇과도 비할 길 없이 고귀한 나의 영혼은 영원히 살아남을 겁니다.

가엾은 여러분에게 더욱 아름다운 악몽을 선사할게요.

여러분은 악몽 속에서 내 뽀얀 피부를 질투하면서 비참하게 땅바닥을 길 겁니다."

이 결말을 두고 요코와 연극부는 몇 번 부딪쳤던 모양이다. 결과적으로는 요코가 자기 의견을 철회했지만 앙금은 남았다. 그리고 상연.

당시의 일을 잘 아는 반 친구 중 한 명은 그 이야기를 꺼내는 것을 꺼리는 눈치였다. 그래도 내가 끈질기게 묻자 포기하고 쥐어짜내듯이 이야기해주었다.

"리넷 역할을 한 애가 중간에 대사를 까먹었어요. 어리둥절한 관객들은 무대 위에서 무슨 일이 일어났는지 처음에는 몰랐어요. 하지만 무대에서 이상한 냄새가 풍겨와서 이번에는 관객들이 웅성거리기 시작했어요. 오물 냄새였죠. 그때 조명이 꺼지고 에르제베트의 독백이 흘러나왔어요. 요코 목소리였죠. 담담하게 대사를 읊는 요코의 목소리를 듣고 우리는 벌벌 떨었어요. 오물 냄새도 이때만은 에르제베트의 이상한 정신 상태를 표현하는 데 효과 만점으로 작용해서 우리는 구역질을 참는 한편으로 오싹하고 잔혹한 중세 시대에 있는 듯한 기분에 빠져들었어요.

그때는 그저 공들인 연출이라고만 생각했죠. 하지만 소문은 순식간에 저희 귀에도 들어왔어요. 소녀 리넷 역할을 한 애가 실금했다는 거예요. 급성 설사라서 자신의 의지와는 상관없이 마치 배수구에서 오물이 쏟아지듯이 무대에 쌌대요. 선생님이 입단속을 한 모양이지만 중세나 지금이나 잔혹하기는 매한가지죠. 우리는 그날이 채 지나가기도 전에 그 사실을 알았어요.

그리고 동시에 이런 소문도 났죠. 요코가 리넷에게 설사약을 먹였다고요. 자기가 쓴 결말이 삭제되어 분한 마음에 요코가 리넷 역할을 한 애에게 설사약을 먹여서 실금하도록 꾸몄다고요. 하지만 우리는 요코에게 진위를 확인하지 않고 다가온 수험에 대비했어요."

나는 당시 사정을 아는 연극부 출신 졸업생을 몇 명 찾아가서 그 사건에 대해 어떻게 생각하느냐고 물어보았다. 그런데 전술한 내용과는 약간 다른 대답이 돌아왔다.

"불행한 사건이기는 하지만 리넷 역할을 한 애의 몸 상태가 안 좋아서 그랬던 거예요. 소문이 난 것처럼 음험한 계획 때문에 그런 게 아니라."

리넷 역할을 한 학생은 연극 상연을 앞두고 무리한 다이어트를 계속하는 바람에 몸 상태가 무척 좋지 않았다고 한다. 설사약도 복용한 것 같다는 이야기였다.

나는 증언의 차이에 다소 흥미가 생겼다.

그 결과 나는 F에게 당도했다. F가 바로 리넷 역이었다. F는 그 지역 사립 고등학교의 교사로 일하고 있어서 방과후를 기다렸다가 F를 찾아갔다. 하지만 나는 질문하기를 망설였다.

"혹시 에르제베트 사건에 관해 물어보러 오신 거예요?" 오히려 F가 태연한 표정으로 먼저 이야기를 꺼냈다.

"에르제베트. 그거 요코랑 제가 공동으로 쓴 거예요. 한때 글을 끄적거렸거든요. 신문사가 주최하는 문예 콩쿠르에도 입상한 적 있고요. 그때 쓴 게 에르제베트를 주제로 한 소설이었는데요, 요코가 흥미를 보이며 무대 각본으로 쓰고 싶으니까 협력해달라고 하더라고요. 하는 김에 리넷 역할도 해보는 게 어떻겠느냐고 권했어요. 당시 문예 콩쿠르에 입상해서 제가 좀 유명했어요. 그 콩쿠르에서는 최연소 입상자였기에 취재 같은 것도 나왔고요. 그래서 제가 출연하면 연극도 성황을 이룰 거라고 하더군요. 그때까지 이야기를 나누어본 적도 별로 없는데 요코가 정말 열심히 부탁하더라고요. 저도 남의 주목을 받는 것을 즐기는 성격이라 하기로 했죠. ……실금 사건요? 그거 진짜예요."

증언이 미묘하게 다른 데 어느 쪽이 옳을까.

"……양쪽 다 옳다고 해도 상관없잖아요. 옛날 일인데요, 뭐."

F는 후후후 웃더니 이렇게 덧붙였다.

"실은 저, 요코 아버지한테 매수당했어요. 요코 아버지가 저희 집까지 찾아와서 요코가 설사약을 먹인 걸 덮어놔달라고……. 무릎을 꿇고 빌면서 이십만 엔을 주시더라고요. 당시 집에 돈이 없어서 부모님이 그걸 받았죠. 아, 진짜 짜증나. 문예 콩쿠르에 입선해서 받은 상금 삼십만 엔을 부모님이 전부 주식에 꼬라박았어요. 꼬라박은 것도 모자라서 손해를 보는 바람에 살림이 거덜날 지경이었죠. 그래서 부모님이 이십만 엔을 덥석 받은 거예요. 무리하게 다이어트를 한 너도 나쁘다면서. 억울했지만 소문이란 참 굉장하더군요. 입단속하고는 상관없이 순식간에 진실이 퍼져 나갔어요. 그래서 저도 속이 후련해졌죠. 하지만 요코는 그렇지 못했죠. 아버지가 나서서 입막음을 하는 바람에 더 상처 입은 모양이에요. 제가 눈에 띄면 슬그머니 달아나더라고요. 그건 좀 불쌍했어요. 삐쩍 말라가지고 말도 거의 안 하고. 시간이 흐르자 도대체 누가 피해자고 누가 가해자인지도 모르겠더라고요. 반 친구들도 '이제 그만 요코를 용서해줘' 이러는 거 있죠. 와, 잠깐만, 애당초 불쌍한 건 나잖아."

F는 깔깔 웃었다. 지금은 웃어넘길 수 있는 이야기지만 당시는 상당히 심각했을 것이다. 만약 정신적으로 좀더 약한 사람이었다면 이 사건을 언제까지고 질질 끌다가 일상 군데군데에 균열이 생겼을지도 모른다. 아니, 어쩌면 이 F도 당시의 흉터를 웃음 속에 숨기고 있는지도 모른다.

나는 잠시 뜸을 들이다가,

"요 몇 년 사이에 요코 씨에게 연락하신 적 있나요?" 하고 물었다.

"으음. 그렇지, 졸업생 주소록이 갱신됐을 때 옛날 생각이 나서 여러 사람한테 전화해봤어요. 그때 요코한테도 걸었을 거예요. ……예, 걸었어요. 분명 걸었어요. 사 년 전쯤이었나. 요코가 죽기 삼 년쯤 전에요. 요코요? 예, 정말 기뻐했죠. 어쩌면 결혼할지도 몰라, 축하해, 그런 이야기를 나눴죠. 메일 주소도 교환했고요. 당시에 컴퓨터를 산 지 얼마 안 됐었거든요. 신기해서 한때는 하루에 몇 통이나 메일을 주고받았어요."

메일? 컴퓨터? 하지만 다미야 요코의 집에서는 컴퓨터도 휴대전화도 발견되지 않았다.

배신

다미야 요코의 인생을 돌이켜보면 신기한 사실이 하나 눈에 들어온다. 남자의 그림자가 거의 보이지 않는다는 사실이다.

"보이지 않기는요. 다미야 씨, 남의 남자를 가로채는 걸로 유명했는걸요. 그래서 저희 회사도 그만둔 거고요."

요코의 예전 동료인 D는 떨떠름한 표정으로 과거를 회상했다.

"다미야 씨, 저희 회사에 오기 전에 회사를 세 번 옮겼어요. 일도 그렇게 잘하고 인품도 좋고 미인이고, 흠 잡을 곳이 하나도 없는데 왜 이렇게 이직을 되풀이하나 싶었죠. 예? 경력을 쌓기 위해서가 아니냐고요? 아니에요. 도리어 명백하게 이직하는 회사 수준이 점점 떨어졌는걸요. 다미야 씨가 처음에 일한 곳, 도요 필름이죠? 대기업이잖아요. 그런데 저희처럼 사원이 다섯 명밖에 안 되는 작은 회사에 오다니.

그런 경우는 자신의 과거 경력을 넌지시 자랑할 법도 하잖아요. 다미야 씨는 그러지도 않았어요. 됨됨이가 괜찮은 사람이라고 생각했죠. 그런데 도요 필름에 드나들었다는 사람과 우연히 친해져서 다미야 씨 이야기를 해봤더니, 웬걸 남의 남자를 가로채서 퇴직했다잖아요. 정말 깜짝 놀랐어요. 혹시 다른 회사도 그래서 그만뒀나 의심스러워하던 와중에 저희 회사에서도 남자를 빼앗았느니 말았느니 소동이 벌어져서 결국은 저희 회사도 그만뒀어요. 분명 다른 회사에서도 비슷한 소동을 일으켰겠죠. 다미야 씨, 인격자인 척했지만 뱃속은 제법 시커멓지 않았을까요."

하지만 조사해보니 어느 회사에서든 남자가 일방적으로 요코에게 호의를 품었고, 그래서 화가 난 남자의 애인(또는 아내)이 난리를 쳤다. 그렇다고 해서 요코가 마냥 수동적이었느냐 하면 그렇지도 않은 모양이다. 요코가 남자들에게 꼬리를 친 혐의도 있다. 요코가 꼬리를 친 남자들은 모두 성실하고 애인(아내)을 소중히 하는 사람들이었다고 한다. 직장 책상에 애인(아내)의 사진을 놓아두는 타입이다. 어쩌면 그것이 요코의 스위치였는지도 모른다.

취재를 계속하다 보니 다미야 요코라는 투명 인간에게서 확실한 병소 하나를 찾아낼 수 있었다. '시기심'이다. 남의 행복이나 성공에 퍼붓는 깊은 원념. 그것은 아무리 걸쭉하게 녹여도, 어떤 틀에 채워 넣어도 변화하지 않는, 이를테면 요코가 살아가는 데 필요한 '핵'이었는지도 모른다. 요코는 다양한 가죽을 뒤집어쓰면서도 '핵'은 언제나 가슴속 깊은 곳에 숨겨두었다. 그리고 끓는점이 넘으면 '핵'이 요코의 가죽을 찢고 나와서 다른 사람을 공격한다.

하지만 그런 요코 또한 공격 대상이었다. 공격한 것은 요코와 고등학교 때부터 알고 지낸 여자 친구였다.

앞서 남자의 그림자가 거의 보이지 않는다고 적었지만 요코에게는 결혼을 생각한 남자가 한 명 있었다. 무사시 예술 대학에 다니던 시절의 선배로 십 년 뒤에 재회하여 이 년간 동거한 남자다.

"요코도 그때는 참 놀랄 만큼 빛났더랬지. 어쩐지 차분하고 참한 분위기였어요. 그때까지는 그늘진 느낌이었는데 그늘이 싹 사라졌죠. 평생의 반려를 얻으면 여자는 이렇게 바뀌는구나 싶어서 놀랐어요." 대학 시절부터 두 사람과 알고 지냈다는 남자의 이야기다.

"두 사람은 정말 뜨겁게 사랑했죠. 그런데 요코의 친구라는 여자가 나타나더니만 요코 남자친구랑 눈이 맞았어요. 요코가 서른여섯 살 때였으니까 충격이었죠. 남자인 저도 압니다. 여자 나이 서른다섯을 넘어서 버림받는다는 게 얼마나 큰일인지." 남자는 동정심을 가득 담은 목소리로 '여자 나이 서른다섯을 넘어서'라는 부분을 몹시 강조했다.

"요코는 지기 싫어하는 성격이라 겉으로는 아무렇지도 않다는 듯이 태연한 모습이었지만 속내는 어땠을까요. 상당히 힘들지 않았을까요. 마치 두 사람 보라는 듯이 맨션을 사더군요. 난 불쌍하지 않아, 난 맨션을 손에 넣었어, 라는 허세가 입을 다물고 있어도 전해지는 것 같았습니다. 게다가 남자친구를 빼앗아 간 여자가 요코랑 고등학교 때부터 친구였다지 뭐예요. 그 친구도 초조했나, 서른다섯 살을 넘어서."

고등학교 때부터 친구였다는 K는 나도 만나서 취재한 적이 있었다. 아무리 봐도 미인이라고는 할 수 없었지만 싹싹하고 귀여운 사람이었다. 학창 시절에는 미이라고 불렸다고 하는데, 과연 무민에 나오는 미이와 분위기가 비슷했다.

"아, 맞아요. 미이라고 부르더라고요. 결혼 피로연에서 딱 한 번 봤을 뿐이지만, 아아, 그 미이가 맞다고 모두 함께 고개를 끄덕였어요."

요코 씨하고는 봄철을 너무 길게 보냈는데 미이 씨하고는 금방 결혼했군요. 내 말에 남자는 쓴웃음을 지었다.

"미이 씨가 임신했거든요. 요컨대 속도위반 결혼. 그런데 결혼 준비가 착착 진행되는 가운데 요코도 임신했다는 사실을 알았죠. 그 남자 무릎을 꿇고 말했대요. 뱃속의 아이를 지워달라고. 너무하죠?

요코는 천연덕스럽게 신부 쪽 친구로서 결혼식과 피로연에 참석했어요. 친구 대표로 축사도 했고요. 축사를 시키는 쪽이

나 하란다고 하는 쪽이나 어떻게 된 거 맞죠? 보면서 여자의 무서움에 섬뜩했다니까요."

여자 친구

다미야 요코는 자기 남자를 빼앗아간 친구와 절교하지 않았다. 연인을 잃은 분노보다 우정이 더 컸던 걸까.

그렇다고 생각하기는 힘들다. 요코와 그 친구(이후로 K로 표기)는 고등학교를 졸업한 후로는 거의 교류가 없었다. 학창 시절에는 병적일 만큼 끈끈한 관계였지만 시간이 지나면서 열기가 완전히 식는, 전형적인 여자 친구의 구도다. 강력했던 점착력도 한번 떨어지고 나면 특성을 잃는다. 그리고 인생의 전환점에서 서로가 그리워져서 전화로 옛날이야기를 꽃피우다가 다음에 느긋하게 차라도 마시자는 말에 설렘을 느낀다. 하지만 대개는 그냥 넘어가고, 다시 인생의 전환점이 찾아올 때까지 추억은 봉인된다.

때때로 점착력이 되살아날 때도 있다.

요코와 K는 두 사람이 서른다섯 살 때 재회했다. 서른다섯 살은 여자에게 커다란 전환점에 해당한다. "반올림하면 마흔

살이네"라는 말을 듣고 문득 눈을 들면 마흔이라는 미지의 벽이 머나먼 풍경 속에 희미하게 떠오른다. 실제로 마흔 살이 되고 나면 듣던 것보다 대수롭지 않다는 사실을 알지만, 서른다섯 살부터 서른아홉 살까지의 오 년은 여자에게 가장 우울한 시기다. 이 우울함을 견디다 못해 독신 여성은 스스로의 강박관념에 떠밀리듯이 결혼에 집착한다. 일이 애인이라던 사람도, 남자는 필요 없다던 사람도, 결혼에 목매는 건 시대착오라고 말한 사람도, 그 시기에는 열에 들뜬 것처럼 일정한 방향을 향하는 송사리처럼 결혼을 중요시한다. 이 시기를 놓치면 끝이다.

친구 K는 결혼하고자 하는 욕망이 특히 강했던 모양이다. 실제로 결혼을 생각한 남자도 있었다고 한다. 하지만 연애에 실패하여 실의에 빠져 있을 때 옛 친구가 떠올랐다. 마침 갱신된 졸업생 명부도 배달됐다. K는 한때의 청춘을 되새기고자 요코에게 연락했다.

그런데 요코에게는 동거하는 남자친구가 있었다. 자신과 마찬가지로 우울한 서른다섯 살을 보내고 있을 줄 알았는데 요코는 행복한 듯했고 일도 순조로웠다.

작은 질투가 태어났다.

K의 일방적인 점착력이 부활했다. 그 결과 요코는 남자친구를 빼앗겼다. 게다가 아이까지 잃었다. 그 시점에서 이번에는

요코의 점착력도 재생되고 말았다.

안타깝게도 요코와 K는 이 일그러진 점착력으로 한 달에 한 번 만나는 끈끈한 관계를 재구축하기에 이른다. 사이에 낀 남자는 무슨 생각이 들었을까. 틀림없이 더는 배겨낼 수 없는 기분에 정신을 좀먹혔을 것이다. 그는 스스로 나서서 잔업과 출장을 신청했고 집에는 거의 돌아오지 않았다고 한다.

현재 K부부는 이혼 조정중이다. 원인은 남편과 아내 각각의 불륜이라고 한다. K는 현재 장남을 데리고 친정에서 생활하고 있다.

요코와 K. 그대로 아무 접점도 없었다면 다시 만날 일도 없이 각자의 인생을 구가했을지도 모른다. 하지만 두 사람에게 접점이 생기고 만다. 그 접점은 점착력을 띠기 시작해 아주 단단히 들러붙고, 그리고 파멸을 초래한다.

그저 오로지 일방적으로.

그리고 결국에는 자신이 태어난 벌판으로 되돌아가는 것이다.

1970년, 요코 세 살

나는 여기서 요코의 원점이라고 해야 할 1970년으로 시간 여행을 해보고자 한다.

미시마 유키오 자결, 『허리케인 죠』, 나카야마 리쓰코, 『적색 비가』, 아메리칸 뉴 시네마, '맹렬에서 뷰티풀로'.

1970년 하면 오사카 만국박람회로 전국이 들끓던 시대다. 누구나 고도성장 신화를 믿었던 시대이기도 하고, 한편으로 광학 스모그, 헤도로, 미즈마타병 등이 유행어가 될 만큼 공해 시대이기도 했다.

아이들은 〈다 같이 놀자! 핑퐁팡〉의 카탄과 함께 그림 그리기에 열중했고, 〈해치의 모험〉의 오프닝 곡을 소리 높여 부르며 뛰어다녔으며, 〈8시다! 전원 집합〉이 방송되기만을 고대했다. 그리고 놀다 지치면 세제 냄새가 나는 이불을 덮어쓰고 아무 걱정도 없이, 그저 천진난만하게 내일이 오기를 기다렸다.

하지만 모든 아이들이 그렇게 평안한 시간을 보낸 것은 아니다. 환경은 아이들이라고 해서 봐주는 법이 없다. 부모라는 방벽이 제거되면 벌판에 버려진 갓난아기나 마찬가지다.

요코는 그런 벌판 같은 가정에서 자랐다.

육아 방기와 유아 학대는 이제 와서 시작된 일이 아니다. 그것은 옛날부터 되풀이되어온 인간의 업이다.

증언자들은 요코를 감정이입 또는 자기암시가 심한 성격이라고 입을 모아 말했다. 또한 증언자의 수만큼 다종다양한 요코의 모습이 드러났다. 이것은 어린 요코가 자기 나름대로 만들어낸 방어책 아니었을까. 괴로운 현실에서 자신을 지키기 위해 다른 사람이 되려고 한 것 아닐까. 폭력에서 달아나기 위해, 또는 사랑을 얻기 위해 상대의 안색을 살피고 그 사람의 마음에 드는 자신을 만들어낸 것 아닐까.

나는 이 시절의 요코를 아는 사람을 찾으려고 애썼다. 아니나 다를까 쉬운 일은 아니었다. 벌써 삼십 년도 넘게 지난 옛날 일인데다 요코 모자가 살던 도쓰카의 N지구는 재개발되어 토지 형태부터 거주자들까지 싹 바뀌었다. 역 부근도 완전히 뜯어고쳐서 상점가가 있는 서쪽 출입구만이 간신히 옛날 모습을 간직하고 있었다. 그래도 끈기 있게 조사한 보람이 있어 드디어 요코 어머니가 일한 카바레의 단골손님이었다는 채소 가게 주인을 찾아냈다. 그리고 오사카, 도치기, 아오모리, 야마나시 등 각지를 돌아다닌 끝에 겨우 요코 어머니와 같은 카바레에서 일했다는 전직 호스티스 C의 소재를 알아냈다.

나는 출발점인 도쓰카로 돌아갔다. C는 지금도 도쓰카에 살고 있었고, 주소는 구 요코하마 드림랜드 근처 주택단지였다. 예순 살까지 요코야마의 클럽에서 호스티스로 일했다는 C는 연금을 받을 나이로는 보이지 않을 만큼 기운이 넘쳤고, 2DK 주택단지에서 문조 세 마리와 함께 조용히 생활하고 있었다. 나는 정결하게 살고 있는 C를 보고 왠지 모르게 안도했다. 그리고 원래 목적도 잊고 C가 만들어준 호토■를 먹으며 그 시간을 마음껏 즐겼다. 어쩌면 고향에 계신 어머니 생각이 났는지도 모르겠다.

하지만 C는 옛날 일을 별로 기억하지 못했다. 나는 실망했지만 맛있는 음식과 즐거운 시간에 깊은 감사를 표하고 귀로에 올랐다.

그런데 일주일 후, C에게 편지가 왔다.

C씨가 보낸 편지

그때 저는 몹시 망설였습니다. 털어놓는 편이 좋을까, 아니면 가슴속에 묻어두는 편이 좋을까.

돌이켜보면 저는 삼십 몇 년 동안 두 마음 사이에서 갈등하며 살아왔습니다. 왜 나는 보고 말았을까, 왜 나는 알아버린 걸까. 갈 곳 없는 후회는 저의 삼십 몇 년에 너무나 큰 그림자를 드리웠습니다.

■ 채소와 함께 된장으로 국물을 낸 면 요리. 야마나시 현의 향토음식이다.

당신이 오셨을 때 기회가 왔구나 싶었습니다. 이 기회를 놓치면 그 광경을 잊어버릴 기회는 다시는 오지 않고 후회만 하다가 죽을 것 같았습니다.

저는 몇 번이나 당신한테 이야기하려고 했습니다. 당신이 호토를 드시는 동안에도 어디서부터 이야기를 하면 좋을지 그 생각만 하고 있었습니다. 하지만 마음의 준비를 하지 못하고 그냥 당신을 돌려보냈습니다.

편지는 갈등을 서술하는 것으로 시작됐다. 내가 태평하게 호토를 먹는 동안에도 C는 계속 고민했다. 괴로워했을 C를 생각하자 나도 마음이 아팠다. 하지만 편지 내용은 더 아팠다.

요코는 정말 딱한 아이였습니다. 쓰레기 속에서 살고 있는 것이나 마찬가지였지요. 저는 요코 어머니보다 몇 살 나이가 많았으므로 몇 번인가 주의를 주었지만, 요코 어머니는 "응, 응" 하고 이야기를 흘려들을 뿐 결코 마음에 담아두지 않았습니다. 애교 있고, 사람 좋고, 솔직한 여자였지만 생활에 필요한 기본적인 뭔가가 결여되어 있는 것 같았습니다. 남자도 밝히는 편이라 호스티스들과 늘 옥신각신하는 사람이었죠.

저는 그녀가 도쓰카에 온 지 얼마 되지 않은 무렵에 그녀 집에 놀러갔습니다. 외관은 평범한, 좋게 말하자면 멀끔한 연립주택이었는데 집안은 마구 어질러져 있었습니다. 어질러져 있다는 표현으로는 부족합니다. 쓰레기 집하장과 다를 바 없었습니다. 그 속에서 어린 요코는 울지도, 떼를 쓰지도, 웃지도, 놀지도 않고 어딘가 한 점을 바라보며 언제부터 떨어져 있었는지도 모를, 정체도 알 수 없는 뭔가를 아작아작 먹고 있었습니다. 잘 살펴보니 쓰고 난 콘돔, 연필, 방석에서 삐져나온 솜 등등이더군요.

저는 걱정되어 가끔 요코를 보러 갔습니다. 요코는 변함없이 고무줄이나 신문 같은 것을 먹고 있었습니다. 죽은 바퀴벌레나 자신의 변까지 먹었습니다. 아아, 뱃속에 기생충이 있구나 싶었습니다.

회충이나 편충 등의 기생충은 때때로 이식증이라는 증상을 일으킨다고 한다. 흙이나 고무줄, 분필 등 보통은 절대 입에 대지 않을 것을 먹고 싶어진다고 한다. C는 "구충제 먹이지그래?" 하고 말해보았지만 요코 어머니는 "그래, 그래" 하고 대답하며 귀찮다는 듯이 웃었을 뿐이라고 한다.

그리고 여동생이 태어났다. 요코 어머니는 갓난아기를 세 살

배기 요코에게 떠맡기고 일하러 나갔다. 그에 관해서는 C도 따끔하게 주의를 주었다. 하지만 요코 어머니는 개선책을 강구하지 않았다.

그로부터 며칠 후, 일을 마치고 돌아와서 텔레비전으로 〈심야 극장〉을 보고 있는데 요코 어머니한테 전화가 왔습니다. 빨리 와달라고, 도와달라고 울면서 애원하더군요. 저는 택시를 잡아타고 급히 요코네 집으로 향했습니다. 저는 그 상황을 보고 다리가 풀려 제자리에 주저앉을 뻔했습니다.

요코가 갓난아기를 포크로 푹푹 찌르고 있는 게 아닙니까. 그리고 포크에 묻은 피를 핥아 먹었습니다. 아기는 축 늘어져서 미동도 하지 않았습니다. 일을 하고 돌아온 요코 어머니는 그 모습을 보고도 제지하지 못할 만큼 동요해서 제게 전화를 건 겁니다. 예, 확실히 그런 광경을 보면 제지하기는커녕 제자리에 주저앉는 게 고작이겠죠. 그때 켜져 있던 텔레비전에서는 영화를 하고 있었습니다. 〈피와 장미〉라는 오래된 영화였어요. 아주 좋아하는 영화라 저도 집에서 이 영화를 보고 있었죠. 하지만 지금은 떠올리기조차 싫은 영화가 됐습니다. 이 영화가 떠오르면 그때의 참상까지 되살아나거든요.

저는 요코 어머니와 상의하여 그녀의 오빠라는 사람을 불렀습니다. 요코 외삼촌은 오다와라에서 택시를 타고 아침에 도착했습니다. 요코 외삼촌은 "그러니까 더 일찍, 그래서 그렇게 당부했는데" 하고 몇 번이고 닦달하다가 여동생을 끌어안았습니다.

요코의 장래를 위해서라도 아기는 사고로 죽은 것으로 치고 이 일은 우리만의 비밀로 하자고 합의하여 세 사람은 그날 밤에 있었던 일을 각자 가슴에 묻었다.

나중에 요코 외삼촌이 십만 엔을 등기우편으로 보내왔습니다. 입막음 비용이었을지도 모르지만 그럴 필요는 없었습니다. 털어놓고 싶어도 이런 이야기를 도대체 누구한테 털어놓는단 말인가요? 저는 요코가 그때 일을 깡그리 잊고, 다시는 기억을 되살리는 일 없이 무럭무럭 자라기만을 기원했습니다.

그 후에 외삼촌에게 거두어진 요코가 행복하게 살고 있는 줄만 알았습니다. 그런데 이런 결말을 맞이해서 정말로 안타깝기 그지없습니다.

총괄

내게 주어진 지면도 이제 얼마 안 남았다. 나는 이쯤에서 한 가지 결론을 내놓고자 한다.

그런데 이 '블러디 타워 살인 사건'의 진상에 다가가려고 하면 할수록 우리는 도저히 넘을 수 없는 성벽에 부딪힌다. 그 성벽이 있는 한 우리는 그 앞에서 영원히 갈팡질팡할 수밖에 없다. 하지만 그 성벽이 의도적으로 쌓아올려진 것이라면 오히려 사건은 싱겁게 해결될 것이라는 말도 해두고 싶다.

총괄이라는 이름 아래 그 성벽을 구성하는 요소를 열거해보겠다.

1. 요시자키 마키코의 자궁은 어디로 갔는가.

2. 요시자키 마키코에 관해서는 컴퓨터라는 도구에서 풍부한 정보를 수집할 수 있었다. 하지만 다미야 요코는 그 도구를 가지고 있지 않았다. 정말로 컴퓨터를 가지고 있지 않았을까.

3. 다미야 요코는 '누구'에게 살해당했을까.

4. 요시자키 마키코의 자궁을 적출한 칼은 왜 다미야 요코의 집에 있었을까.

이 네 가지 의문이 있는 한 이 사건은 영원히 미제로 남는다.

하지만 네 가지 의문이 어떤 두 사람의 의도에 의해 일어난 결과라면 전부 깔끔하게 정리된다.

앞서 열거한 항목을 크게 두 가지 범주로 나누어보자.

1. 요시자키 마키코의 자궁은 어디로 갔는가.

2. 다미야 요코는 '누구'에게 살해당했을까.

i. 요시자키 마키코에 관해서는 컴퓨터라는 도구에서 풍부한 정보를 수집할 수 있었다. 하지만 다미야 요코는 그 도구를 가지고 있지 않았다. 정말로 컴퓨터를 가지고 있지 않았을까.

ii. 요시자키 마키코의 자궁을 적출한 칼은 왜 다미야 요코의 집에 있었을까.

1~2가 인물 A의 의도, 그리고 i~ii는 인물 B의 의도. 이렇게 구분하면 어떨까. 인물 A의 의도가 직접 사건을 움직이고, 인물 B의 의도가 그것을 '은폐'했다.

어쩌면 이 역시 내 거대한 망상일지도 모른다. 하지만 나는 어쩐지 확신이 든다. 인물 B. 인물 B야말로 사건을 이렇게 복잡하게 만든 장본인이다. 인물 B가 가슴속에 묻은 진실을 꺼내놓으면 이 사건은 깨끗하게 해결될 것이다.

인물 B는 누구일까. 그것은 내가 여기서 밝혀서는 안 될 것이다. 다만 인물 A의 의도를 은폐하고자 한 행위로 보건대 인물 A와 가까운 인물이라는 것만은 틀림없다. 그리고 인물 A를 누구보다 아끼는 인물……이라고만 쓰겠다.

자, 마지막으로 이것만 정정하겠다. 나는 지난 호에서,

'즉, 요코는 원래 피해자가 될 만한 인물이 아니었다. 그렇다면 요코는 왜 살해당했을까.

미쓰하라 초고층 맨션 2001호실을 샀기 때문이라고밖에 할 말이 없다'라고 적었다.

하지만 완전히 반대였다. 요코는 그리될 만하여 피해자가 된, 가련한 가해자였다. 그 사실을 잘 이해하고 있는 인물이야말로 인물 B다.

최종장

《월간 글로브》 11월호가 발매된 지 이틀 후, 나라모토 노에는 자신이 알고 있는 것 중에서 제일 비싼 선물용 과자를 사서 이자와 시오리를 찾아갔다. 시오리는 말없이 노에를 거실로 들였다.

쭈뼛쭈뼛하며 회녹색 소파에 앉은 노에는 마음을 단단히 먹고 말했다.

"요전에는 정말로 큰 무례를 범했습니다."

반응은 없었다.

시오리는 노에를 내버려놓고 부엌에 들어갔다.

십오 분쯤 지나서야 시오리는 거실로 되돌아왔다. 쟁반에는 화려한 티 세트가 담겨 있었다. 시오리는 여전히 아무 말도 없이 홍차를 우렸다.

노에 앞에 찻잔을 내려놓고 나서야 시오리가 입을 열었다.

"아니요, 괜찮아요, 이제. 그 원고는 결국 폐기됐으니까. 덕분에 이웃들이 진짜로는 저를 어떻게 생각하고 있는지도 알았고."

시오리는 여봐란듯이 오른쪽 눈썹을 휙 끌어올렸다. 그리고 능글맞게 웃으며 말을 이었다.

"원고에 나온 미쓰하라 초고층 맨션 입주자, 306호실의 하세가와 씨죠?"

"아니요, 어, 그러니까……."

노에는 당황하여 말을 얼버무렸다.

"숨기지 않아도 괜찮아요. 바로 알아차렸으니까. 하세가와 씨 그 사람, 첫 아이를 사산했어요. 그리고 저도 유산했잖아요. 그래서 아이를 잃은 사람들끼리 사이좋게 지내자, 오래오래 친구로 지내자고 했는데." 시오리의 능글맞은 웃음이 대번에 무너져 내리고 입술이 벌벌 떨렸다. "알아요, 예, 안다고요." 그리고 눈구석에서 코를 따라 눈물 한줄기가 흘러내렸다. 하지만 눈물은 바로 쏙 들어갔다. 시오리는 고개를 휙 쳐들고 말했다.

"하나 묻고 싶은데요. 도대체 제가 사건에 어떻게 연관됐다고 생각한 건가요?"

"아아, 뭐라고 할까, 그러니까 이자와 씨에게는 동기도 있었고, 무엇보다 상황이 그걸 암시하고 있었고……." 노에는 횡설수설하며 대답했다.

"무슨 뜻인가요?" 시오리가 노에를 향해 몸을 내밀었다.

노에는 몸을 뒤로 물렸지만 소파 등받이에 부딪혔다. 단념한 듯이 말을 쥐어짜냈다.

"제가 예전에 이자와 씨의 화분 정원을 취재했을 때……."

"제가 미쓰하라 초고층 맨션 2001호실에 살던 때군요."

"예. '천국에 이르는 비밀의 장미 정원'이라는 제목의 취재입니다." 노에는 홍차를 한 모금 마시고 심호흡을 한 후 말을 이었다. "그때 신기한 환각을 봤어요. 예, 단순한 환각이었겠죠. 지금은 아무래도 상관없는 일입니다. 제 마음에 걸린 건 베란다 구석에 놓여 있던 도자기 화분입니다. 천사를 돋을새김한 커다란……."

"아아, 잉글리시 로즈를 심은."

"그렇습니다. 아름다운 살구색 장미가 정말 멋져서 잠시 넋을 잃고 바라봤죠."

"그게 왜요?"

"화분을 놓고 가셨더군요. 베란다에."

"그걸 어떻게?"

"사건이 발생한 후에 방송국이 맨션 전경을 공중촬영해서 방송했어요. 2001호실 베란다 주변도 선명하게 잘 나왔죠. 그, 남쪽 베란다요. 그때 그 화분을 봤어요."

"화분이 너무 커서 이사 갈 때 놓고 간 거예요. 부동산회사에서도 상관없다고 해서요. 마침 장미가 만개했을 때라 집을 보러 오는 고객들에게 좋은 이미지를 줄 것 같다고도 했거든요."

"예, 그 장미요. 저는 공중촬영 영상을 비디오로 녹화해서 몇 번이고 다시 봤습니다. 하지만 장미가 없더라고요. 화분에는 작대기 같은 줄기가 남아 있을 뿐이었어요."

"시들었나? 그 장미는 강한 품종이라 딱히 돌보지 않고 내버려둬도 안 시드는데. 그래서 심은 거거든요."

"저도 이자와 씨가 예전에 그렇게 말씀하신 게 떠올랐습니다. 그래서 옛날 잡지를 꺼내서 '천국에 이르는 비밀의 장미 정원' 기사를 다시 읽어봤죠. 그러자 기사에도 그런 내용이 씌어 있더군요. 그 밖에 이런 내용도 있었고요.

'화분에 장미를 키울 때는 흙이 중요합니다. 일 년에 한 번은 신선한 흙으로 갈아주죠. 하지만 뿌리가 활발하게 뻗어나가는 봄부터 가을까지는 절대로 흙을 갈면 안 됩니다. 이 시기에 뿌리를 건드리면 도리어 장미가 상해요. 흙은 뿌리가 휴식을 취하는 겨울에 갈아주세요.'"

"예, 그런 말을 했던 것도 같네요."

"하셨습니다. 이 부분을 읽었을 때 장미의 새 주인, 그러니까 다미야 요코 씨가 시기를 어기고 뿌리를 건드리지 않았나 싶었어요. 예를 들어 흙을 파헤치는 식으로요. 그래서 공중촬영 영상을 더 자세히 들여다봤죠. 그러자 흙을 새로 파낸 흔적이 있었습니다. 화분 주변에는 흙도 흩어져 있었고요."

"그래서요?"

"여기서부터는 이야기가 상당히 비약하는데, 저는 그 화분에 요시자키 마키코 씨의 자궁이 묻혀 있는 게 아닐까 생각했어요."

"예?" 시오리의 목소리가 확 뒤집어졌다.

"얼토당토않은 생각이죠. 예, 저도 압니다. 하지만 그 얼토당토않은 가설이 제 출발점이었어요. 이 출발점에 연연한 탓에 저는 수많은 오해를 했고, 이자와 씨께도 큰 무례를 범했습니다. 저는 다미야 요코 씨와 이자와 씨가 틀림없이 특별한 인연으로 맺어져 있는 줄 알았어요. 그래서 두 사람이 모종의 특별한 감정을 품고 요시자와 마키코 씨를 살해했고, 역시 뭔가 특별한 이유로 자궁을 들어내어 화분에 묻었을 거라고요. 그리고 뭔가 특별한 우연이 일어나서 요코 씨가 사망했다고 믿었죠.

이게 사건에 관여한 당초에 제가 그렸던 대강의 줄거리입니다. 남은 건 그 '특별'을 찾는 일이었죠."

"어처구니가 없네요." 시오리가 툭 내뱉었다.

"그 말씀이 맞습니다. 정말이지 어처구니없는 이야기죠."

노에는《월간 글로브》11월호를 테이블에 살짝 내려놓았다.

"고마워요. 나중에 천천히 읽어볼게요."

"저기……. 그런데 한 가지 확인해도 될까요?"

"어머, 뭔데요?"

"요시자키 마키코 씨와 댁의 부군에 관해서……."

이 질문을 듣자 시오리의 안색이 변했다. 눈썹이 더 치켜 올라갔다.

"융자금 때문에 허리띠를 바짝 졸라매느라 죽을 지경인데 그 등신 같은 인간은 낫살이나 먹은 여자랑 그딴 짓을! 딱 한 번뿐이라고 했지만 모를 일이지. 다른 여편네랑 붙어먹었다는 소문도 있고, 정말이지 그놈의 병은!"

시오리는 주먹을 쳐들었다가 천천히 내렸다.

"……예, 그래요. 사건 당일 밤에 요시자키 씨가 보낸 협박 메일을 보고 화가 머리끝까지 치밀어서 제가 요시자키 씨에게 몇 통이고 메일을 보냈어요. 그때는 정말로 죽여버리고 싶은 기분이었죠. 낙태할 테니까 돈을 내놓으라고 했다니까요! 아아, 생각만 해도 참담해지네. 진짜로 식칼을 들고 죽이러 가려고 했어요. 저는 두 번이나 유산했는데, 그런데, 그년은! 살해당했다는 소식을 듣고 정말 꼴좋다 싶었죠.

어머, 그렇다고 제가 그런 건 아니고요. 그러고 싶었을 뿐이죠. 저는 손을 더럽히지 않았어요. 죽인 건 야마구치라는 남자죠? 전 그저 상상했을 뿐이에요. 상상으로 몇 명을 죽이든 상관없잖아요? 당신도 상상 속에서 많이 죽이지 않았나요? 예를 들어 일방적으로 범인을 꾸며내거나, 멋대로 악이라고 단정짓는 것도 엄연한 살인이에요. 그렇죠?"

그 말씀이 맞습니다. 노에는 깊이 고개를 숙였다. 고개를 들려는 차에 눈 가장자리에 빛이 스쳤다.

미쓰하라 초고층 맨션, 리틀 타워다.

테라스 창문 밖에 석양을 등에 진 리틀 타워가 서 있었다. 리틀 타워는 피의 탑이라는 별명이 무색할 만큼 늘씬한 은빛 자태를 자랑했다. 두려움을 모르는, 무구한 처녀처럼 보이기도 했다. 비행기 한 대가 화염 같은 꼬리를 끌며 처녀의 머리 위를 천천히 지나갔다. 노에의 시야에 빛이 다시 가득찼다.

모든 것은 저기서 시작됐다. 그날, 그 집을 찾아간 그날부터.

노에는 이자와 시오리의 집을 뒤로하고 리틀 타워에 들렀다.

정원에 웅크리고 앉아 있는 할머니가 눈에 들어왔다. 할머니는 돌을 쌓고 있었다. 무슨 주문일까, 아니면 공양일까.

노에는 그 모습을 잠시 바라보았다.

그녀도 이렇게 바라봤을까. 아니면…….

귀청을 찢을 것처럼 요란한 경적 소리가 들렸다. 아아, 여기는 정말로 트럭이 많이 지나다닌다.

역으로 이어지는 교차로에서 노에는 눈에 익은 사람을 봤다. 그 사람은 가드레일에 조그만 꽃다발을 내려놓았다. 기도는 몇 분간 계속됐다. 그 사람이 고개를 들었을 때 노에는 이름을 불렀다.

"사쿠라 검사님."

사쿠라 다마키가 고개를 천천히 이쪽으로 돌렸다.

"어째서 거기에?"

교차로에서 오 분 거리에 있는 패밀리 레스토랑에서 노에는 사쿠라 다마키와 마주앉았다. 생각해보니 이렇게 정면에서 얼굴을 본 것은 처음이었다. 법정에서는 옆얼굴만 봤다.

"부검사 시절에 거기서 뺑소니 사건이 일어났어요. 남자 초등학생이 변을 당했죠. 하지만 업무상 과실치사로 처리했지요."

사쿠라 다마키는 컵에 든 액체를 휘저으면서 말했다.

“위험 운전 치사죄를 적용해야 마땅했지만요. 운전기사가 술을 잔뜩 마신 모양이었거든요. 하지만 출두를 다음날에 했어요. 결국 사고 당시 혈중 알코올 농도가 얼마였는지 증명할 수 없어서 벌금형으로 끝났어요. 유족들은 참으로 원통하셨겠죠.”

테이블을 사이에 두고 잠시 정적이 흘렀다.

“아…….” 노에는 목소리를 내보았다. 그런데 무슨 말을 해야 할까? “그러니까 그…… 뭐랄까, 어쩐지 분위기가 바뀌셨네요.” 그렇게 말하고 바로 후회했다.

그러자 다마키는 숱을 치고 층을 낸 밝은 밤색 머리를 살짝 쓰다듬었다.

“당신이 기사에서 하도 뭐라고 그래서 신경 좀 써야겠다 싶어서.”

“아.” 노에의 온몸에서 핏기가 가셨다. “정말 죄송합니다. 진짜로 죄송합니다…….”

“아니요, 오히려 고마웠어요. 제 주변에는 그런 말을 해주는 사람이 없으니까.”

“예?”

“왜, 섣불리 그런 말을 했다가 성희롱이 될 수도 있잖아요? 그래서 복장이나 헤어스타일을 화제로 삼지 않아요. 따분하죠.”

“아…….”

"저기."

"예."

"《월간 글로브》 최신호의 르포를 읽고 다미야 다케오 씨가 출두했어요. 어제 일이에요."

"요코의 양아버지로군요!" 노에는 목소리를 높였다. "그래서 뭐라고?"

"다미야 다케오는 2005년 10월 4일 이전에 요코의 시체를 발견했대요. 정확하게는 9월 29일에."

"9월 29일? 사건이 발생한 다다음날이로군요."

"예."

그렇게 말하고 다마키는 침묵을 지켰다. 그리고 눈만 돌려 노에를 힐끔힐끔 살폈다.

노에는 어찌할 바를 모르고 컵을 만지작거렸다.

"저기……." 노에는 참지 못하고 말을 꺼냈다. "만약 괜찮으시다면 그, 저기, 다미야 다케오가 뭐라고……?"

다마키는 빙긋 웃기만 하고 다시 입을 굳게 다물었다.

역시 안 되겠지. 사건의 중요 사항을 검사가 나불나불 떠들어댈 리 없다. 그것도 자기처럼 보잘것없는 글쟁이에게. 노에는 어깨로 한숨을 쉬고 그제야 컵에 계속 넣어둔 스푼을 꺼냈다. 뭐, 언젠가는 공표될 테니 그때까지 기다릴까.

“다미야 다케오의 공술을 간단히 설명하면 이래요.”

다마키가 입을 열었다. 너무나도 갑작스러워서 노에는 엉겁결에 고개를 저었다.

“아니요, 괜찮습니다. 괜찮아요, 무리하시지 않아도.”

“어머? 정말요?”

“아니, 그러니까…….”

노에는 자신이 놀림당하고 있다는 것을 알아차렸다. 이건 어쩌면 가벼운 복수일지도 모른다. 기사에 수두룩하게 적어놓은 ‘여검사’에 대한. 그럴 만도 하다. 노에는 백기를 들듯이 말했다.

“부탁드립니다. 안 쓸게요. 오늘 들은 이야기는 때가 올 때까지 안 쓰겠습니다.”

다마키는 거드름 부리듯이 씩 웃은 후에 법정에서 서류를 낭독하듯이 나직하게 말하기 시작했다.

휴가 때 귀성하겠다고 했지만 요코는 오기로 한 날에 돌아오지 않았다. 전화해도 받지 않았다. 걱정이 된 다케오는 9월 29일, 신칸센 막차를 타고 요코 집을 찾아갔다. 맨션 도어록은 여벌 열쇠로 해제했다. 그리고 마찬가지로 여벌 열쇠로 2001호실 문을 열고 들어갔는데 요코는 이미 죽은 뒤였다. 착란을 일으켜 자해했음이 분명했다. 다케오는 테이블에 놓여 있던 노트북을 보았다. 전원은 켜져 있었다. 모니터에는 요코가 죽기 직전까지 입력한 것으로 추정되는 글이 표시되어 있었다. 내용은 지리멸렬했다.

'병'이 시작됐다고 다케오는 생각했다. 요코는 평소 얌전하고 착하고 남들과도 잘 지내지만, 일단 정신을 붙들고 있는 끈이 뚝 끊어졌다 하면 열에 들뜬 것처럼 터무니없는 짓을 저지르고는 했다. 지금까지 자해를 한 적도 여러 번 있었다.

머뭇머뭇 일기를 읽어봤다. 다케오는 경악했다. 거기에는 요코가 경구 중절약 RU486을 대량으로 매입하여 사람들에게 되팔았으며, 중절한 태아를 제공한 사람에게는 RU486의 대금을 두 배로 되돌려주었다고 적혀 있었다. 요코는 전국에서 태아를 모으고 있었던 것이다. 태아라고 해도 핏덩어리나 다름없는 수준이었던 모양이다. 그것을 동봉한 병에 넣어 요코에게 보내면 약값을 두 배로 되돌려주는 시스템이다. 일기에는 적어도 오십 번은 넘게 그런 거래를 했다고 적혀 있었다.

요코는 자기 아이를 지웠을 때 처음으로 그 의식을 행했다. 서른여섯 살 때, 요코는 자택에서 낙태했다. 이때 사용한 것이 RU486이었다. RU486의 존재는 친한 친구가 알려준 사이트에서 알았다. 처음에는 아이가 가엾은 마음에서 의식을 거행했다. 모처럼 생명이 싹텄는데 이런 짓을 해서 미안하다는 의미로 요코는 태아를 몸에 받아들였다. 그때 요코는 신기한 감각에 휩싸였다. 모든 것에게 용서받은 듯한 감각. 그리고 자신의 내면에 들러붙어 있던 더러움이 깨끗하게 씻겨나가는 감각. 그날은 늘 꾸는 악몽에 시달리지 않았다. 발작적으로 자해를 하지도 않았다. 기분 탓인지 안색도 좋아지고, 마음도 맑아지고, 무엇보다도 살아 있다는 실감이 들었다. 그 후로 요코는 로즈오토라는 홈페이지를 개설하고 전국에서 태아를 모으는 데 열중했다. 배달된 태아를 몸에 받아들이면 피부가 젊어진 것 같은 기분이 들었다. 근심이 사라지고 살아갈 활력도 솟았다.

다케오는 쓰다 만 메일도 읽어봤다. '아키에게'라는 문장으로 시작되는 메일에는 그날 있었던 일이 극명하게 씌어 있었다. 사건의 전말을 아키라는 인물에게 알리려고 했던 모양이다. 아니면 유서를 쓸 작정이었을까.

메일에는 방금 전에 요시자키 마키코의 자궁을 회수했다고 적혀 있었다.

마키코는 201호실에 사는 여자로, 벌써 몇 번이나 RU486을 구입했고 그때마다 태아를 요코에게 제공한 단골 고객이라고 한다. 그런데 마키코가 보낼 것을 보내지 않는다. RU486은 보냈는데, 벌써 중절했을 텐데, 슬슬 태아가 도착해야 하는데. 그날 거리에서 마키코를 본 요코는 마키코의 상태가 이상하다는 사실을 깨닫고 어쩌면 아직 중절하지 않았는지도 모르겠다고 생각했다. 서두르지 않으면 중절할 수 있는 기간이 지나간다. 마키코 생각으로 머릿속이 가득차 있는 동안 밤은 깊어졌고, 문득 창문 아래를 보자 사람이 보인 것 같은 기분이 들었다. 또 그 할머니가 틀림없다, 늘 정원을 더럽히는 할머니다. 요코는 화가 울컥 치밀어올라서 엘리베이터를 타고 1층으로 내려가 엘리베이터 옆 비상계단으로 밖에 나갔다. 그러나 할머니가 안 보이기에 맨션으로 돌아가려 했지만 보안카드를 가지고 나오지 않아 이러지도 저러지도 못할 상황에 처했다. 어떻게 해야 하나 고민하며 비상계단을 서성거리다 2층에 올라갔을 때 비상문이 뭔가에 걸려서 열려 있다는 사실을 깨달았다. 요코는 비상문으로 다시 맨션에 들어갔는데 이번에는 마키코 집 문이 반쯤 열려 있다는 사실을 알아차렸다.

마키코가 걱정되어 요코는 집안에 들어가보았다. 마키코는 죽은 뒤였다. 머릿속이 새하얘졌다. 사고가 끊기고 수많은 영상이 머릿속에 넘쳐났다. 혹시 이건 내가 그런 걸까? 아아, 그럴지도 모른다. 분명 내가 그런 것이다. 요코는 순간적으로 태아가 떠올라 무아몽중의 상태로 자를 것을 찾다가 부엌에서 과도를 가지고 왔다. 그리고 성기와 함께 자궁을 도려냈다. 서둘러야 한다, 서둘러야 한다. 요코는 자궁을 과도와 함께 품에 넣고 급히 자기집으로 돌아왔다.

메일은 거기서 끝났다. 메일을 쓰다가 정신이 나갔는지, 아니면 제정신이 들었는지 요코는 마키코의 집에서 들고 온 과도로 자기 목을 찔러 사망한 모양이었다.

다케오는 메일을 삭제했다. RU486 재고도 찾아내어 모조리 자기 가방에 넣었다. 요코의 지문이 묻었을 과도 자루를 잘 닦아서 흡사 동일범이 같은 과도로 마키코의 자궁을 적출하고 요코를 살해한 것처럼 위장했다. 그리고 요코의 기행이 드러날 우려가 있는 물건과 노트북을 종이가방에 넣고 야음을 틈타 요코의 집을 나섰다. 평소 습관대로 일단 문을 잠갔다가 다시 열어놓고 한시라도 빨리 요코가 발견되기를 기원하며 그 자리를 떠났다. 사람과 마주치지 않도록 맨션 비상계단을 이용해 201호실로 갔다. 현관문 앞에 운전 장갑이 떨어져 있었다. 장갑을 이용해 요코가 만졌으리라 추정되는 부분을 하나한 꼼꼼하게 닦았다.

다케오의 머릿속에는 한 가지 생각밖에 없었다. 요코가 저지른 무시무시한 기행을 감춰서 요코의 명예를 지켜야 한다.

마키코의 자궁을 어디 묻었는지 알아내지 못한 것이 마음에 걸렸지만, 일단 내버려두고 비상계단으로 맨션을 빠져나왔다. 그리고 날이 샐 때까지 패밀리 레스토랑에 있다가 첫 전철이 다닐 시간을 가늠해 역으로 향했다.

"역시 다미야 요코는 컴퓨터를 가지고 있었군요."

"예."

"로즈 오토의 관리자도 다미야 요코."

"예. 실수였어요. 요코 집에 컴퓨터가 없어서 요코는 컴퓨터 사용자가 아니라고 믿었죠. 그래서 프로바이더 계약 기록과 전화 통화 기록은 처음부터 조사 대상이 아니었지요."

"통화 기록이라면 요코는……."

"전화선으로 인터넷에 접속했어요."

"아직도 전화선으로?"

"예. 지금은 상시 접속 정액제인 ADSL이나 광통신이 주류지만, 모뎀이 고장나는 등 비상 상황이 생겼을 때 보조용으로 이용하는 사람이 많은 모양이에요. 또한 인터넷을 별로 이용하지 않는 사람은 전화선을 이용하는 편이 이득이라는 것 같더군요. 하기야 요코는 다른 이유로 전화선을 선택한 것 같지만."

"다른 이유라면?"

"익명에 집착한 것 같아요. 프로바이더도 무료, 메일도, 홈페이지도 전부 무료로 사용할 수 있는 걸 선택한 모양입니다."

"무료라면 가명으로도 계약할 수 있다는……."

"그렇죠. 무료라서 개인 정보를 등록할 필요도, 신청 절차를 밟아야 할 필요도 없는 것들뿐이에요. 그러면 컴퓨터가 발견되지 않는 한 그 사람이 인터넷상에서 뭘 했는지 좀처럼 파악하기가 힘들죠. 변명이겠지만 저희는 요시자키 마키코의 주변에만 정신이 팔려 있었습니다. 당신이 지적한 대로 저희 쪽 추측에 필요하지 않은 것들은 전혀 조사하려고 하지 않았어요. 그러한 태만 때문에 사건이 이만큼 복잡해진 거겠죠. 반성합니다."

"컴퓨터에 저장된 기록들은요? 메일 송수신 기록 같은 거요."

"저장되어 있던 내용은 다미야 다케오가 모조리 삭제했습니다. 영구 삭제는 아닌 모양이니 복구하고자 하면 가능할지도요. 무료 메일을 사용한 모양이니 메일 송수신 기록은 지금도 인터넷상에 남아 있을 겁니다. 아이디와 비밀번호를 알면……."

"……하지만 자살이었죠."

"예. 다미야 다케오는 딸의 상태를 보고 자살이라고 확신했다고 합니다. 목에 찔린 과도를 양손으로 꼭 쥐고 있었다고 해요. 기도하는 듯한 모습은 저 옛날, 요코가 썼던 대본의 결말과 완전히 똑같았다고 했어요."

"……그런데 의식이란 뭐였을까요?"

어리석은 질문이다 싶었지만 노에는 물어보았다.

"다케오는 그것만은 제발 들추지 말아달라며 입을 꾹 다물었습니다. 저희도 더이상은 물어볼 필요가 없다고 판단해서 추궁하지 않았고요." 다마키는 그렇게 대답했다.

부디 그것만은. 요코는 많이 괴로워했습니다. 연인을 빼앗기고, 아이를 지워서요. 어렸을 때의 기억에서 겨우 해방되어 앞으로 행복해지려는 터에 연인과 아이를 빼앗긴 겁니다. 아니, 과거의 기억이 다시 요코를 덮친 겁니다. 요코는 전부 다 잃었습니다. 상실감을 메워줄 수 있는 건 남이 버린 생명밖에 없었습니다. 요코가 뭘 어쨌다는 건가요. 남이 필요 없다고 버린 생명을 모았을 뿐입니다. 그걸 광기라고 부른다면 그래도 상관없습니다. 다만 더이상은 요코의 명예에 흠집을 내지 말아주십시오. 요코는 오랜 시간 괴로워하며 천천히 죽음에 이르렀습니다. 부디 편안한 영면을 허락해주십시오.

바토리 에르제베트. 노에는 피의 백작부인을 떠올렸다. 에르제베트가 정신적인 문제 때문에 살육을 저질렀다고 주장하는 사람이 있다. 집을 자주 비우는 남편, 고부 갈등. 오랜 스트레스로 인한 신경증. 그것이 처녀의 피로 목욕하면 미모가 유지된다는 망상을 낳았다는 것이다.

미모도, 지위도, 부도 타고 났던 에르제베트. 하지만 그녀는 죽을 때까지 만족하지 못했다. 에르제베트가 진정으로 만족했다면 그 같은 우행을 저지를 생각은 하지도 않았을 것이다. 진짜 행복을 손에 넣었다면 그 같은 짓을 저지를 필요도 없다. 이렇게 단정하는 것은 허울좋은 말에 불과할까. 누구든지 에르제베트의 불만을 마음속에 품고 있는 걸까. 아무리 만족스럽고 또는 만족스러운 듯 느껴져도 결국은 착각에 지나지 않는 걸까. 사람은 만족할 수 없는 걸까. 만족이란 무엇일까.

"인간의 마음은 복잡하고 유약합니다. 그러니 미력한 우리가 아무리 발버둥쳐도……."

사쿠라 다마키는 인생을 살며 딱 한 번 토해낼 법한 깊은 한숨을 쉬었다. 그리고 말을 이었다.

"요코가 사망한 2005년 9월 27일 밤, 방송된 프로그램을 조사해봤어요."

"예?" 요코는 다마키의 입술을 지켜보았다.

"경찰이 요코를 발견했을 때 텔레비전이 켜져 있었습니다. 다케오도 텔레비전까지 확인할 정신은 없었겠죠. 텔레비전은 소유자가 죽은 후에도 계속 영상을 내보내고 있었습니다. 채널은 위성방송의 외화 전문 채널이었어요. 그 보고가 생각나서 만약을 위해 조사해봤습니다. 요코가 죽기 직전까지 무슨 영화를 보고 있었는지."

"무슨 영화였나요?"

"옛날 유럽 영화요. 〈피와 장미〉라는 흡혈귀 영화였습니다."

아아. 노에는 목이 멘 듯한 목소리를 흘려냈다. "그게 착란의 방아쇠가 된 걸까요?"

"글쎄요, 그건 모르겠어요. 당신의 르포를 읽었을 때 혹시나 싶기는 했지만."

다마키는 마음을 가다듬듯이 컵에 손을 뻗어 내용물을 천천히 마셨다. 그리고 다시 입을 열었다.

"요코에게 경구 중절약 RU486을 주문하고, 태아를 요코에게 보낸 사람을 조사하고 있어요. 다케오의 증언으로는 쉰 명은 된다고 하더군요."

"쉰 명……."

"RU486의 두 배 가격으로 태아를 모았다면 돈이 꽤 필요했을 텐데요. RU486이 한 세트에 만 엔이라고 치고 이만 엔을 돌려주었다면, 가령 한 달에 다섯 명과 거래했다고 치고."

"가능했을 거예요. 요코는 아주 검소하게 살았습니다. 놀러 다니지도 않고 옷이나 액세서리를 사 모으지도 않았어요. 다달이 변제해야 할 맨션 융자금도 그리 많지는 않았고요. 한 달 월급 실수령액이 약 이십칠만 엔. 한 달에 십오만 엔은 자유로이 쓸 수 있었을 거예요."

"잘 아시는군요."

"예?"

"아니요, 감탄한 거예요. 그런 것까지 자세하게 조사했다고."

"……일이니까요."

"그건 그렇고 요코에게 태아를 제공한 쉰 명. 조사하려면 힘들겠어요. 하지만 알아내야죠. 이건 뿌리 깊은 문제예요."

다마키의 아래 눈꺼풀이 움찔움찔 경련했다. 그리고 주먹이 떨려 테이블이 흔들렸다. 노에는 그 주먹을 양손으로 살짝 감쌌다. 다마키는 천천히 눈을 들었다.

"죄송해요. 큰일이네, 항상 이래요. 아무리 애를 써도 감정이 앞서고 말죠. 고쳐야지, 고쳐야지 하면서도 잘 안 되네요. 르포에서 당신한테도 지적당했는데."

"아, 아니요, 그, ……죄송합니다."

"실은 변호사가 되고 싶었어요. 하지만 저희 집은 형제가 많아서 막내인 저까지 대학을 보내기는 무리라는 말을 들었죠. 원망스러웠어요. 언니와 오빠, 부모님까지 네가 없으면 우리집 살림도 좀 펼 거라고 했거든요. 물론 농담이죠. 그래도 상처받았어요. 그 원망이 제게 동기를 부여했는지도 모르겠네요. 대학에 가지 않아도 일하면서 반드시 법정에 서겠다고 마음먹었죠."

"인간을 분발하게 만드는 건 부정적인 감정 그 자체인지도 모르겠네요."

"당신도 그런 부류 아닌가요? 당신 르포에서 엄청난 에너지를 느꼈는데."

"예, 뭐, 그럴지도 모르죠. 저는 콤플렉스 덩어리니까."

커피 리필해드릴까요, 하고 점원이 와서 물었다. 노에와 다마키는 서로 시선을 교환하고 "네" 하고 대답하며 동시에 고개를 살짝 숙였다.

"아아, 그렇지. 그 도자기 화분, 조사했어요." 점원이 물러가자 다마키가 말했다.

"도자기 화분? 그래서, 어땠나요?"

"예, 당신이 추측한 대로 요시자키 마키코의 자궁이 발견됐어요."

"그랬군요. 역시 거기에."

"작은 병도 많이 나왔고요."

"혹시……."

"예, 다미야 요코가 전국에서 모은 태아의 흔적이겠죠. 그 화분은 불쌍한 아이들의 무덤이었는지도 몰라요."

"요코는 마키코의 자궁도 거기에 장사지낸 걸까요."

"그렇겠죠."

여기서 다시 무거운 정적이 찾아왔다.

"그런데……." 다마키가 정적을 바로 깨뜨렸다. "다미야 요코와 요시자키 마키코를 연결한 건 뭐였을까요."

"맨션 입주자들이 만든 홈페이지가 계기 아니었을까요. 억측이지만 게시판에서 이야기를 주고받는 사이에 공감대가 생겨서."

"요시자키 마키코의 집에서 발견된 택배 송장을 실마리 삼아 요시자키 마키코 앞으로 배달된, 혹은 요시자키 마키코가 보낸 택배 기록도 조사했어요. 하지만 RU486과 관련된 택배는 발견되지 않았죠. 만약 발견됐다면 두 사람의 관계도 밝혀져서 좀 더 빨리 진상에 도달했을 텐데 말이죠."

"분명 직접 서로의 우편함에 넣었을 거예요."

"그렇겠죠. 같은 맨션에 사니까. 그게 맹점이었어요."

"그 두 사람, 같은 맨션에 살면서 실제로 이야기를 나눈 적은 거의 없었던 모양이더군요. 접점은 인터넷뿐. 인터넷에서 교류해도 현실에서는 서로 모르는 척. 그게 요즘 세상인지도 모르겠어요."

"당신 덕택이에요." 사쿠라 다마키가 컵의 내용물을 한 모금 마시고 불쑥 말했다.

"예?"

"아시다시피 저는 사법시험을 안 쳤어요. 그게 제 콤플렉스이자 자극제죠. 질 수 없다, 지고 싶지 않다. 이러한 오기가 있었기 때문에 지금까지 버텨왔어요. 이번 사건에서도 저는 절대 지고 싶지 않았죠. 그래서……."

다마키가 말끝을 흐렸다. 하지만 바로 고개를 들고 노에의 눈을 똑바로 쳐다보았다.

"당신이 없었다면 저는 큰 실수를 범하고, 그 실수를 범한 줄도 모른 채 인생을 살았겠죠. 야마구치에게는 사과 한마디도 없이."

"저도 검사님께 도움을 받았어요." 노에도 끓어오르는 감정을 입안 가득 담아서 말했다. "검사님의 충고가 없었다면 저는 아무 죄도 없는 한 인간의 인생을 망쳤겠죠. 그리고 저 자신의 인생도."

노에는 커피를 다 마셨다. 다마키도 따라 하듯이 컵을 입에 댔다.

"이제 그만 가야지. 근처 슈퍼에 차를 대놨어요." 다마키는 커피를 다 마시고 말했다.

"차요?"

"예, 슈퍼에서 물건을 사면 한 시간은 무료로 주차할 수 있어요."

"아, 그럼 빨리 가셔야죠. 한 시간 거의 다 됐어요."

"당신도 같이 안 가실래요?"

"예?"

"마키코 씨 무덤에 가보려고 하는데, 어떠세요?"

"무덤에요?"

"그 환상의 책을 찾았어요."

"환상의 책……이라니, 정말요?"

"예, 슈퍼를 돌아다니다가 서점 코너에서 우연히."

다마키는 꾸러미를 풀고 컬러책 한 권을 꺼냈다.

"그렇게 찾던 책이 이렇게 가까이에 있었네요. 맨션에서 걸어서 오 분도 걸리지 않는 곳에."

"정말 아이러니하네요." 노에는 책장을 넘기다 눈썹을 찌푸렸다. "이거…… 뭔가요?"

"이렇게 해보세요. 초점을 앞쪽에 맞추고 먼 곳을 보듯이 보는 거예요."

"예?"

노에는 거리를 조절하며 잠시 그 책을 바라보았다. 그리고 삼 분 후 노에는 소리를 쳤다.

"아, 보였다! 보였어요, 또 하나의 영상이!"

"그거, 근시나 난시를 교정하기 위해 사용하는 훈련 도구예요. 뭐, 옛날로 치면 매직아이 비슷한 거랄까요."

"그렇구나. 마키코가 봤던 건 이거군요."

"예, 보통은 보이지 않는 영상이 초점을 다양하게 바꾸면 보일 때가 있죠. 그러고 보니 당신이 2001호실 베란다에서 봤다는 환각……."

"아아, 그건 이제 됐어요. 그냥 환각이에요."

"어쩌면 당신은 무의식중에 차원의 틈새로 과거를 들여다봤는지도 모르겠네요."

"무슨 말씀이세요?"

"삼십 년쯤 전까지는 미쓰하라 초고층 맨션이 있던 자리에 산부인과가 있었대요. 임신중절 전문 산부인과. 그 부근은 홍등가였다니까 그쪽과 관련된 일이 많았겠죠. 태아는 그대로 근처 강에 버려졌대요."

"맨션 옆을 흐르는 아이카와 강에요?"

"예, 아이카와 강에. 강은 늘 새빨갛게 물들어 있었다고 해요."

"그래서 아이카와(슬픈 강)?"

"글쎄요. 어떨까요. 다음에는 옛날 역사를 조사해볼까요?"

"아니요, 됐습니다. 괜찮아요." 노에는 자신의 마음속에 싹튼 감상적인 기분을 털어내기라도 하듯이 말했다. "안이하게 이야깃거리를 찾아내려고 하는 버릇을 고치려고요." 그리고 이번에는 노에가 평생에 단 한 번 내쉴 법한, 깊고 긴 한숨을 쉬었다.

"그런데……."

패밀리 레스토랑을 나서자 갑자기 다마키의 시선이 흔들렸다.

"왜 그러세요?"

"나라모토 씨의 르포는 다소 독선적이고 감정적인 부분이 있기는 하지만 그걸 제외하면 아주 정확하고 취재도 완벽했어요. 혼자 힘으로 이 정도까지 할 수 있구나, 하고 감탄했죠. 하지만…… 뭐랄까, 뭔가 의도적으로 감춘 듯한 기분이 들어서……. 아니요, 그냥 그런 기분이 들었다고요."

"아아, 그건 그럴지도 모르겠네요. 사건과 직접적으로 관계가 없는 부분은 과감히 생략했으니까요." 노에는 그렇게 대답했다.

"그런가요."

"관계없는 정보를 마구 늘어놓아 독자를 혼란시키는 건 좋지 않아요. 범람하는 정보 가운데 취사선택하는 것도 제 일이죠."

"그렇겠죠. 그런데 나라모토 노에라는 이름은 필명이었군요."

"예?"

"이거." 다마키는 영수증 한 장을 노에에게 내밀었다. "아까 계산할 때 떨어뜨리셨어요."

이자와 시오리에게 줄 선물용 과자를 샀을 때 받은 영수증이었다. 예상 이상으로 비싸서 현금이 모자랐다. 카드로 결제하고 받은 영수증에는 노에의 본명이 선명하게 인쇄되어 있었다.

나라모토 아키에.

"아……."

"어떠세요? 나라모토 씨도 가시겠어요?"

"예?"

"요시자키 마키코 씨 무덤에."

"아니요, 오늘은 사양할게요. 약속이 있어서요."

교차로에서 노에는 다마키와 헤어졌다. 사쿠라 다마키가 시야에서 사라지기를 노에는 참을성 있게 기다렸다. 슈퍼 주차장으로 들어가는 것을 확인하고 노에는 들고 있던 영수증을 꽉 움켜쥐어서 구겼다.

"괜찮아. 사건하고는 관계없는 일이야."

갑자기 발끝이 욱신욱신 아팠다. 새로 산 진빨강 펌프스. 이런 색깔은 처음 사봤다. 반짝반짝 윤이 나는 신품 구두의 가죽은 마치 거울 같았다.

"아키."

누가 부른 듯한 기분이 들어서 노에는 슬그머니 주위를 둘러보았다. 트럭이 아슬아슬하게 어깨 옆을 지나쳐갔다. 노에는 저도 모르게 몸을 구부렸다. 진빨강 펌프스에 얼굴이 비쳤다.

'아키, 뭐야 그 재무 설계사. 잘난 척하기는' 밋치는 히레가스를 젓가락으로 집어 입속에 우겨넣었다. '난 괜찮아, 난. 그 여자 말이 맞으니까. 하지만 아키를 대하는 그 태도, 너무하지 않아? 완전히 깔보고 있다고.'

"어쩌겠어. 입장이 너무 다른걸."

노에의 혼잣말에 놀랐는지 교차로를 건너온 초등학생이 도망치듯이 노에 곁에서 멀어졌다. 노에는 역을 향해 펌프스를 신은 발을 떼어놓았다.

'아키, 반드시 성공해서 콧대를 납작하게 만들어버려. 멋진 기사를 써서 말이야. 나, 응원할게.'

그래, 그래, 멋진 기사. 멋진 기사를 써야 한다는 거 알지. 안다고. 하지만.

'그 약 덕분에 남편 몰래 처리할 수 있었어. 남편은 아이 하면 껌뻑 죽는단 말이야. 말하면 낳자고 할 게 뻔해.'

하지만 이번 딱 한 번으로 끝내. 이건 몹시 위험한 일이니까.

노에는 발걸음을 빨리했다. 하지만 아픔은 점점 더 기세를 올려 노에를 쫓아왔다. 빨리, 빨리 가야 해.

'흠, 그랬구나.' 고마쓰 가나에가 새우 도리아를 스푼으로 싹싹 비볐다. 걸쭉한 치즈가 테이블에 떨어졌다. '당신이 요코한테 그 약의 존재를 알려준 거였어.'

아니야, 아니야. 노에는 고개를 저었다. 하지만 정말 아닐까. 그 사이트 초대장을 보낸 사람은 나다.

'예상치 못한 임신으로 고민하는 여자들이 도피하는 사이트 말이지? 당신이 관리자였구나.'

그건 부정하지 않겠다. 그건 내가 개설한 사이트. 여자들의 고민을 해결해주고 싶었다.

'하지만 그거 위선 아니야? 그 사이트에 소개된 약의 설명문을 보고 요코는 로즈 오토라는 사이트를 만들어서 그런 어처구니없는 사업을 시작했다고.'

이렇게 될 줄은 상상도 못 했다. 나는 그저 여자들이 잘못된 길을 선택하지 않기를 바라는 마음에서, 그리고 그 약의 수많은 무서운 점도 알리고 싶어서.

'여자들이 잘못된 길을 선택하지 않도록? 그게 위선이라는 거야. 결국 자기 이름을 팔고 싶었을 뿐 아니야?'

그런 말을……. 하지만 그럴지도 모른다.

'아무래도 당신 못 믿겠어. 요코랑도 메일 친구 아니었어? 그런데 그 사실은 전혀 언급하지도 않고.'

분명 메일은 주고받았다.

'메일은 주고받았다? 요코는 '친한 친구'라고 생각했는데? 그렇게 말하다니 너무하지 않아?'

하지만, 하지만……. 등을 세게 떠밀려서 노에는 펌프스를 신은 발을 삐끗했다. 역에 도착한 모양이었다. 노에는 누가 재촉하는 것처럼 급히 표를 샀다.

'그런데 계기는 뭐였어?' 이자와 시오리가 초콜릿을 입에 집어넣었다.

계기?

'그래, 계기?'

전철을 타자 싸늘한 냉기가 발아래에서 올라왔다. 진홍색 펌프스에 감싸인 발은 이미 감각을 잃었다.

계기는, 이자와 씨를 취재한 후.

'정원 가꾸기에 관한 취재 말이지.'

그래, 그 후에 2001호실을 다시 찾아가봤지. 가계 진단 모델이 되어달라고 부탁하려고. 아니면 누구를 좀 소개해줬으면 해서. 그 가계 진단, 골치 아프다고. 아무도 모델이 되려고 하질 않아. 잡지에 응모하는 사람도 거의 없고. 그야 그렇겠지. 누가 자기집 살림 형편을 공개하고 싶겠어. 그래서 내가 직접 모델이 돼줄 사람을 찾았어. 친구랑 아는 사람들은 이미 다 끌어다 썼지.

'나도 아키 부탁으로 취재를 받았어. 아키하고는 대학교 때부터 친구야.' 밋치가 양배추에 소스를 듬뿍 뿌렸다. '그런데 뭐? 그 여자. 재무 설계사니 나발이니 하면서 텔레비전에서 막 띄워주니까 기고만장해진 거 아니야? 잘난 척하기는. 아키 부탁이 아니었으면 당연히 거절했지.'

'그래서? 여러 사람한테 거절당한 끝에 내가 떠오른 거구나.' 이자와 시오리가 초콜릿을 하나 더 집었다. '그 여자는 귀가 얇으니까 조금만 부추기면 냉큼 승낙할 거라고 생각한 거지?'

하지만 2001호실에는 이자와 씨가 아니라 요코 씨가 있었다. 그때 명함을 건넸더니 메일이 왔지. 그래서 나도 메일을 보냈고. 내 홈페이지 주소도 가르쳐주고. 아, 자리가 비었네. 노에는 펌프스를 끌며 자리에 앉았다.

'당신, 혹시 요코의 비밀 사업도, 비밀 의식도 알고 있었던

거 아니야?'

"설마!" 노에는 느닷없이 튀어나온 비명을 양손으로 막았다. 하지만 이미 늦었다. 옆에 앉아 있던 여고생이 노에에게 딱하다는 시선을 던지고 자리에서 슬쩍 일어섰다.

'정말로?' 사쿠라 다마키가 컵 속의 내용물을 스푼으로 휘저었다. '나라모토 씨, 다미야 요코가 죽기 직전에 마지막으로 쓴 메일, 받은 거 아니에요?'

'아아, 그럴 수도 있겠네.' 이자와 시오리가 히죽히죽 웃었다.

'하지만 증거는 없지. 요코 아버지가 컴퓨터에 저장된 기록을 전부 삭제했으니까. 그럼 메일 기록도 없다는 뜻이잖아?' 고마쓰 가나에가 녹차 푸딩을 스푼으로 떴다.

'운 좋았네요, 나라모토 씨.' 사쿠라 다마키가 영수증을 만지작거렸다. '무료 메일이니까 마음만 먹으면 조사할 수는 있겠죠. 당신이 마키코의 메일을 훔쳐 읽은 요령으로. 하지만 사건하고는 직접 관계없는 일인데다 이건 양심의 문제니까요.'

아니에요. 무슨 말씀인가요. 정말이에요. 저는 아무것도……. 노에는 상체를 비틀어 차창을 들여다보았다. 희미한 보라색으로 물든 저물녘 풍경에 자신의 낯선 얼굴이 겹쳤다.

'자백해. 다미야 요코의 집에서 컴퓨터가 발견되지 않았다는 소식을 듣고 운수대통이다 싶었지?' 이자와 시오리가 손가락에 묻은 초콜릿을 핥았다. '그리고 자기는 쏙 빼놓고 나를 범인으로 결론내리고서는 그 결론에 맞추어 추리를 펼친 거야.'

그건 인정할게요, 죄송합니다. 하지만 정말로 저는 다미야 요코하고 메일로 일상적인 잡담을 주고받았을 뿐이에요. 그러니까 로즈 오토도, 그 사업도, 요시자키 마키코와의 관계도 전혀 몰랐어요.

'정말? 요코의 과거도 사생활도 전부 알고 있었던 게 아니라? 내 이야기도 들은 거 아니야?' 고마쓰 가나에가 히비스커스 꽃잎을 하나, 하나 뜯었다.

'요코 아버지에 관해서도. 요코 집에 컴퓨터가 없다는 걸 알고 이상하게 여겼을 거야. 누가 숨긴 게 아닐까 싶었겠지.'

그건 확실히 그랬습니다. 하지만 요코 씨 아버지는 정말로 몰랐어요.

'실은 다 알고 있었으면서 마치 자기가 취재해서 얻은 정보인 것처럼.' 고마쓰 가나에의 손가락에서 새빨간 꽃잎이 팔랑팔랑 떨어져 내렸다.

'요코도 참 불쌍하지. 믿었던 친구에게 이런 식으로 이용당하다니.' 고마쓰 가나에의 손가락에서 마지막 꽃잎이 떨어졌다. 그 꽃잎을 사쿠라 다마키가 주워들었다. '하지만 지금은 그 사실을 증명할 물증이 없죠. 증명된다고 해도 죄는 아니고요.

아무튼 이 사건은 자기 이름을 내걸고 글을 쓰고 싶은 나라모토 씨에게는 정말 요행이었어요. 이런 행운은 좀처럼 잡기 힘들다고요.' 사쿠라 다마키가 그럼, 하고 주차장으로 사라졌다.

노에는 주변을 둘러보았다. 여기는 어디지? 네거리? 펌프스를 기점으로 네 갈래 길이 사방으로 아무렇게나 뻗어 있었다.

도대체 어느 길을 걸어서 여기에 다다랐고, 그리고 이제 어느 길로 가면 될까? 아아, 한숨이 나올 만큼 얼룩덜룩하고 통일성이 없는 저 길, 지금까지 온 길이다. 포장하고 나서 수도 공사, 다시 포장하고 나서 가스 공사. 급한 대로 이 일 저 일 마구잡이로 하면서도 하루 일과를 마쳤다는 달성감에 만족하던 나날들. 내일의 자신이 보이지 않는다. 아니, 내일도 별로 달라진 점이 없는 자신이 보인다. 같을 곳을 파냈다가 묻고, 파냈다가……. 어느새 흙이 내 발을 감춘다. 나는 제자리에서 한 발짝도 나아가지 못한 채 내가 완전히 파묻혀서 사라질 때까지 구멍을 판다. 그런 시절로는 되돌아가고 싶지 않다. 이제, 절대로……. 이미 각오했다. 후회는 하지 않는다.

"유라쿠 정, 유라쿠 정입니다."

노에는 정신이 퍼뜩 들었다. 드디어 내릴 역에 도착한 듯하다. 노에는 신중하게 발끝에 힘을 주어보았다.

아프지 않았다.

"그럼 다음은?"

그 목소리에 노에는 천천히 고개를 들었다. 시야 대부분을 무라오카 여사의 얼굴이 차지하고 있었다. 사중주 악단이 브람스의 곡을 연주하는 소리가 들려왔다. 호텔 라운지, 다음 일을 협의하러 왔다.

"다미야 요코요. 좀더 파헤쳐볼 생각이에요."

"뭔가 쓸 만한 거리는 있어요?" 무라오카 여사가 가방에서 담뱃갑을 꺼냈다. 하지만 담배 한 개비를 뽑아내기 직전에 도로 집어넣었다.

"예." 노에는 허브티로 바싹 마른 입술을 적셨다. 그리고 말을 꺼냈다. "다미야 요코의 비밀 사업, 그리고 비밀 의식."

"비밀 의식? 뭐예요, 그건?"

"지금은 좀……."

"정보 출처는?"

"그것도……."

"응, 알았어요. 기대할게요." 무라오카 여사는 내밀었던 몸을 뒤로 물리고 말을 이었다. "그럼 슬슬 식사하러 자리를 옮길까요. 오늘은 단행본 담당자도 동석할 거예요. 논픽션 대상을 노리자면서 의욕이 넘치던데요."

"예."

노에는 허브티를 마셨다. 무라오카 여사는 노에가 허브티를 다 마실 때까지 기다렸다가 조용히 자리에서 일어났다. 노에도 뒤를 따랐다.

무라오카 여사가 호위라도 하듯이 노에의 등에 가볍게 손을 댔다. 노에는 한순간 망설인 후 호화로운 융단에 진빨강 펌프스를 내디뎠다.

김은모

경북대학교 행정학과를 졸업했다. 일본어를 공부하던 도중에 일본 미스터리의 깊은 바다에 빠져들어 헤어나지 못하고 있다. 아직 국내에 소개되지 않은 다양한 작가의 작품을 소개하고자 노력하고 있다. 옮긴 작품으로 누쿠이 도쿠로의 『미소 짓는 사람』을 비롯하여 우타노 쇼고의 '밀실살인게임' 시리즈, 미쓰다 신조의 '작가' 시리즈, 『애꾸눈 소녀』, 『모즈가 울부짖는 밤』, 『살인귀 후지코의 충동』, 『달과 게』, 『외침과 기도』 등이 있다.

여자 친구

초판 발행 2015년 10월 23일

지은이 마리 유키코
옮긴이 김은모
펴낸이 강병선

책임편집 지혜림 | **편집** 임지호
아트디렉팅 이혜경 | **본문조판** 이주영
저작권 한문숙 박혜연 김지영 | **마케팅** 정민호 김도윤
홍보 김희숙 김상만 한수진 이천희
제작 강신은 김동욱 임현식 | **제작처** 영신사

펴낸곳 (주)문학동네
출판등록 1993년 10월 22일 제406-2003-000045호
임프린트 엘릭시르

주소 10881 경기도 파주시 회동길 210
문의 031-955-1901(편집) 031-955-2696(마케팅) 031-955-8855(팩스)
전자우편 editor@elmys.co.kr | **홈페이지** www.elmys.co.kr

ISBN 978-89-546-3771-8 (03830)

엘릭시르는 출판그룹 문학동네의 임프린트입니다.